真夜中を切り裂け！

僕らをつなぐビブリオバトル

風祭 千
KAZAMATSURI Sen

JN066872

文芸社文庫NEO

目次

第一章　闇夜の国　9
第二章　夜明け　167
第三章　真夜中を切り裂け！　292

【ビブリオバトル公式ルール】

1　発表参加者が読んで面白いと思った本を持って集まる。
●他人から推薦された本でも構わないが、必ず発表参加者自身が選ぶこと。
●それぞれの開催でテーマを設定してもよい。

2　順番に一人五分間で本を紹介する。
●五分間が経過した時点でタイムアップとし、速やかに発表を終了すること。
●発表参加者はレジュメやプレゼン資料の配布などはせず、できるだけライブ感をもって発表すること。
●発表参加者は必ず五分間を使い切ること。

3　それぞれの発表の後に、参加者全員でその発表に関するディスカッションを二〜三分間行う。
●ディスカッションの時間では、発表内容の揚げ足を取ったり、批判的な問いかけをしてはならない。発表内容で分からなかった点の追加説明を求めたり、

「どの本が一番読みたくなったか？」の判断に必要な質問を心がけること。
●参加者全員が、お互いにとって楽しい場となるよう配慮すること。
●質疑応答が途中の場合などはディスカッションの時間を多少延長しても構わないが、当初の制限時間を大幅に超えないように運営すること。

4　全ての発表が終了した後に、「どの本が一番読みたくなったか？」を基準とした投票を参加者全員が一人一票で行い、最多票を集めた本をチャンプ本とする。
●発表参加者も投票権を持つ。ただし、自身が紹介した本には投票せず、他の発表参加者の本に投票すること。
●チャンプ本は参加者全員の投票によって民主的に選ぶ。一部の参加者（司会者、審査員、教員など）に決定権が偏ってはならない。

参加者は発表参加者、視聴参加者よりなる。参加者全員という場合にはこれらすべてを指す。

（ビブリオバトル普及委員会）

真夜中を切り裂け！　僕らをつなぐビブリオバトル

第一章　闇夜の国

茹《う》だるような真夏の授業中に眠るのは、気を失うのとほとんど同じだと思う。

夏休み明け二日目の教室の窓は、太陽の黄色がかった熱にじりじりと焦がされている。まだまだ暑いのに、八月中に明ける北国の夏休みが憎い。誰かのシャーペンが落ちた音で重いまぶたを上げると、生温《なまぬる》い汗が首筋を伝った。

「勤勉と真心の雲谷《もや》高一年」なんていうありきたりな学年スローガンの横には、昼休み二十分前を示す時計。鮮明になってきた意識の中で、今、四時間目の国語であることを思い出す。

教卓の向こう、クラスメイトの須藤央《すとうひろ》さんが踊るような身振り手振りで話していた。

「そこで、主人公くんが言うんです！　『もう、君のことしか考えられない』って」

白ブラウスの袖を肘までまくり、黒板に貼った手書きの新聞をバシバシと叩きながら、お気に入りの青春小説について語る須藤さん。短い黒髪が揺れるたび、みずみずしい光が跳ねる。蛍光灯に透かしたスポーツドリンクみたいな女の子だな、と思う。

お世辞にも勉強ができるとは言えなくて、テストのたびに、「まーた補習かぁ」と嘆いている彼女だけど、国語の時間だけはいつも生き生きしている気がする。僕も、国語は好きだ。だからと言って、彼女みたいに無邪気に笑うことも、堂々と話すこともできっこないけど。

このコマは、各自で書いた「読書紹介新聞」を見ながら、おすすめの本について発表する時間になっている。高校の授業でこんなことをするのは珍しい気がするけれど、今年赴任してきた校長先生の信念（趣味？）で、生徒たちはなにかと本を読まされるようになった。週三回ほど、「朝の読書タイム」なんてのも実施されるようになったし。

もっとも、僕は「読まされている」なんて思っていない。昔から本の虫だから。読書という光を見つけたのは、小学校中学年くらいのことだったと思う。勉強もそれほどできず、運動神経も悪く、思うようにクラスに馴染《なじ》めない。それでも本があったおかげで、僕はどうにか幸せに過ごすことができた。

少なくとも、中学時代までは。

「というわけで、ありがとうございましたっ！」

須藤さんの発表が終わると、ぱらぱらと拍手が起こった。

教卓に頭をぶつけそうな勢いでお辞儀をすると、須藤さんはぴょこぴょこと楽しそうに自席に戻っていく。真横を通った彼女のスカートがわずかに僕の腕をかすめ、ドキッとした。

「ええと、次は……」

担任兼現代文教科担当の野田優子《のだゆうこ》先生が、発表者順が書かれた名簿を指で追う。

「次は、蛯名来斗《えびならいと》くん、かな？」

「っ……はい」

どうしよう、次の発表、僕だった。心臓が、どく、どくと激しく僕の中を叩き出す。なんの、心の準備もない。

読書紹介新聞を掴んでゆっくりと立ち上がり、歩き、教卓の後ろに立つと、頭が真っ白になる。八月の空気に蒸され、セミの鳴き声に巻かれ、自分だけ別世界にいるようなぼんやりとした感覚に陥った。ダメだ。

急げ、早く始めないと、また攻撃される。

「あれ、蛯名くん、もう始めていいんだよ」

「あ、はい」

慌てて黒板に新聞を貼り付け、正面を見るとあいつと目が合ってしまった。

切れ長の、暗く鋭い目。高校に入学して以来、僕をずっと真夜中に閉じ込め続けてきたあいつ——鳥谷部翔《とりやべかける》と。

思わず、右ポケットに手を突っ込んだ。それが手に触れても、膝はぷるぷると震えたまま。

「僕が、お……おすすめしたいのは、えーっと……太宰治の『津軽』です」

僕がおすすめするのは、太宰治の『津軽』です。青森県民である自分たちには、聞き慣れた地名も多く登場します。小説というよりは紀行文に近いのですが、郷土の美しさや人の温かみに触れられる素晴らしい作品です。

言うことは全部新聞に書いてあるのに、鳥谷部が僕を見ていると思うと、思うように話せない。新聞を見るために振り返り、前を見て、また自信がなくなって振り返る、を繰り返す。

「それで……あー、あの、その――」

突如、ガァン！　という激しい音が空気を殴った。鳥谷部が自分の机の脚を蹴ったのだと理解するまでに、数秒かかる。

「なあ」

ドスの利いた声。横隔膜が誤作動を起こし、僕は呼吸ができなかった。内臓まで、震える。

「耳障りなんだよ、『えー』とか『あー』とか。見てるだけでイラつくわ」

情けないけど、じわっと涙が滲んでくる。

「ちょっと……鳥谷部くん、またなの？」

パイプ椅子から立ち上がり、鳥谷部を睨む野田先生。精いっぱい怒っているつもりなんだろうけど、言葉の最後のほうが消えかかっていた。多分、先生は僕らと十個も年が違わない。先生だってあいつのことは怖いだろうに、毎回ちゃんと注意してくれるだけありがたい。

一度お互いの親を呼んで話し合いの場を設けようか、と提案をもらったこともあったけれど、それは慌てて断った。鳥谷部と向き合って話すなんて恐怖以外の何物でもないし、第一あいつとこんなことになっているなんて、絶対親に知られたくない。

「いつもいつも蛯名くんに突っかかって、いい加減にしなさいよ。鳥谷部くんの名前、学年の先生みんな覚えてるからね」

先生は、貧乏ゆすりを始めた鳥谷部におどおどしながらも言った。

「と、鳥谷部くんは、環境委員でしたよね？」

何も答えず、正面を睨み続ける鳥谷部。緊張感が液体窒素みたいに充満して、あれだけ暑かった教室がぴきっと凍りついていた。

「……もう少し、周りに迷惑かけてるってことを自覚してもらわないとね」

先生はできる限りの低い声で言った。

「今日、環境委員の人は全員教室に残って、床磨きをして帰ってください。連帯責任です」

「は？」

鳥谷部が、初めて反応する。

他の環境委員――高橋《たかはし》さんと新岡《にいおか》さんも目を見開いた。連帯責任。高校生になってから、初めて聞いたかもしれない。

ところで、先生は気づいているのだろうか……僕も、環境委員だということに。

「ざけんなよ……」

鳥谷部の言葉を無視し、先生は優しい、どこか哀れむみたいな目で僕に発表を続けるよう促した。貧乏ゆすりが止まらない鳥谷部の視線に刺されて崩れ落ちそうになりながらも、機械みたいに書いてある文字を読み上げる。発表を終えると、逃げるように自席に戻った。

次の人の発表が始まると、僕はぼんやりと窓の外を見た。ここ――雲谷高校は、その名の通り、雲谷峠《とうげ》という山のふもとにある。

青森市の南側、八甲田《はっこうだ》連峰の手前にあり、よく言えば自然豊かで、悪く言えば何もない。平地にある家にいるときよりもちょっとだけ近い青空と、暑さに身もだえするかのように揺れる枝。青と緑以外の色彩はなく、特段面白いことはない。これから、四時間目が終わるまでの間に面白いものが出現するとも思えない。

現実は、時には物語と同じくらい面白いんだ。

いつか読んだ小説に、そんなことが書いてあった。昔は、この言葉を信じて疑わなかった。物語みたいに面白い現実を待ちわびていた日々は、何気なくても、ワクワクしたものだった。

でも、そんなのウソだとわかったし、今となってはこれは呪いの言葉。高校一年生になった僕は、僕の日々を包む夜闇の中でいつも言い聞かせる。

物語は物語で、現実は現実。

昼休みが始まって早々、鳥谷部は僕の元まで大股で近寄ってきた。僕が開けっぱなしにして机の上に出していた筆箱を掴むと、思いっきり床に叩きつける。中のペンや消しゴムが、ばらばらと床に散らばっていく。

うわ……と引いたような声は上がれど、誰も大した衝撃は受けていない。クラスメイトたちも最初の頃はびっくりしていたが、当たり前すぎてもう慣れているのだ。ガンと僕の机に拳を振り下ろす鳥谷部。思わず、ビクッと肩を震わせた。

「なんで俺が放課後残んなきゃなんねぇわけ」

「ごめん……」

「ふざけんなマジで」

僕は床に膝をつき、片手でペンを拾いながら、人知れず右ポケットに手を入れる。冷たいプラスチックの感触に、少し気持ちが落ち着いた。

僕がポケットに常備しているのは、カッターだ――。

「もー、何やってんだよ鳥谷部ー」

教室の廊下側から上がった声に、鳥谷部は小さくため息をつく。

「なんで毎日毎日こういうことするかなー。可哀そうだろ」

こちらまで歩いてきて肩をすくめながら言うのは、成田蓮《なりたれん》だ。成田がクラスの中で目立つのは、鳥谷部と張るくらいに背が高いせいだけじゃない。明るくて、誰に対しても分け隔てない性格だから、先生たちからも好かれている。こんな風に物怖じせず鳥谷部に声をかけることができる人は、クラスの中でも成田くらいしかいないと思う。

成田はぽん、と鳥谷部の肩に手を置くと言った。

「そうカリカリすんなって、毎日毎日さ。カルシウム足りてる?」

「……うっせえな」

鳥谷部は鬱陶《うっとう》しそうに成田の手を払うと、床に散らばった筆記用具を避けて歩き、教室を出ていってしまう。その後ろ姿を見届けると、成田はやれやれって感じの顔で筆記用具を拾い始めた。ちゃんと埃がついてないか確認までして、丁寧に筆箱の中に戻してくれる。

「……いつも、ほんとに、ありがとう」

「気にすんなって」

成田は、爽やかな笑顔を見せた。彼は、いつもこうやって助けてくれる。他にも親切な数人が手を差し伸べてくれた。少しずつ、僕の筆記用具は筆箱の中に戻っていく。

可哀そうだろ。可哀そうだろ。

成田の言葉が、何度も頭の中を巡る。僕は、クラスメイトに可哀そうなやつだと思われている。そう思うと、怒鳴られる瞬間より、筆箱の中身をぶちまけられるより、辛くなった。

筆記用具を全て拾い終えると、一人一人に丁寧にお礼を言ってから静かに教室を出る。

今日も、真夜中だ。


いつものように、図書室に避難する。ほとんど人がいなかった。というか、僕以外お客さんは誰もいない。さっき弾けるような笑顔で本の紹介をしていた須藤さんだけが、カウンターの向こうで読書をしている。彼女は、図書委員だ。気づかれない程度に彼女に視線を送った後、いつものように棚を巡る。

整然と本が並んでいる。本好きの僕にとって図書室は宝の山で、唯一の居場所だ。

つかのまの安らぎが得られる、大切な場所。たまに本棚が乱れている個所があれば、図書委員でもないのに勝手に整頓してしまう。一冊一冊が大事で、愛おしいから。

「ん……？」

文庫の棚を見て、首を傾げる。昨日までなかったポスターが貼られているのを見つけた。

《文芸同好会、部員募集》

数冊の本と制服姿の女の子のイラストが描かれている。イラストの女の子は、何かを書いているというわけではなく、本を掲げながら演説しているようだった。そして、デカデカと「レッツ、ビブリオバトル！」って書かれている。

ビブリオバトル……？

勝手なイメージだけど、「文芸」がつく部活って、何か文学作品的なものを書いたり、それを読み合ったりするものじゃないのか。「文芸」と「バトル」って言葉が全く結びつかなくて混乱する。まあ、入部したいわけじゃないからどうだっていいけど。

その瞬間、妙な視線を感じて後ろを向いた。

「あっ……」

須藤さんがじっとこちらを見ていた。僕と目が合うとにこっと微笑み、ピースサインまで向けてくれる。赤くなってきたであろう頬を隠したくて、僕は軽く会釈した後さっと隠れた。

　須藤さんとは小、中学校は別々で、高校に入ってから出会った。最初は図書室に明るくて元気いっぱいなクラスメイトの女の子がほぼ毎日いることが気まずくてしょうがなかったけれど、彼女がああやって感じよく迎えてくれるおかげで、気兼ねなくぼっちタイムを満喫することができるようになった。

　今までの人生を振り返ってみれば、あんなキラキラした女子が僕を視界に映して笑顔を見せてくれることなんて、初めてかもしれない。青春小説から飛び出してきたみたいな笑顔が眩しくて、彼女と友達になれたら少しは学校生活が楽しくなるんだろうかなんて考えるけれど、絶対に期待なんかしちゃダメだ。彼女と僕は、どうあがいたって釣り合わない。

　物語は物語で、現実は現実。そんな奇跡は、起きやしない。

　小説の棚から一冊の単行本を引き出し、いつもの席に座った。今年の春に出会った、この世で一番お気に入りの一冊――『闇夜の国』という小説だ。庭乃宝《にわのたから》という作家さんのデビュー作。

『闇夜の国』は、太陽が昇らなくなった世界で、主人公の「ライト」が世界に朝を取り戻すため仲間と共に奮闘するというストーリー。特に、世界に真夜中をもたらす元凶となった怪物「夜の魔物」からみんなで逃げるシーンは見ものだ。主人公が自分と同じ名前であることに運命を感じて以来、暗記するほど読んでいる。通学カバンの中にも常時文庫版があるけれど、図書室にある単行本も前々から見てみたいと思っていたんだ。ハードカバーの表紙にはライトと思《おぼ》しき男の子が描かれていて、なんだか嬉しくなる。

お気に入りのシーンを見つけ、一文字一文字を目に焼きつけるように大切に読む。

真夜中の黒の中を、大切な二人の手を引きながら駆け抜ける。熱気を帯びた風が肺になだれ込み、汗ばんだ体にまとわりつく。急げ。急がないと魔物に飲まれてしまう。

「もう、無理だよライト！　わたしのことはいいから、ひとりで逃げて！」

俺に手を引かれ、泣き叫ぶような声でシアンは言う。そんなこと、できるわけがない。

「ライトの足なら助かるだろ！　俺らは俺らでどうにかするから、手、手を離して、逃げろ！」

テオも汗を飛ばしながら途切れ途切れに怒鳴るけれど、ダメだ。俺一人で助かるなんて、絶対にイヤなんだ。

熱い風を切って走る俺たち。街灯の頼りない光が、ものすごいスピードで後ろに流れていく。

いつか、必ず日が昇る。太陽の光を浴びれば、魔物は生きていられないはずだ。それまで、こいつらと一緒に、なにがなんでも生き抜く。

この、真夜中を切り裂け！

「はあ……」

一気に読んで、大きく息をつく。

真夜中を切り裂け。なんて、力強くていい言葉だろうと思う。

僕の日々は、高校に入ってからずっと真夜中だ。僕の真夜中が切り裂かれる気配は、今のところない。それでもこの本を読んで、この言葉に触れると、いつか僕の夜も明けてくれるんじゃないかと思える。耐えて、耐えて、耐え抜けば、朝が来ると信じられる。

僕は、春先から鳥谷部翔に敵視され、攻撃され続けている。鳥谷部とは小学校も中学校も同じだったけど、こんなことになったのは高校に入ってから。思い当たるきっかけなんかない。幸いにもお金を盗られたり身体的な暴力を振るわれたりすることはないし、攻撃してくるのは鳥谷部一人だけで、他のクラスメイトたちはいたって親切。むしろ、鳥谷部のほうが一匹狼状態だ。だからどうにか耐えてきたけれど、蔑《さげす》まれて、哀れまれて、もう心は限界に近い。

ただ、これは言わせてほしいんだけど、僕は別に鳥谷部にいつか復讐しようとか、殺してやろうと思ってカッターを持っているわけじゃない。お守りのようなものだ。鳥谷部にひどいことをされて潰れそうなとき、カッターに触れると少し心が落ち着く気がする。『闇夜の国』のライトだって、ポケットに常に短剣を忍ばせていた。

暗闇の中を生きる者には、武器が必要なんだ。

「いらっしゃいませ〜！」

突然、須藤さんの声が明るく響いた。びっくりして顔を上げると、須藤さんの友達らしき女の子が本を借りに来たところだった。ぴょんぴょんと跳ねながら楽しそうに話す二人を見て、本で顔を隠す。二人の世界を、僕の存在が邪魔しているような気分になった。

もう、帰ろう。

立ち上がり、出口に向かって歩く——その時、足元でカタッと音がするのを聞いた。嫌な予感に血の気が引く。目線を床に移す。

カッターが、落ちていた。

反射的に須藤さんのほうを見た。お友達は気づいていないけれど、須藤さんはちょっとびっくりしたような顔をしてこっちを見ている。

違うんだ。誰も傷つけようとなんかしてない。お願い、信じて信じて信じて——。

僕はカッターを拾うと、逃げるように図書室を出た。ズタズタにしたい。なにかを、ズタズタに切り裂いてしまいたい。

男子トイレに駆け込み、便器を見た途端胃がグッと上のほうに押され、酸っぱいものが口に広がった。反射的に便器に顔を近づけ、こみ上げてくるものを咳と一緒に吐き出す。

「っ……」

目に滲んできた生理的な涙を拭う。指に染み込む雫には少しずつ感情が混じり、熱くなっていく。

昼休みが終わるまで、男子トイレの個室から出ることはできなかった。

いよいよ放課後、連帯責任清掃の時間になった。

僕、鳥谷部の他に、高橋さんと新岡さんが残る。名ばかりの環境委員だったけど、こんなところで集まることになるとは思わなかった。

みんな白スポンジを構えて、掃除を始める――はずだったのだが、高橋さんたちはどうしても部活に行かなきゃいけないからと、すぐにいなくなってしまった。

僕と鳥谷部だけが、まだ気持ちの悪い暑さが残る教室に閉じ込められている。

鳥谷部は、尖った声で言った。

「土下座しろ。無駄な時間過ごさせやがってよ」

僕はうつむいて唇を噛んだ。無意識に、手が右ポケットに向かう。

「ふざけんなよマジで」

「ごめんなさい……」

僕は、薄汚い床に膝をついて土下座した。廊下から、女子の「何あれヤバッ」という声が聞こえてきて、頭に、顔に、血が上る。そろそろ許されるかと思ってゆっくり顔を上げると、鳥谷部は口元を歪め、目を逸らしていた。

なんだよ、その顔。お前が土下座しろって言ったんだろ。

「……なんか文句あんのかよ」

突然、鳥谷部が僕の襟首を掴んでぐいっと持ち上げる。首が絞まりそうになって慌てた。心の声が漏れてただろうか。

「な、ないよ。ごめん」

鳥谷部は舌打ちをして、乱暴に僕のシャツから手を離すと窓際で黄昏《たそがれ》始めた。掃除する気は、一切なさそう。もう、僕一人でやろう。

僕は、スポンジをバケツの中に突っ込み、床をこすり始めた。シャーペンの芯が擦れたあとで汚れに汚れた床。スポンジがあっという間に黒く、小さくなっていく。教室中こんな感じで、永遠に終わらなそう。

ため息をついたそのとき、廊下から妙な視線を感じた。恐る恐るそっちを見て、驚く。

須藤さん……？

僕とばっちり目が合うと、須藤さんはにこっとして、無邪気にとことこ駆け寄ってくる。普段の僕なら、きっと戸惑いながらも少しワクワクしていただろう。でも、覚えたのは全身から血を抜かれていくような感覚だった。

どうしよう。もし、昼の、カッターのことに触れられたら――。

須藤さんは床に座って顔を引き攣《つ》らせる僕を見ると、腰をかがめて聞いてきた。

「なんでライトくんだけ掃除してるの？」

「うっ……え？　ら、ライトくん？」

ちゃんと喋ったこともないのに、いきなり下の名前で呼ばれた。多分僕の目は、四方を塞がれた夏祭りの金魚みたいにせわしなく泳いでいたと思う。

「い、いいんだよ、元はと言えばちょっとは僕のせいだから」

須藤さんは、納得のいかない顔をする。唇を尖らせて続けた。

「ライトくんのせいじゃないよ！　なんにも悪いことしてないじゃん」

そのとき、窓際にいた鳥谷部がギロッとこちらを睨んだ。やめてくれ、須藤さん。

もう、なんでもいいから……。

そわそわしていると、須藤さんは、「よしっ」と言った。僕に向かって、くしゃっとした笑顔を向ける。

「あたしも手伝うよ！」

「えっ」

言葉を返す間もなく、須藤さんはスポンジを用意して僕の隣に来た。もともと肘までまくっていた袖をもっと上に上げると、汚れた床に膝をつけ、黒ずみを落とし始める。

「す、須藤さん。いいんだよ、僕、大丈夫だから……制服汚れちゃうし。僕の仕事だし」

あわあわする僕に、須藤さんは笑って言った。

「『僕の仕事』って言うけど、ライトくんだっていつも本来は図書委員がやらなきゃいけないこと、やってくれてるじゃん。本の整頓してくれたり、本の埃払ってくれたり、あれ、すごく助かってるんだよ」

顔が、熱くなる。まさか、見られていたなんて――。

「でも、ほら、須藤さん、色々忙しいでしょ。だから、その、悪いよ……」

「いいんだって、どうせヒマだし！　今日部活もないから」

「部活……？　何の？」

「あ、んーとね」

言って、須藤さんはフッと窓の外に目をやった。そして――唐突に瞳を輝かせる。

「えー、待って！　夕陽、めちゃくちゃきれいなんだけど」

とたとた、と窓際に駆け寄って夕空を見る須藤さん。キラキラした顔で、手招きしてくる。

「来てライトくん！　ヤバいよ！」

「いや、僕は……」

「いいからいいから！　絵みたいな空だよ！」

ここで掃除をやめたら、また鳥谷部に攻撃されるかもしれない。だけど、その笑顔に惹《ひ》きつけられるように自然とスポンジを置き、須藤さんのところに向かってしまう。

窓際に立つと、須藤さんが嬉しそうに言った。

「放課後に教室から夕空見るって、青春っぽくない？」

「そうかもね……」

少しだけ視線を横にずらすと、鳥谷部も、ぼんやりと夕空を見ていた。何を考えているのかは、わからない。視線に気づかれる前に、僕は窓の外の景色に意識を移す。

確かに、空は美しかった。オレンジと桃色のグラデーションに染まった雲が夏空に敷き詰められて、よくできた水彩画みたいだ。だけど僕の心は、無意識のうちに須藤さんのほうに引き寄せられていく。並んで立ってみて、僕より身長が十センチ近く高いことに気づく。

そして——夕陽を見つめる横顔は、息を呑むくらいきれい。顔のつくりが飛び抜けて整っているという意味ではない。でも、柔らかく揺れる真っ黒なボブヘア、まっすぐな瞳、そこに宿った光が、泣けるくらい眩しかったのだ。

須藤さんは、遠い朝の中にいる——。

「おい、サボんなや蛯名」

僕を現実に戻したのは、鳥谷部の不機嫌そうな声。謝ろうとしたとき、横の須藤さんがその数倍機嫌の悪い声で言った。

「サボってんのは鳥谷部くんのほうじゃんか。ダメだよー、ちゃんとやることやんないと！」

やめて須藤さん、と言いたいけれど、喉が詰まったように声が出ない。鳥谷部は少し動揺しつつ、精いっぱいの尖った声で言い返す。

「須藤は関係ねぇだろ」

「関係あるよ！　だって、ライトくん友達だもん」

トモダチ、だって？

次々と僕を翻弄《ほんろう》する須藤さん。鳥谷部は一瞬ぽかんとしたが、鋭く息を吐いて言った。

「友達とかなんとか、小学生かよ」

「鳥谷部くんのほうがよっぽどガキじゃん。ほら、スポンジ持って！」

僕は耐えきれなくなって、ひとりでこっそり床掃除に戻る。須藤さんは、「あ、ライトくん待ってー」と言ってすぐこちらに来た。鳥谷部はイラついたように舌打ちをすると、渋々白スポンジを持つ。

「お、案外やる気あんじゃん！」

そう須藤さんが言ったのと、ほとんど同時だった。

「うーす、トリ」

教室の外から聞こえた、感じの悪い声。鳥谷部の背中が、反射的にぴくっと動く。

「あ……」

「なにしてんの」

半笑いで声をかけてきた男子生徒たちの胸元には、三年生の学年カラーである紺色の校章がついていた。中肉中背で髪を明るめの茶色に染めたのが一人と、口元に大きなほくろがあるがたいのいいのが一人。振り向いた鳥谷部の顔は明らかに引き攣っていた。

「なーにしてんの」

茶髪のほうが教室の中までずかずかと入ってくる。なんというか、すごく嫌な迫力がある人だ。思わず、体を縮こまらせた。

「あ、あの……なんでも、ないです」

鳥谷部がスポンジを床に置いて小さな声を出すと、茶髪は大げさに顔を歪めた。

「は？　待ってたんだけど」

「すみません、あの」

茶髪は真顔でパッと振り向くと、ほくろに行こうぜと声をかけた。鳥谷部は青ざめた顔でカバンを抱えると、慌てたようにその背中を追いかける。

「ちょっと鳥谷部くん、掃除は⁉」

須藤さんの声も届かない。いや……あの状況の鳥谷部に「掃除は⁉」と言える須藤さんもなかなかだと思う。

「まったくもう！　きりいいとこまでやったら帰ろうね、ライトくん」

須藤さんはスキップしながら磨いていた場所に戻る。鼻歌を歌いながら床をこする須藤さんに、僕は恐る恐る聞いた。

「あの、あのさ、僕と須藤さんって友達なの？」

うーん、とあごに指を当てながら言う須藤さん。

「人によるよねぇ、友達の定義って。あたしはとりあえず、一言でも喋ったら友達だと思ってるんだけど」

「え、この掃除の時間をもって僕ら友達ってこと？」

「うん、ダメかな」

無垢な瞳。僕はぽりぽり頬をかきながら言った。

「いや……須藤さんの解釈に任せるけど」

「よっしゃー、それじゃ友達ねー」

嬉しそうに、汚れがとれたところを雑巾で拭き取る須藤さん。これは、夢では、ないよな。

確かに、友達の定義は人それぞれだ。考えたことはなかったけれど、少なくとも僕の中では、「一回喋った」だけじゃ友達とは言わない。というか、言えない。何回か話したことがあっても、目立つ子や人気者は、「友達」と呼ぶのはおこがましい気がしてしまう。

だから、あの頃から鳥谷部を友達だなんて思ったこと、一度もなかったなぁ――。

「てかさあ、下の名前で呼んでよ！　あたし、他の友達には『ヒロ』って呼ばれてるんですが」

「いやいやいや、そんなおそれ多いよ」

なんでよー、と須藤さんは面白そうに笑った。

どうしよう。人気者の女の子に「友達」と言われてしまった。でも、落ち着け。物語以上の現実なんかない。あまり調子に乗ると友達認定を取り消されてしまうだろうから、嬉しくてもはしゃがないように気をつけるんだ。

自分自身に言い聞かせてみたところで、今この瞬間の嬉しさをごまかすことはできなかった。最初はヒヤヒヤしていたけれど、カッターの件に須藤さんが触れる様子もない。案外僕が気にしすぎているだけで、もう須藤さんは覚えていないのかも。

床磨きの時間は、案外すぐに過ぎていった。

床磨きが終わると、すぐに学校を出た。

須藤さんは僕と一緒に帰るつもりだったようだけど、やんわりと断った。本音を言えば僕だって須藤さんと一緒に歩きたい気持ちでいっぱいだったけれど、友達初日から会話が続かなくなって困らせてしまう可能性を考えたら冷静になった。須藤さんの横を歩けるのは、人並みの話術を身につけてからだ。まあ、身につく予定なんかないけれど。

暗くて蒸し暑い山道を下っていると、下校というより下山だよなと思う。頭皮から冗談みたいな量の汗が噴き出てくるし、背中にかいた汗はシャツと肌をぴったりくっつけて気持ち悪い。八月上旬の青森ねぶた祭が終わったらもう秋だ、なんて絶対ウソ。

顔の周りを飛ぶ小さな虫に顔をしかめながら考えた。本当に今日は、色々なことがいっぺんに起こりすぎだ。さっき鳥谷部のところに来た上級生は誰だろう。中学の最後あたりからああいうやつらとつるんでいたらしいけど、あんなにおどおどしている鳥谷部は今まで見たことがなかった。鬼のような顔でこちらを睨みつけてきたり、かと思えば上級生に怯えたり。今のあいつに昔の面影は一ミリたりともない。

ようやく平地に出ると、ちらほら家やコンビニが見え始める。野生の熊や猿に出くわさなかったことに感謝しながら足を進めると、小さな畑の向こう側に僕の家がある。

玄関を過ぎた足は、まっすぐ本棚に向かった。小学生のときの思い出が詰まったアルバムを取り出す。この頃は、ずっと明るい「朝」だった。最終ページに大切に貼られている写真に、胸がちくりと痛む。

六年生のとき撮ったツーショットだ――僕と、鳥谷部の。

青い空とコスモス畑を背にして隣り合う僕たち。改めて見返すと、本当に不釣り合いだ。チビで細くて色白、天然パーマの猫背少年、僕。大柄で健康的な肌色で、短い黒髪をしっかり整えたいかにもスポーツ少年って感じの鳥谷部。整ったきらきらの笑顔でピースサインを作る鳥谷部の横で、僕は明らかに照れたように口元を歪めて笑っている。

鮮明に覚えている。これは、遠足の写真だ。僕たちの小学校では、モヤヒルズという山のふもとのレジャー施設に行く全校遠足があった。どこまでも広がる緑の中で、みんなドッジボールをしたり鬼ごっこをしたり、自由にはしゃぎまわる。ちょうど色とりどりのコスモスが咲き乱れる季節だから、敷物に座ってただただ景色を楽しんでいる子もいた。

こういうとき一緒に遊べる友達がいない僕は、それほど仲がいいわけでもないクラスメイトとなんとなく一緒に弁当を食べた後、一人でぼうっとしていた。あまりにもすることがないから、コスモス畑と向かい合って読書を始める。万が一、誰の輪にも入れなかったら読もうと思っていた本の出番が来てしまった。でも、はしゃいでいる他の子たちの声を耳に入れないことに必死で、内容なんて一つも頭に入ってこない。

僕は友達がいないから一人でいるわけじゃなくて、本が好きだから本を読んでいるんだ。ちっとも寂しくなんかない。無言で必死にそういうオーラを出すけれど、本当は息が詰まりそうだった。本が好きな気持ちにウソはない。でも、数ある「やること」の選択肢の中から選んでする読書と、本を読むしかないときにする読書は、全然違う。こんな行事のときにまで一人で本を読んで、僕は周りにどう思われているんだろう。低学年のときは、もうちょっと自然に人の輪に交ざれたんだけどなぁ……なんて思ったら、泣きたくなる。

さっきと同じ文字の列に目を滑らせたところで、誰かに肩をとんとんと叩かれた。

振り向いた瞬間、声が出なかった。

憧れの、でもほとんど話したことがない鳥谷部だったから――。

「ライト、なにしてんの」

「う……」

びっくりしすぎて、僕は固まる。鳥谷部は朝の太陽みたいな笑顔で続ける。

「本読んでんの？」

「あ……」

「ちょっと、俺、休憩」

言って、鳥谷部は僕の隣であぐらをかく。僕は慌てているのに、鳥谷部はなんでもないように言った。

「ライトって、ほんっと読書家だよな。初めて見たわ、遠足で本読んでるやつ」

「……変だよね」

僕は、力なく笑って言った。でも、鳥谷部は笑顔のまま首を横に振る。

「なんにも変じゃねぇよ。こんな天気いい日にこんな景色いいところで好きなことするって、最高じゃん」

当たり前みたいに言うと、鳥谷部は気持ちよさそうに深呼吸して目の前を見た。

「コスモス、きれいだよなぁ。俺、先週も家族で来たけど、そのときよりいっぱい咲いてる」

「あの……他の友達は、いいの？」

思わず聞くと、鳥谷部は苦笑いして首筋の汗を拭い、遠くで走り回る男子たちを見た。

「もう俺、疲れちゃった。あいつら走りすぎ」

鳥谷部の視線の先では、クラスの活発な男子たちが大声を上げながら走り回っている。鬼ごっこかなにかだろうか。でも、疲れたからってなんで僕のところに来てくれたんだろう。

鳥谷部の横顔を見ようとすると、さっきまで目線を落としていたせいで見えなかった秋の優しい景色が、急に目に飛びこんできた。

広く高くどこまでも続く九月の空、その優しい水色と向き合いながら風に揺れる暖色の花々。振り向けば、真っ白なリボンのような飛行機雲が、まっすぐ空を駆け抜けていた。

周りがどう思おうと、僕はこんなきれいな風景の中で、自分が一番好きなことをしていたんだ。そう思うと、さっきまでの惨めな気持ちがどっかに行くような気がした。

鳥谷部は、笑いながらもちょっと不満げに言う。

「俺、全然本読まないからさー。よく、親に小言言われるんだよな。『もっと本読め』って」

「あ……。でも、まあ、うーん――」

「なんか面白いおすすめの本とかある？」

「え……おすすめの本？」

びっくりして聞き返すと、鳥谷部はにっこりして頷《うなず》いた。自分の世界に鳥谷部が踏みこんできてくれた嬉しさに頬が熱くなり、口元に力を入れないと勝手に緩んでしまう。

「面白い本、いっぱいあって。どれから紹介していいか、わかんないんだけど……」

どうしよう。どれを紹介したら喜んでもらえるかな。普段全然本を読まないってことは、とりあえず難しいやつはダメだよな。

「例えば――」

「おーい！」

突然後ろから呼ばれ、僕たちは振り向いた。同行してきたカメラマンのおじさんが、カメラを構えていた。

「君たち、こっち向いて」

「あ、はーい！」

勢いよく立ち上がり、コスモス畑を背に僕の横でピースを作る鳥谷部。僕も慌てて立って、二本指を立てた。嬉しさを隠す時間も与えずにおじさんは写真を撮り、僕は気持ちの悪い照れ笑いで写るハメになったのだ。

「ありがとうございます！」

鳥谷部が大きな声でお礼を言って頭を下げたから、僕も真似して頭を下げる。僕はもう一度おすすめの本を考えて答えようとしたけれど、それより先に誰かが鳥谷部を呼んだ。

「兄ちゃーん！　こっちに来てー！」

鳥谷部は「あっ」と声を出すと、僕に笑顔を見せて言った。

「ごめんライト、弟だ」

じゃあなと言って走り去る鳥谷部に、精いっぱい手を振る。彼そっくりな男の子に後ろから飛びつかれ、鳥谷部は笑いながら、「やめろよー」と声を上げた。弟とは言っても、小さな子じゃない。なんなら僕よりもちょっと背が高そうだし、年子とかかもしれない。

友達だけじゃなく、弟さんとも仲いいんだな。しばらく僕はこみ上げてくる笑顔を抑えきれないまま、二人の姿を見ていた。

後日同行したカメラマンさんが撮った写真の販売があったけど、鳥谷部と一緒に撮った写真だけは絶対に買わなきゃと思って、真っ先に注文リストに入れた。

そうだ。鳥谷部に話しかけられたことも、一緒に写真を撮ったことも、本を読むことを「なんにも変じゃない」と言ってもらえたことも、あの日の全てが、その夜布団の中で思い出して眠れなくなるほど嬉しかったんだよな――。

鳥谷部は、スーパーヒーローだった。小学校高学年のとき初めて同じクラスになったあいつは、運動神経がよくて、カッコよくて性格もよくて、いつも楽しそうに笑っていて、紛れもなく僕にとって憧れだった。僕はほとんど近づけず、遠目にきらきらした目であいつを見るだけだったけど、たまに話すことができれば「トリ」なんて気軽に呼んでいた。

どんなに些細《ささい》なことでも鳥谷部と話したり少し関わったりするたびに親に報告していたから、「トリくんはライトのヒーローなんだね」とお父さんもお母さんも言うようになった。本当にそうだ。今日はトリと話せるかなと思いながら学校に行くから、毎日がワクワクしていた。今思えば、くすぐったいくらい幸せな日々だった。

中学校入学後は一年生のときだけ同じ学級になり、二年生以降はクラスが離れてしまった。サッカー部のエースで生徒会にも入った鳥谷部はますます雲の上の存在になったけれど、たまに見かけるとやっぱり嬉しかった。卒業までに、あと一回だけでも言葉を交わせたらどんなにいいだろう、なんて思っていた。

思ってもみない形でそれが叶ったのは、中学二年の一月だった。

冬休みが明けてすぐ。真夜中のように暗い、午後五時のこと。雪の粒を乗せた冷たい風が吹く放課後、小さな体に釣り合わない大きさと重さのスクールザックを背負った僕は、通学路にある小さな公園――ライオン公園に差し掛かった。昔ライオンの形をした大きな遊具があったことからそう呼ばれているけれど、今は名だけ。残っているのは古びた滑り台だけで、冬の期間はただの雪捨て場だ。日が暮れると、不良みたいなやつらのたまり場になるって噂もある。委員会活動があって帰りが少し遅くなったが、この公園を過ぎればすぐ家だ。

すると、公園の街灯の頼りない光の下、雪で半分埋もれたベンチに人が座っているのが見えた。びっくりして目を凝らし、もっとびっくりする。

間違いなく、鳥谷部だった。

自分の体を抱くようにして震えながら、はっ、はっ、と短く白い息を吐く鳥谷部。少し近づくと、ぐずぐずと洟を啜りながら泣いているのがわかった。

この頃確かに、「最近鳥谷部が変だ」という噂が立っていた。部活で思うように結果が出なくてイライラしてるとか、家族と何かあったとか、色々な憶測が飛び交っていたけど、少なくとも僕の近くに真相を知っている人はいなかった。僕自身、いつも友達に囲まれている鳥谷部が少しうつむきながら一人で廊下を歩いているのを見て、変だなと思っていた。

話しかけていいかな。そう思ってすぐに、心の中で首を横に振った。そんなの絶対変だ。友達でもないし、今はクラスメイトですらないのに。そもそも人気者の鳥谷部が、何度か会話を交わしただけのこんな地味な人間の存在を覚えているかすら怪しい。

通り過ぎようとしたとき、ふいに、あの日コスモス畑で話しかけてくれた鳥谷部の優しい顔がよぎった。照れてしまってちゃんと目も見られなかったけど、本当は、すごくすごく嬉しかった。楽しい記憶を、くすぐったいけど大切な思い出を、たくさんくれた人だったな。

そう思って改めて鳥谷部の泣き顔を見たら、どうしようもなく悲しくなった。何があったかわからないけど、あのまま放っておいて、鳥谷部が風邪を引いてしまうのは嫌だ。

意を決して、雪を踏み固めながら鳥谷部に近づいた。後ろからとんとん、と肩を叩く。

「な……なにしてるの」

ゆっくりと顔を上げる鳥谷部。目は泣き腫らしており、頬は爆発しそうなほど真っ赤だ。涙と鼻水と雪でぐしゃぐしゃに汚れた顔。すごく辛そうで、胸が締めつけられた。本当に、なんでこんなことに。

「あ、あの、これでよければ」

僕は、真っ白に染まったスクールザックを雪の上に下ろし、もそもそとジャンパーを脱いで鳥谷部に渡した。僕の着ているジャンパーは、鳥谷部が着るには小さすぎる。だから、せめてもと羽織らせ、マフラーと手袋も貸してあげた。

鳥谷部は自分が着ているものの上から全部身につけたが、僕の姿を見てぐずぐずと泣きながら言った。

「それじゃあ、ライトが寒いだろ……」

思わず、えっ、と声を出す。まさか、こんな状況で僕の心配をしてくれるとは思わなかった。

そして、ほんのちょっとだけ、ちゃんと僕の存在を覚えていてくれたことを嬉しいと思ってしまった。

「え、えっと、ずっと歩いてたから結構ポカポカしてて、だから平気。あの、ほら、家ももう、すぐそこだし」

僕が自分の家を指さすと、鳥谷部はぐすん、と洟を啜る。鳥谷部の家がどこかはわからないけれど、自分の足で歩ける体力はあまり残っていないように見えた。

僕は、なけなしの勇気を振り絞って言った。

「あのさ……ちょっと、うちで温まっていく？」

「……いいの？」

「い、いいよ！　一緒に行こう！」

寒さで膝が震えている鳥谷部を立たせ、一緒に歩く。吹雪が頬をかすめるたび、鳥谷部の歯がガタガタと鳴った。何度か滑って転びそうになりながらも、どうにか家にたどり着く。

それからは、必死だった。鳥谷部にお父さんの温かそうな服を勝手に貸し、入れたこともないコーンポタージュを入れようと奮闘した。沸騰したやかんからは熱湯が溢れ、コーンポタージュの素は半分くらい床にこぼし、冗談みたいに味の薄いクリーム色のお湯みたいなものができた。それでも、鳥谷部は大事そうにカップを両手で抱えて、飲んでくれた。

「大丈夫……？　ごめん、失敗しちゃって」

鳥谷部は大きく首を横に振ったけれど、その後、急に口元を歪めた。やっぱりまずいよね。

「ご、ごめん。やっぱ入れ直すよ――」

「美味しい」

鳥谷部のカップに伸ばしかけていた僕の手が止まる。びっくりして鳥谷部の顔を見たのと同時に、その頬に一滴涙が伝った。

「すっげぇ、美味しい……」

そのままカップをテーブルに置き、両手で目元を拭いだす。一口飲むたびに「美味しい」と言う鳥谷部。絶対美味しいはずないのに、気を遣ってウソを言っているようには見えない。本当に美味しそうに、目を潤ませながらカップを抱え続ける。

明るくて元気だった頃の鳥谷部とかけ離れた姿に動揺した。そして思った。

トリは、なんであんなところにいたんだ――？

考えたら、なんだか少し怖くなった。みんなの人気者ですごい才能を持ったトリに目を付けた悪の組織が、トリをさらおうとしているんじゃないか。トリは、たった一人で逃げてきたんじゃないか。それで、凍えそうなところを家に入れてもらって、安心して泣いてしまったんじゃないか。

そんなことを思ったのは、このときたまたまそういう小説を読んでいたからだ。

僕は意を決して言った。

「いつでも、ここに逃げてきていいよ」

鳥谷部は、少し驚いたような顔をした。……当たり前だ。意味不明だろう。

それでも、このときの僕は大まじめだった。

「ひとりで抱えこまないで。ちゃんと助けるから、なんにも心配しないでいいよ」

鳥谷部は戸惑ったように目を泳がせたあと、僕に背を向け、小さく「ありがと」と言った。

まもなく、鳥谷部は一人で帰っていった。本当は心配で送っていこうかと思ったけれど、鳥谷部が「大丈夫」と言って足早に玄関に向かったから、僕は手を振るだけだった。お父さんの服、貸しっぱなしだけど構わない。早く、元気になってほしい。

その夜風呂で、ぼうっとさっきのことを思い返した。そして、突然冷静になる。トリが、悪の組織に追われているわけないだろが――。

思った途端、急に恥ずかしさがこみ上げた。思わず湯船の中に顔まで沈める。中二にもなってなにバカげたことを考えていたのだろう。最悪だ。

物語と現実は、違うのに。

僕には縁がないくらいの人気者で、別に友達というわけでもないのに、僕はお節介で自分の家に入れて、服を貸したり激薄コーンポタージュを入れたり、挙句の果てに、「逃げてきていいよ」って、何をやってしまったんだろう。憧れのトリを助けたくて必死だったけれど、向こうは最後困惑したような顔をして、そっぽを向いて、逃げるように帰っていったじゃないか。きっと内心、「なんだこいつ」って思っただろう。

全部全部、僕の自己満足だ。

ぷはっ、とお湯から顔を出し、僕は思わず泣いてしまった。もう、ダメだ。絶対変なやつだと思われた。もう二度と話してもらえないかもしれない――。

次の日から、僕は無意識に鳥谷部を避けるようになってしまった。廊下ですれ違っては逃げて、目が合いそうになると逸らして、距離的に近くなると遠ざかった。

僕は絶対に気持ち悪いやつだと思われている。鳥谷部には友達がたくさんいて、僕の出る幕なんて今までもこれからも一切ないのに、なんであんな調子に乗って、次から次へと慣れない親切を繰り出してしまったんだろう。思えば思うほど気まずくて、恥ずかしくて、鳥谷部の顔を見ることができなかった。もちろん鳥谷部がうちに逃げてくることなんてなかったし、公園で泣いている鳥谷部を見ることももうなかった。

まもなく僕たちは進級したけど、三年になると鳥谷部がつるむ友達は次第に不良みたいな感じに変わっていき、本人もたびたび問題行動を起こすようになった。そこに、かつて僕が憧れた彼の面影はない。素行が悪いために、エースとして活躍していたサッカー部を最後の大会直前で追放されたという話を聞いたときは、さすがに胸が冷えた。もう鳥谷部と関わることも、彼が優しく話しかけてくれることも二度とないんだろうなと、ぼんやり思った。

それなのに、僕たちは奇跡的に同じ高校の同じクラスになった。

そして、この地獄が始まった。

まさかこんなことになるなんて夢にも思わなかったし、毎日がしんどくてしょうがない。でも、きっと大丈夫。いつか、夜は明ける。耐えて耐えて耐え抜けば、きっと朝が来る。自分自身にそう言い聞かせ続け、とうとう夏まできてしまった。

鳥谷部だからこんなに辛いんだ、と今さらのように思う。正直、鳥谷部にされること自体にはもうある程度慣れた。心配してくれる人も、たくさんいる。でもたとえ敵のほうが多い高校生活でもいいから、たった一人、トリだけには嫌われたくなかったんだ。

右手をポケットに突っ込み、カッターを取り出す。ぎぎぎ、と刃を出した。写真の中の、鳥谷部の顔にそれを突き立て、切り裂こうとした――できなかった。

情けない。本当は、僕のことを大切にしてくれる人のことだけ見ていたいのに。

窓の外に広がる空は、少しずつ墨汁が混ざるように、黒くなる。

きっと、明日も真夜中だ。


久しぶりに、ぐっすり眠ることができた。

普段は起きた瞬間から胸にもやっとしたものがあるのだけど、今日は普段よりちょっぴり体が軽い。なぜだろうと考え始める頭の中で、ぱっと弾けた笑顔。

――須藤さんだった。

いつも朝の中にいる彼女と話せたから、こんな風に目覚めたのかもしれない。ただ、今日も話せるかな、なんて期待するのはやめよう。物語は物語で、現実は現実。須藤さんとは、鳥谷部みたいになりたくない。

朝ごはんもいつもよりちゃんと食べて家を出た。それでも、ライオン公園の前を通ったときは、やっぱりちょっと胸が痛い。

本当のところ、あのときあいつの身に何が起きていたんだろう。友達とケンカでもして悲しんでたんだろうか。もっとちゃんとゆっくり話を聞いてあげたら、何かが変わっていたのかな。でも、聞いたところで僕に何かできていたか。僕だってあのときは必死だったんだ。だって、あいつが目の前で震えてたんだから。今さら何を考えたって、後悔先に立たずだけど。

昇降口をくぐり、三階の教室に続く階段に差し掛かったとき、ちょうど鳥谷部と昨日の上級生たちが踊り場にいるのが見えた。思わず、身を引っ込める。

聞き耳を立てるつもりはなかったけど、気づけば息を殺して下から耳をそばだてていた。

恐る恐る覗くと、昨日の三年生の他にも、数人いるようだった。鳥谷部を壁際に追いやって低い声を出している。

「だから、お前はその蛯名来斗ってやつのせいで掃除がどうたらっつって残されたんだろ。連れてこいよ、そいつ」

「早くよー。そいつのせいで結果的に俺らまで待たされたんだからよ」

自分の名前が聞こえた瞬間、喉からひゅっと音がした。心臓がぐっと突き上げられる。嫌な予感に気道が狭まる。

「いや……あの」

鳥谷部は、おろおろと黒目を泳がせるだけだ。頬に、昨日はなかった絆創膏が貼ってある。

「なに？　蛯名くん連れてこれない理由あんの？」

「……あいつは、その」

「あ？」

ドン、と鳥谷部の肩を掴み壁に押し付けるのは、例のほくろの男だ。

顔色の悪い鳥谷部に、別の男が言った。

「連れてこれねーならこっから飛び降りろ。蛯名を連れてくるか飛び降りるか、どっちにする？」

こっちまで、体が震えそうになる。飛び降りる、ってなんだ。どういう二択だよ。

「つーか、普通に飛べんじゃね？」

なんせトリだし、鳥谷部翔ってめちゃくちゃ空飛べそうな名前だよな、などと言ってガハガハ笑う三年生たち。品のない笑い声が踊り場に響き渡った。

「早く決めろよ。しらけんだけど」

本気なのか、あいつら。

昨日教室に来た茶髪が、突然鳥谷部の胸ぐらを掴んだ。鳥谷部の顔に、みるみるうちに恐怖の色が広がっていく。

「はよしろっつうの」

「……跳びます」

ウソだろ。踊り場から二階の廊下まで、パッと見ただけでも十段以上ある。僕は、思わず息を止めた。

鳥谷部の足の先が、ギリギリのところで震えている。茶髪は乾いた笑い声を出して言った。

「頭は打つなよー。後々めんどくせぇから」

鳥谷部は死刑囚みたいな足取りで踊り場の端まで歩くと、思いきり跳んだ。おー、と歓声が上がる。

ヤバいっ！

思わず、両手で目を隠す。鳥谷部は空中で体勢を崩し、どさっと音を立てて床に落ちた。こちらに背を向けた状態で倒れている。

「うわー、マジで跳んだ」

やつらがそのまま降りてくるのが見えたから、僕は慌ててもっと奥に隠れ、ゴミ箱の陰から覗いた。

ゲラゲラと笑う上級生たち。つんつんとつま先で鳥谷部の脇腹をつつく。

「大丈夫、トリ?」

「だ、大丈夫です……」

左膝を押さえながら、辛そうに答える鳥谷部。誰も本気で心配しているようには見えない。

「チクんなよ」

三年生は軽い調子で言うと、鳥谷部を置いて行ってしまった。

僕は、誰もいなくなったのを確認すると、鳥谷部に近づいた。

床に横たわってうずくまり、左足を押さえてぎゅっと目を閉じる鳥谷部。動けそうにないその体を見ていたら、急にどす黒い感情が鎌首をもたげた。

終わらせるなら、今だ——。

右ポケットに向かって、手が動いた。冷たい汗が伝う。心のどこかでいつも叫んでいた。

こいつさえいなければ、って。

憧れていた過去があるから、執着してしまう。でも、こんなやつ、いないほうがいいに決まってる。

大丈夫だ。最初から、僕には味方のほうが多いんだから。

横向きに倒れている鳥谷部の背後に立ち、その全身を睨む。

お前のせいだ。うまく話せなくなったのも、生きてて楽しくないのも、僕がずっと真夜中にいるのは全部鳥谷部のせいだ。今この体に刃を突き立てれば、消せる——。

「な、んで……」

ポケットに向かっていた手が、ぴたっと動きを止める。荒い呼吸を繰り返す鳥谷部を見る。

空耳だと思った。だけど、次の言葉は逃れられないほど鮮明だった。

「らい、と……なんで……」

「え……？」

ふいに、あの日の情景が頭に飛び込んできた。

埋もれるほどの雪が積もった小さな公園。その端にある冷たいベンチの上で、しくしく泣きながら震えている縮こまった体——。

その名を呼びそうになったとき、後ろから声がした。

「おっは。どしたの？」

ハッと顔を上げる。

ちょうど登校してきた須藤さんが、カバンを持って立っていた。僕は、慌てて鳥谷部と距離をとる。

我に返ると、凍っていた心臓が急に激しく動き始めた。僕、なんてこと考えてたんだ――。

須藤さんは、鳥谷部の顔を覗き込むなり眉間にシワを寄せた。

「ケガ？　もー、大丈夫？」

鳥谷部はなにか言おうとしているらしいが、痛すぎてちゃんと声が出ない。通りかかった他の生徒たちは、みんなひそひそ言いながらこっちを見る。須藤さんはその視線を気にすることもなく、はあっと大きなため息をついて続けた。

「しょうがないなぁ。とりあえず、保健室行こ？」

言うと、鳥谷部の上半身を支えながらゆっくりと身を起こさせた。鳥谷部はうつむいたまま「いい」と須藤さんを押しのけようとするけど、須藤さんは無視して鳥谷部の右腕を自分の肩に回す。

どうにか立ち上がったその瞬間、痛みに顔を歪ませた鳥谷部を見て、僕は思わず叫んだ。

「待って、須藤さん！　もし頭とか打ってたら、下手に動くと危ないんじゃ……」

苦痛できゅっと細くなっていた鳥谷部の目が、見開かれる。僕の存在に今気づいたようだ。

須藤さんは、目をぱちぱちさせながら鳥谷部を見た。

「鳥谷部くん、頭打った？」

「いや……」

「打ってないって。大丈夫だよ」

にこっと僕に笑いかける須藤さん。

「本当に？　吐き気とかもない？」

「……ねぇよ」

今度は、鳥谷部が答えた。僕の顔をチラッと見て、気まずそうに目を逸らす。そして、須藤さんに体を支えられながら、保健室のほうへと歩いていった。

小さくなっていく後ろ姿に問う。

「なんで……」

なんで階段から飛び降りたの。なんで僕の名前を口にしたの。

わけもわからないまま、僕はその場に座り込んでしまう。

放課後、僕は図書室に向かって歩いていた。なぜか、帰りのホームルームが終わった後すぐ、須藤さんに肩を叩かれたのだ。にっこり笑った須藤さんは、思いもよらぬことを言った。

「今日、放課後図書室に来て。ちょっと、手伝ってほしいことがあるの」

「え……？」

戸惑い固まることしかできない僕に、「絶対だよ」とだけ言い残して須藤さんは去っていった。

須藤さんに声をかけられたことは嬉しいし、この間掃除を手伝ってもらった恩返しもしたいけど、正直今はそれどころじゃない。鳥谷部が追い詰められて階段から飛び降りる衝撃的な光景だけが脳裏に焼き付いていた。うまく受け身をとれたようでそこまでの大けがはなかったようだけど、少し足を引きずるみたいな歩き方をしていたように見える。そして、今日は直接的な攻撃はなかったものの、いつも以上に睨まれた気がした。一人で歩いていると、ため息しか出ない。

重い足を引きずってどうにか図書室に着くと、キャスター付きの椅子に乗って室内を自由自在に動き回る須藤さんがいた。

「……なにしてるの」

「ん？　定番の遊びだよ。こういうアトラクション」

「あ……あぁ」

よっ、と椅子から降りると、須藤さんは僕の特等席の隣に腰掛けてにこにこ笑った。

僕はドキドキしながら、定位置に座る。

「あの……手伝ってほしいことって」

聞くと、須藤さんはケロッとして言った。

「あ、ごめんごめん。それは、タテマエっていうか、ウソだね」

「ああ……。ん？」

それじゃあ、どうして、僕をここに？

聞こうとしたけど、うまく声が出せなかった。須藤さんは須藤さんで、おちゃらけてはいるものの、心なしか顔にちょっぴり緊張の色を宿しているように見える。

手のひらに滲んだ汗をズボンで拭ったとき、須藤さんが口を開いた。

「ライトくん。鳥谷部くんにちょっかい出されてるの、入学してすぐからだよね」

「まぁ……うん」

須藤さんは、僕の目をまっすぐに見たまま、首を傾げる。

「なんでちょっかい出されるんだろうね」

「わかんないけど……見ての通り、ずっとあの調子だから」

思わず、唇を噛む。口にすると、普段押し殺している怒りが、皮膚の表面から滲みだしそうになる。なんという、理不尽なんだろう。

須藤さんは、腕組みをした。

「そっか。それで、カッター持ってるの？」

「っ……え？」

背中が、ぞわっとした。蘇る。カッターが床に落ちる、悪夢のような音。

やっぱり、全部、バレてる――。

僕は、必死に首を振った。裁判の最終弁論みたいな必死さで言う。

「あのさ……たまたま入ってただけなんだよ、こないだは」

「でも、鳥谷部くんになんかされたとき、いっつもそっちのポッケに手つっこんでガサゴソやってんじゃん」

「え……いやぁ、よく見てるね」

首筋に伝った気持ちの悪い汗をどうにか拭う。刃物を持っている相手を前にしても、須藤さんは怯まずはっきり言った。

「ライトくんはさ、鳥谷部くんを刺すことなんてできないよ」

何も返せず黙り込む。どんな表情をしたらよいだろう。

「だって、今日鳥谷部くんのこと心配してたじゃん。頭打ってたら危ないんじゃや、って。あたしがライトくんなら、鳥谷部くんが頭打ってようが骨が折れてようがなんとも思わないけどな。ライトくん、優しすぎるんだよ。だから、絶対に人を傷つけることなんかできない」

違うんだ、と首を振りたくなる。僕と鳥谷部の関係は、須藤さんが思うほど単純じゃない。

鳥谷部が僕の名を呼んでいなければ、僕はあいつを刺していたかもしれないのに――。

「そして、本を大事にする人に、悪い人はいない！」

びしっ、と僕を指さす須藤さん。混乱の中に照れくささが混じって、ますますうつむく。

「ライトくんは、刃物や暴力でものを解決できるようなタチじゃないんだよ。このままポッケにカッターだけ入れて我慢し続けてたら、ストレスで持たないよ」

つまり、須藤さんは僕のことを心配してくれているのだろう。情けなくなる。たとえこのまま友達でいられたとしても、迷惑と心配ばかりかけてしまうんだろうなと思った。

「僕は大丈夫だよ。……本があるから」

僕は、カバンの中から『闇夜の国』を取り出した。

カッターだけじゃない。こいつもお守りになってくれている。

「僕、この本がお守りなんだ。明けない夜はない、みたいなことが書いてあって。まあ、この本では『真夜中を切り裂け！』って表現なんだけど……それが僕の救いになってて。耐え抜けばきっと朝が来るだろうな、って思えて」

須藤さんは、しばらく本をじっと見つめていたが、ゆっくりと息を吐いて言った。

「明けない夜はないのと、真夜中を切り裂けってのは、全然意味が違うと思うけどなぁ」

「え……？」

聞き返すより先に、須藤さんは言葉を続ける。

「『明けない夜はない』ってのは、黙って耐えて待っていればいつかは朝が来るって意味でしょ。でもさ、黙って放置してたら、夜はどんどんいい気になっていじめてくると思うよ。自分で切り裂かなきゃダメなんじゃないかな」

思わず目を見開く。その言葉は、この本を読んだことがある人のものとしか思えなかった。

「須藤さん、この本、知ってるの？」

須藤さんは、ケロッとして答えた。

「読んだことあるよ。どこの本屋でも、結構推してんじゃん」

そうだ。多分全国的にそこまで有名な本ではないんだけど、書店の割と目立つところに、庭乃先生のサイン入りの色紙も飾ってあって。それが、最初に本を手に取ったきっかけだった。

須藤さんは、いつになく真剣な顔で続ける。

「『耐えて待つ』ってまるで美学みたいに言われるけど、あたしは物事の解決方法としてはあまりいいもんだと思ってない。だって、ものすごくまずい状況にあるのに何もしないし動かないってことでしょ。それで一人で勝手にどんどん追い詰められて、タチが悪いと他人に当たって、さらに罪悪感で沈んでいって、おまけに嫌われるっていう最悪の無限ループだよ」

うわ……こんなに他人の言葉がぐさり、ぐさりと突き刺さるの、初めてかもしれない。

「だから、相手と死ぬ気で戦うか、全速力で逃げ切るか、むせび泣きながらでも誰かに助けを求めるか、相手を見返すくらい自分を変えるか、なにかしないといけないんだよ。今目の前にある闇を晴らすために自分から起こしたアクションが、『真夜中を切り裂く』ってことなんじゃないかなぁーって」

ハッとする。作中、ライトたちが夜の魔物に追いつかれそうになるあのシーンが浮かんできた。

「テオ、もうダメだ！　ここは俺一人で戦う。シアンを連れて先に逃げろ！」

「ダメだ、それじゃあライトが――」

俺は腕に力を込めて、テオの頬を殴った。何かを切り裂くような音が弾ける。

「行け！　お前にしか、シアンは守れない！」

テオの目に、覚悟の光が宿る。何度も俺の名を呼び、泣き叫ぶシアンの腕をとって、テオは全速力を出す。

二人が先に逃げたのを見届け、ついに、俺はどす黒い魔物と向き合った。

ここからは俺一人の戦いだ。スッと、胸ポケットから短剣を取り出す。

激しい月明かりが、その銀色を鋭く照らし出した。

負けるものか。諦めるものか。なにも恐れない。夜の闇も、眩しい朝焼けも全部、人の心に宿る。

だから、この心が希望の灯を失わない限り、俺は朝を迎える運命にある。


仲間を先に逃がしたライトは、たった一人で魔物と戦った。激しい戦闘の末にライトは重傷を負って倒れるけれど、朦朧《もうろう》とする意識の中でも生きることを諦めようとしなかった。必死に立ち上がり、魔物を切り裂こうとしていた。

そうだ。小説の中のライトが、ピンチを前にして、やられっぱなしで耐えるシーンなんかなかった。須藤さんの言う通り、全力で真夜中を切り裂こうとしていた。

それなのに、僕はなんだ。何もしないで耐えて耐えて耐え続け、何も得られず、ついには鳥谷部を傷つける想像さえしてしまった。

僕、こんなにこの本が大好きなのに、書いてあることを根本から読み違えていたか。

「僕、読解力ないのかな……」

落ち込む僕を見て、須藤さんは首を振る。

「本には、いろんな解釈があっていいんだよ！　でも、ライトくん、このまま我慢し続けたら壊れちゃいそうで心配なの」

須藤さんは、腕組みをして「うーん」と唸った。こんなマンガみたいなベタな考え込み方をする人見たことないんだけど、いちいち大げさな動作さえ正直可愛いなと思ってしまう。口が裂けても言えないけど。

「鳥谷部くんに聞いてみたら？　なんでこんなことするの！　って」

「いやいやいやいやいや、絶対無理だよ」

そんなの聞いたって、「うるせぇ黙れ」って教科書をビリビリに破かれて終わりだ、多分。

「でもさ、実際なんで鳥谷部くんがあんな荒れ狂ってるのかわかんないんでしょ？　じゃあ聞いてみなきゃ埒《らち》が明かなくないか？　聞いて、『こんなことするのやめて』って言わなきゃ」

「無理だって……」

話が通じる相手じゃないこと、須藤さんだってわかってるはずなのに。読書紹介新聞の発表をしているだけで「イラつく」って怒鳴られるような僕なのに、そんなことを聞いたら今度こそ殴られるかもしれない。

「んー、じゃあ、刺す？」

僕の右ポケットを指さす須藤さん。慌てて首を振る。そして、心の底から情けなくなった。

じゃあ、僕はどうやって真夜中を切り裂くんだ――。

黙り込んでしまった僕を見て、須藤さんは聞いた。

「ちなみにさ、ライトくんは『闇夜の国』のどの辺のシーンが好き？」

首を傾げる。どこのシーンが好きかよりも須藤さんの質問の意図を考えていると、彼女のほうが先に言った。

「あたしはあそこが好きだな、あの――魔物から逃げるシーン。あれ、いいよね」

「そ、それ！　僕もそれが好き！」

思わず大きな声を出した。つい、早口になる。

「『真夜中を切り裂け！』っていう言葉が出てくるの、そこのシーンだし。あそこで、今までたくさん仲間に守られてきたライトが、初めて本気で仲間を守ろうとするところが好き。全力で逃げて魔物に追いつかれそうになったら、先に仲間を逃がして、一人でちゃんと敵と向き合ってさ。絶対作者の庭乃先生もそこに力入れたし、そこのシーンが好きだと思う。あそこ勢いが違うんだよね――」

そこまで言って、ピタッと言葉を止めた。須藤さんが、びっくりしたような顔をしているのに気づいたから。

どうしよう。頼まれてもいないのに、ものすごい勢いで話してしまった。顔がどんどん熱くなっていく。

「ご、ごめん……つい」

そのままうつむいて、『闇夜の国』をカバンにしまう。恥ずかしすぎて、今すぐにこの場から逃げ出したい。膝の上で拳を握りしめる僕の耳に、須藤さんの独り言みたいな声が届いた。

「ライトくん……素質あるわ」

須藤さんは突然グッと身を乗り出してきた。心臓が、とくんと跳ねる。

飛んできたのは、全く予想外のセリフだった。

「ライトくん。ビブリオバトル！」

「え……？」

「ビブリオバトルで鍛えよう、言葉で伝える力！　そして、鳥谷部くんとちゃんと話そ！」

須藤さんの瞳の中の宝石が、真夏の日の光を集めたみたいにギラギラ輝いている。

眩しさと距離の近さに、息が止まりそうになる。

やっとのことで、声を出した。

「それ……なに？」

知的書評合戦「ビブリオバトル」。

それは、端的に言うと自分が好きな本を紹介し合い、競うゲームのことらしい。

参加者たちは、自分の好きな本を持ち寄り、五分間という限られた時間の中でその魅力をプレゼンする。それを聞いた聴衆や他の発表者が、二分から三分ほどのディスカッションをした上で「読みたい！」と思った本に投票する。

そして、最終的に一番「読みたい！」と思われた本が「チャンプ本」に決まる。

つまりは、好きな本を紹介し合うってことなのか。こないだ現代文の授業で読書紹介新聞の発表をしたけど、あんなイメージだろうか。だとしたら、学校の授業でやるようなことをわざわざ部活でやってるってことか？　考えれば考えるほど、よくわからなくなってくる。

「前ライトくんさ、あたしの部活聞いてこなかった？」

「ああ……聞いたね」

確か夕陽がきれいすぎて途中で話が途切れたんだった。

「あたし、文芸同好会に入ってるんだ。他の学校で『文芸』って名前がつく部とか同好会は、だいたい小説とか詩とか短歌とかを作るのがメイン活動だと思うけど、あたしたち雲谷高文芸同好会の活動内容は、ビブリオバトルなんだよね」

「あっ……」

本棚に貼ってあった、文芸同好会の部員募集のポスターを思い出す。そういえばあれに、「レッツ、ビブリオバトル！」って書いてあった。須藤さん、部員だったのか。

僕の顔を見て、須藤さんはちょっとニヤッとする。

「ポスター見てくれてたよね、ライトくん。あれ貼ったの、あたしだよん。活動は、基本毎週金曜日、つまり今日！　めちゃくちゃ楽しいよ！」

だから、須藤さんあんなに僕のほうを見ていたんだ。でも、少し意外かもしれない。本好きなのは知っていたけれど、なんとなく、バレー部とかバドミントン部とか運動系の部活だと思っていた。

「文芸同好会はね、あたしの姉ちゃんが二年生にいて、立ち上げたの。今のところ、あたし含めて部員は三人だけ」

「結構……少数精鋭って感じだね」

そそ、と嬉しそうな須藤さん。

「ビブリオバトルって最低限三人いれば成立するんだけど、学校のシステム上、勝手に作った同好会がちゃんとした部に昇格するには四人必要なんだよね。で、『部』

じゃないと、活動費が少なかったり、活動費が少なかったり、あと活動費が少なかったりとか、色々不利。だから、『部』、目指してるんだけどさ」

「……うん」

「それでね？」

僕の表情が気弱になったのを悟ってか、須藤さんは逃がすまいという感じでもっと身を乗り出してきた。

「ビブリオバトルって、あたしが思うに究極の自己紹介で自己開示なんだよね。まず、ビブリオバトルで発表する本って、必ず自分で選ばなきゃいけないの。自分が純粋に面白いって思った本を紹介するわけだから、当然選んだ本にその人の個性が表れるじゃん？」

「まぁ……うん。そういうものかも」

とりあえず頷くと、須藤さんは安心したように続けた。

「そして、自分が面白いと思った本を人に紹介するために、自分の本のチョイス――個性に自信を持たなきゃいけないわけじゃん。そして、人に話すために改めて自分の好きな本と向き合って、どこがどんな風にいいのか、言語化していくでしょ。そして、どうしたら人に『読んでもらいたい』って思ってもらえるか、今度はその伝え方を考えていくんだよ。んで、最後は堂々と本の魅力や自分の思いを語る、と！」

「うん……」

なんとなくわかったけど、つまり須藤さんはなにを言いたいんだろう。困って目線を落ち着きなく動かしていると、須藤さんの声色が少し真剣になった。

「自分に自信を持って、自分の気持ちをちゃんと言葉にして、相手への伝え方を考えて、そして最後は堂々と話す——って、今のライトくんに必要なことなんじゃない？」

「……」

「ライトくんが真夜中を切り裂くには、自分の気持ちを自分でしっかり整理して、その上で相手——鳥谷部くんにまっすぐ伝える力がいるんじゃないかな」

須藤さんの言葉を、一つ一つ噛みしめる。

一つもできそうにない。だけど、須藤さんが言っていることは、全部その通りだ。

なんで攻撃されるのかわからない。だから、教えてほしい。理由があるなら謝る。そして、もうひどいことはやめてほしい。

たったこれだけのことを言えずに、僕はどれだけの時間を無駄にしてきたんだろう。

冷静に考えたら、鳥谷部がどんな反応をするかなんてわからない。教科書を破られるんじゃないかとか、殴られるんじゃないかとか、全部僕の想像だ。

「だからさ」

昨日、「床磨き手伝うよ！」と言ってくれたときのような満開の笑顔を見せる須藤さん。ちょっと嫌な予感がして、僕は自然と呼吸を止めていた。

「ライトくん、うちの部員になろ！」

「え……」

さっき『闇夜の国』を語ってくれたときの勢いが最高だった、絶対楽しめるよ！と勢いよく話し続ける須藤さんを前にして、僕は目を泳がせることしかできない。

「あれ……もしかして須藤さんが僕のこと呼び出した本来の目的って、これ？」

満面の笑みのまま頷く須藤さん。あぁ……どうしよう。完全にペースに乗せられた。

正直、活動内容自体にはまあまあ惹かれる。色々な本を知れるのは楽しそうだな、とも思う。でも、授業中の発表すらまともにできない僕なんかが入っても、迷惑なんじゃないか。

そして、せっかく友達になれた須藤さんの前で醜態《しゅうたい》をさらしたら、もっと自分に自信がなくなってしまうような気がする。

「今日これから活動なんだ！　ライトくんもこのまんまの勢いで参加しちゃお！」

「ええ……そんないきなりは……」

ぽりぽりと頭をかいて愛想笑いを浮かべる僕を見て、須藤さんが、「くぁー、じれったい！」と叫ぶ。

そして、パシッと僕の手首を掴んだ。

「ライト！　自分から動かなきゃ、何も変わらないよ！　やってみないとわからないでしょ！」

突然の、呼び捨て。ドキッとして須藤さんの顔を見た瞬間、グイッと手を引っ張られた。

「あたしは、決めたの。ライトのこと、ちゃんと朝に連れていくって」

朝に連れていく――『闇夜の国』のワンフレーズだ。須藤さん、相当あの小説を読み込んでる……。

その瞬間、足音が近づいてくるのに気づいた。


図書室に入ってきた二人。胸元に光る水色の校章は、二学年用のものだ。

一人は、おさげ髪の女の人。色が白くて小柄で、目がぱっちりしていて、人形みたいに可愛らしい顔だ。ものすごく失礼だけど、中学生と言われても納得してしまう。

もう一人は、長身でスラッとしたモデルみたいな男の人。サラサラの黒髪と、整った顔立ち、どこか気だるそうな瞳。こちらは、大学生みたいだ。

「姉ちゃん、入部希望の蛯名来斗くん！」

「えっ⁉」

須藤さんの弾けるような声に、目を見開く。入部希望って……！

だけど、須藤さんに「姉ちゃん」と言われたおさげ髪の先輩は、目を輝かせて僕を見ている。もう、逃げられない。

「入部希望って、ほんとなの？　ありがとう！　わたしは、部長の須藤桃子《ももこ》です。ヒロのお姉ちゃん。よろしくね」

頬に両手を当てて嬉しそうに言う先輩。須藤さんの笑顔とは一味違う、癒し系の微笑みだ。なんだか、桃みたいな甘い匂いがする。この方が須藤さんのお姉さんだなんて。正直、須藤さんのほうが年上に見えるかも……。

「へぇー。ちっちゃい子だね。かっわいい」

男の先輩は、小さくあくびしながらこちらを見る。薄く涙の膜がかかった眠たそうな瞳に、僕の戸惑いに満ちた顔が映っていた。

「俺のことは、なんか適当にイケメンとか呼んでね～」

「あ……は、はい」

もし仮に全然イケメンじゃなかったとしたら堂々と笑えるんだけど、実際お顔が非常に整っている上にスタイルも抜群だから本気なのか冗談なのかわからない。

固まっていると、桃子先輩が眉毛をハの字にして男の先輩を見た。

「もう沢目《さわめ》くん、ダメよ一年生のこと困らせちゃ」

　はいはい、とつまらなそうに返事をする先輩。須藤さんが、代わりに紹介してくれる。

「この人は、沢目弓弦《ゆづる》くん。普通に『沢目先輩』でいいんじゃない？」

「んだね。それにしよー」

　言って、大あくびをする沢目先輩。須藤さんが、「今日も今日とて眠そうだね」と面白そうに笑っていた。

「あたしと姉ちゃんは姉妹で、姉ちゃんと沢目くんは付き合ってるの。二人は結婚する予定だから、沢目くんも実質あたしの兄ちゃん」

　頭がくらくらしてくる。絶対に僕が立ち入っていいコミュニティじゃないじゃないか。

「そんなところに、僕が入って大丈夫なんですか……？」

　お互いに、気まずすぎませんか。すると、桃子先輩がガシッと僕の手をとった。

　桃子先輩は、キラキラした目で僕を見ながら言った。

「ずっと、部に昇格したかったの。あなたが来てくれるの、とっても大歓迎よ！」

「は、はい……って、強いいだいいだいいだいっ！」

　ちょ、ちょっと待って！　握力、僕の三倍くらいある⁉

　僕の悲鳴に驚いて手を放す桃子先輩。

「あらら、ごめんなさい……っ。ついつい」

顔を赤くして申し訳なさそうにうつむく桃子先輩を見て、須藤さんがあははと笑う。

「ごめんねー、ライト。姉ちゃん怪力なの。しかもこう見えて空手部と兼部してるんだよ」

「そうなの……？」

この華奢《きゃしゃ》で可愛らしいお姉さんが？　びっくりして改めて桃子先輩の顔を見る。

「強さは、優しさ、美しさだからね」

お城の庭園に咲く花みたいな笑顔。これで腕っぷしが強いなんて、カッコよすぎる。ひ弱そうな見た目で、見た目通りひ弱な僕とは大違い。

ボケッと桃子先輩を見つめていると、沢目先輩が再び口を開いた。

「それで、ビブリオバトルどうする？　今日は、そのちっちゃい子も入れてやってみる？」

え、いきなり？　何も言えずにいると、須藤さんが眉間にしわを寄せた。

「もー、失礼でしょ。ちっちゃい子、じゃなくて名前で呼んであげなよ」

「はーい、ごめんごめん」

ちっとも申し訳ないと思ってなさそうな沢目先輩。桃子先輩が、苦笑いしながら言葉を繋いだ。

「焦らなくていいからね。今日は見ているだけでもいいし。まずは、ゆっくりお話ししましょうか」

優しい声に、少し安心する。そうだよ。いきなりできるはずないし、そもそも入部希望なんて一度も言ってない。

僕たちは、図書室内で一番大きなテーブルに着く。隣には須藤さん、正面には沢目先輩、斜め前には桃子先輩。

桃子先輩が、僕を見て言った。

「ヒロから聞いてるかな？　わたしたち、書く系の活動はしてないの。最初はやろうとした時期もあったんだけど、あんまり上手にできなくて、結局、『無理して作品を書くより、好きな本を読んで喋ってるほうが楽しいや』って結論に至っちゃって……だから、ね」

桃子先輩が須藤さんの顔を見ると、須藤さんはとびきり明るい声で言った。

「そう！　それでビブリオバトルやってみるか、ってなったの！」

そ、そうなんだ。そんな軽いノリで始めたんだ。

「なるほど。……でも、やっぱり僕には無理なような気が――」

「大丈夫大丈夫！　ライトはめっちゃ読書家だから、絶対楽しめるに決まってる！」

根拠のない「絶対」ではあるけど、須藤さんが言うと、なんとなくその通りになる気もするんだよな。

「ライトは、『闇夜の国』って本が一番好きなんだって！　さっきめちゃくちゃ熱く語ってくれたの。ね？」

僕の顔を見て嬉しそうににこにこする須藤さん。せっかく熱が引いてきた顔がまた赤くなってくる。

「いいわね。推し本が多ければ多いほど、ここでの活動は楽しいと思うよ」

柔らかく微笑む桃子先輩。間違っても、「じゃあ今この場で『闇夜の国』の魅力を語ってみようか！」みたいな流れにならないように、自分から桃子先輩に聞いた。

「桃子先輩は、どういう本がお好きなんですか……」

桃子先輩は、ほんわかした笑顔のままで言った。

「わたしは、武道系とかアクションものの本が好きなの。男の友情とか、筋肉と筋肉のぶつかり合いとか、そういうのが大好き」

「へぇ……」

ちょっとびっくりした。人の読む本を見かけで判断しちゃダメだ。さっき空手部と兼部してるって言ってたしな。

「空手が好きだから、そういうのにハマったんですか？」

「ううん。武道系の小説とかマンガにハマったのが先で、その後に自分もやってみたいなって、中学生のときから空手を始めたの」

「あっという間にめちゃ強になって、空手部のほうでも部長になっちゃいそうなんだよね」

誇らしそうに言う須藤さん。桃子先輩は謙遜するように首を横にふるふると振る。三つ編みが、左右に揺れた。

「でも、自分で言うのもなんだけど、すごく素敵なことよね。本が、わたしを『空手』っていう新しい世界に導いてくれたんですもの。だからわたし、高校に入ったら空手部の他に何か本とか文学に関する部活に入りたいと思ってたの。でも、あいにくなかったから……自分で、同好会を立ち上げちゃった」

すごいな……僕なら、自分が入りたい部活がなかったからって、自分で立ち上げようとは思わない。ふんわりした雰囲気だけど、すごい行動力だ。

「今ももちろん、武道ものの小説やコミックは欠かさずチェックしてるつもり。読めば読むほど、体の奥から熱が湧き上がってきて、強くなれる気がするのよね。人って、だんだん読んだ本に似てくるんじゃないかな」

桃子先輩が言うと、沢目先輩が悲しげな目で言った。

「やめてよ桃子。そしたら、江戸川乱歩とか太宰治ばっかり読んでる俺はどうなっちゃうわけ」

桃子先輩は、下唇を噛んで困り顔になる。「姉ちゃん、その顔ほんと可愛いー」と騒ぎ始める須藤さん。僕は、ちょっと苦笑いで聞いてみた。

「沢目先輩は、そういうのがお好きなんですか……」

「俺は、グロいミステリーとか鬱《うつ》小説とかが好きなんだよね。太宰とか乱歩とか、近代文学系を読むことが多いかな。読むと気分が沈んで鬱っぽくなるけど、その本の魅力をビブリオバトルで思いっきり語って、『読みたい』と思わせて、読んだ聴衆を道連れにしたい」

ほんとに怖いよ。大丈夫かなこの人。

「あ、聴衆を鬱にしたいって言ってるんじゃないよ。そのなんとも言えないゾクゾク感を共有したいってことね」

「なら最初からそう言いなって！」

言って、唇を尖らす須藤さん。一応沢目先輩のほうが年上なのに、口調に一切容赦がない。

「そういえば、ライト、こないだの現代文の授業で太宰治の本紹介してなかった？」

「ああ……だって、あれは――」

あの授業で紹介する本には、一応、「できれば近代文学で」っていう縛りがあった。だから、普段そこまで近代文学を読むほうではないけれど、かろうじて読んだことがあって魅力を感じたやつをチョイスしたのだ。縛りをガン無視して最近出版された青春小説を紹介したのなんて、須藤さんくらい。

「あれ、てかこの流れ、あたしも好きな本のジャンルを言う感じ？」

須藤さんは「うーん」と考えてから、元気よく言った。

「あたしは、とにかくワクワクする小説が好き！　ワクワクあれば全てよし！　ジャンルは問わない！」

ワクワク、か。なんだか、須藤さんらしいな。

「その点では、あたしもかなり好きだよ、『闇夜の国』！」

「え、ありがとう……」

僕が書いたわけじゃないのに、思わず感謝の言葉を漏らす。桃子先輩が微笑ましそうな顔をしたので、恥ずかしくて小さくなった。

桃子先輩が、小さな白い手をぱちんと合わせて言った。

「じゃあ、そろそろ一回ビブリオバトルしてみよっか！　ライトくんも、聴講参加者ってことで！」

「そうしよ！」

須藤さんの明るい声。ちょっと待ってくれ。僕も、「参加者」なのか？

「あの……僕は初めてだからまだ見てるだけでいいってことじゃなかったでしたっけ

「……」

「ああ、それなんだけどね」

須藤さんが、説明してくれる。

「ビブリオバトルって、発表する人と聞いている人、どっちも『参加者』なんだ。それぞれ、『発表参加者』もしくは『バトラー』と、『聴講参加者』って言うんだけどね。ライトの今日の仕事は、あたしたちの発表を聞いて、読みたいと思った本に投票すること。できそう？」

こく、っと頷いてみせる。それくらいなら、大丈夫かもしれない。

「じゃ、あたしたちバトラーは、戦いますか」

桃子先輩はグッと拳を突き出した。須藤さんと沢目先輩も同じように手を突き出す。じゃんけんぽんで、桃子先輩、沢目先輩、須藤さんの順に発表することになった。

みんな前もって原稿とかを用意しているのだろうか。僕も、もし入部したら毎週原稿を用意したり、暗記したりしなきゃいけないのかな。

「じゃあ、まずはわたしですね。五分計って始めます。よーい、スタート！」

桃子先輩がすっくと立ち上がり、カバンの中から出した本を掲げた。

「わたしが紹介するのはこの、川田《かわだ》先生の『火ノ丸相撲《ひのまるずもう》』です！　これは、シリーズの一巻目『潮《うしお》火ノ丸』」

聞いたことがある。でもそれ、マンガ本だよね。ビブリオバトルって、マンガでも大丈夫なのか。

「空手もそうだけど、柔道とかレスリングとか、武道って割と重量別で階級が分かれているることが多いのね。だけど相撲って、それがないんですって……つまり、デカいやつが強いの！　とにかく、デカいほど強い！　理屈上はね」

桃子先輩は、グッと拳を握りしめた。

「そんな中、主人公の高校一年生・潮火ノ丸はちっちゃい！　だけど、根性と向上心は誰にも負けてない！　そして高校に入学して早々、潰れかけていた相撲部を救うの。どんな相手にも、正々堂々真正面からぶつかって！」

桃子先輩の話し方には、どんどん熱が入っていく。握りしめられた左拳には血管が浮いてきそう。先輩がリンゴを握っていたら、その手の中で潰れているかもしれない。

「人生、言い訳してたってなんにも始まらないわけだよね。火ノ丸の一言一句に、わたしは血がたぎる！　正直最後まで椅子に座って読み通すことはできなかった。気づいたらやってました——腕立て伏せ」

身振り手振りを交え、目を輝かせながら熱弁を振るう桃子先輩。

最初に会ったときからは想像もつかないような太い声を出す彼女を、須藤さんと沢目先輩は特に驚きもせず見つめている。

これが、桃子先輩の本来の姿……。

「情熱は、常識を覆す！　心を燃やしたい人には、絶対読んでもらいたいですっ！」

桃子先輩の瞳の中にもボッと炎が灯ったところで、発表の終了を告げるタイマーの音が鳴った。

僕は、自分が発表したわけではないのにどっと疲れて長く息を吐く。須藤さん以外みんな嫌々やっていた授業での読書紹介新聞の発表とは全く違う。すさまじい熱量がある。

それはきっと、「バトル」だからなんだろうな。

「じゃあ、ここから二分のディスカッションに入ります！　こうやって一人五分で発表した後は、必ず二分から三分、ディスカッション――質問タイムをとるの。読みたい本を決めるときの判断基準になることなら何を聞いてもいいけど、発表者への批判や揚《あ》げ足《あし》取りは禁止ね。それじゃあ、質問ある人」

桃子先輩が聞くと、沢目先輩がすぐに「はーい」と手を挙げた。

「はい、沢目くん！」

「作品の、一番の見どころってどこだと思いますか？」

桃子先輩は、すぐに答えた。

「あんまりネタバレになっちゃいけないけど……とある最強の男との戦いが、一番たぎりましたね！　わたしもああいう戦いがしてみたいものです」

すごいな、と単純に尊敬してしまう。パッと質問を思いつく沢目先輩も、すかさず答えることができる桃子先輩も。

「はい、あたしもいいですか！」

「はい、ヒロ！」

「その、主人公くんと姉ちゃんだったら、どっちが強い？」

桃子先輩は、困り眉になって言った。

「火ノ丸くんに決まってるでしょぉ！　わたしはまだ、一撃でしとめるとかは無理よ」

もう、何を言ってるのかよくわからないな。桃子先輩は、また眉毛をハの字にして言った。

「というか、本に関係ない質問はなしって言ってるでしょ。ライトくんも、覚えておいてね」

「は、はい……」

沢目先輩と須藤さんが質問し終えると、桃子先輩は聖母のようなまなざしで僕の顔を見た。

「ライトくんは、何か質問ないですか？」

「はいっ、え、あ、え、僕は……」

どうしよう、なんにも考えてなかった。

「僕は……えっと、特にないです」

気まずくなり、唇を噛んでうつむく。今みんながどんな顔をしているのか、確かめるのが怖かった。

「ごめんごめん、無理しなくてもいいの。次、沢目くんとヒロの発表を聞いて、何か質問が出てきたらぜひしてみてね」

「はい……」

僕が弱々しく返事をしたのと同時に、ピピピピとディスカッションの終わりを告げるタイマーが鳴った。

「はい、じゃあ次、沢目くん！」

桃子先輩に指名されて、沢目先輩が立ち上がる。

「じゃあ、今日もほどほどに頑張りますか～」

タイマーのスタートボタンが押されるとともに、次の五分間が始まった。

「えーと。今日紹介するのは江戸川乱歩の『魔術師』っていう本です。みんな、恨みがある人って、います？　いたとして、どう調理します？」

いきなり、問いかけからのスタートだ。なんだか、ドキッとしてしまう。恨みか。

そりゃ、鳥谷部のことは恨んでいるというか怖いけど、どうしたいかって言われたら……うーん。

「ま、いいです。聞いてみただけなので。ただ、この作品を読んだ後に、もう一回自分の胸に聞いてみたらいいと思いますよ」

沢目先輩の笑顔は、顔立ちが整っている分、どことなく不気味だ。

「実業家の福田得二郎《ふくだとくじろう》の元に突如届く、『十一月二十日』と書かれた紙。そこから、十四、十三、十二……とカウントダウンのような数字が書かれた謎の紙が毎日届く。怯える福田氏は色々と対策をとるけど、カウントがゼロになる前に殺されます。頭部のない血みどろの死体の周りにちりばめられた菊の花、死体が発見される直前、どこからか聞こえた物悲しい笛の音色……よくこんな気持ち悪いこと思いつくよね、乱歩先生」

情景を思い浮かべて、ちょっぴり吐き気を催す。もうほとんどホラーじゃないか。

「こんなサイコパスレベル一二〇パーセントの事件が、息をつく間もないくらいずーっと続いていくの。だから、文体は古めかしいけど全然飽きない。そして、主人公の名探偵・明智小五郎《あけちこごろう》がたどり着いた恐ろしい真実とは……ってのを、みんなの目で確かめてほしいわけ」

沢目先輩は、きちんと物語の内容に触れながらも決してネタバレになるような核心には触れずに話していく。本当に上手だ。

「俺がこの物語を読んで一番怖いなと思ったのは、どんな血みどろの惨劇よりも、『人はどこで恨みを買っているかわからない』って事実だね。俺は見ての通り顔面国宝なんだけど、そのせいでどこで妬《ねた》み嫉《そね》み恨みを買っているかわからなくて正直怖いです。でも、いつ生首にされちゃうかわからない人生だからこそ、好き勝手生きます」

ほとんど五分ぴったりに発表が終わり、沢目先輩のディスカッションに入る。

質問に入る前に、桃子先輩が、「ちょっといいですか」と言う。

「沢目くんのこと生首になんか、わたしが絶対させません！　指一本触れさせない、触れる前に倒します！」

「ありがと桃子。愛してるよ」

言って、桃子先輩の頬を白い指でスッと撫でる沢目先輩。桃子先輩が顔を赤らめ始めたところで、須藤さんが声をあげた。

「はいー、そういうのいいから！　家でやれ家で」

ぐんっと身を乗り出して二人を引き離す須藤さん。よかった。とんでもないものを見せられる気がして、ヒヤヒヤした。

ディスカッションが始まっても、僕は須藤さんと桃子先輩が質問するのを黙って見ていることしかできなかった。もし無自覚に相手が戸惑うような質問をして、困らせてしまったら……って思うと、どうしても怖気づいてしまうんだよな。

「じゃあ、最後はヒロね」

「はーい！」

元気よく返事をして立ち上がる須藤さん。タイマーが、スタートする。

「はいっ！　今回紹介するのは、これ！　ヴェルヌの『二年間の休暇』です！『十五少年漂流記』ってタイトルで呼ばれることもある物語です！」

上下巻に分かれているらしく、須藤さんの手の中には本が二冊ある。

少し驚いた。これは僕も読んだことがあるけど、須藤さんってこういうのも読むんだ。なんとなくキラキラ恋愛青春もの、みたいなのばっかり読んでるイメージだったのに。

「ちょっと、思い浮かべてみてほしいんです。ちょうど夏休み終わっちゃったけど……もし、これから夏休みだとして、すっごく楽しい船旅に出る予定だとして、もちろんあなたはめっちゃワクワクしてます。それなのに、船に乗ったら大人不在のまま急に出帆しちゃって、しかも突然嵐が来て、見たこともない謎の島に漂着しちゃったとしたら！　周りは全員自分と同じくらいの年の子ども。頼れる大人は、誰もいない。ああ、どうやって生きていったらいいんだ！」

僕なら、すぐに死んじゃうと思う。

「この物語は、少年たちが島に漂着するところから始まります。国籍も年齢もバラバラで、極限状態だから、もちろんみんな仲良しこよしじゃいられない。派閥ができたり、争いごともあったり……」

須藤さんは何も見ずに、それでも一度も詰まることなく滑らかに本のあらすじを語っている。まさか、全部アドリブなのだろうか。知らない間にぐいぐいと引き込まれ、試練に立ち向かう少年たちの声が頭の中に響き始めた。

「あらすじは、こんな感じ！　次は推しキャラ紹介タイムといきますか！　あたしが一番好きになったのは、『ゴードン』です！　頼れるお兄ちゃん感がたまんなくて、惚れちゃいました」

少し照れたように頬を赤らめる須藤さん。「お兄ちゃん感」がある人が好きなのか、須藤さんは。僕は欠片《かけら》も持ち合わせていないものだ……どうでもいいけど。

「ってわけで、以上が『二年間の休暇』の魅力かな。絶対絶対読んでみてください！」

イェイ、と須藤さんがピースしたのと同時に、タイマーが鳴る。

「はい、ぴったり五ふーん。さっすがだねー」

沢目先輩に褒められた須藤さんは、「えっへん」と胸を張って席に着く。

「じゃあディスカッションに入ります！　質問がある人はいますか？」

本編の内容に関する質問ってわけではないけど、少し気になることがあった。

この作品は海外の名作だから、多分いろんな人が訳した本があると思う。その中であえて、なんでその訳を選んだんだろう。でも、そんなことを聞くのは意地悪かもしれない。自分なら、ちょっと返答に困りそう。

「ライト、なんか聞きたいことある？」

須藤さんがニッと笑って聞いた。思わず目を泳がせてしまうけど、須藤さんの声は優しい。

「あのさぁライト、本当に何でもいいんだよ。『いい質問ですねー』とかいう言葉あるけど、知りたいと思う内容にいいも悪いもないいんだからさ」

ああ、もう、頭の中なんて全部見透かされていた。もうこうなったらいいや。勢いに任せて、言ってしまおう。

「な、なんで、その、訳にしたんですか」

ん？　と小首を傾げる須藤さん。やっぱり、よくなかっただろうか……。

「あ、訳者が色々いる中で、なんでこの人の訳本にしたかってこと？」

小さく頷く僕に、須藤さんはニヤッと笑ってみせた。

「うーん……質問にいいも悪いもないって言ったばっかりだけど、これはいい質問だなー」

にこにこしながら続ける。

「結論から言うと、これ、完訳版なの。あたし、この作品がほんっとに大好きで色々な訳のやつ読んでて。そうすると、省略があったり、今の時代に合わないかなってところは削られたりされてるものもあるんだけど、これは全部が忠実なの。だから、ヴェルヌが何を思ってどんな時代の中で書いたのかなーってのが一番感じられるこれが好き」

「なるほど……」

ここで、タイマーが鳴る。桃子先輩がタイマーを止めると、須藤さんはにっこり言った。

「ライト、勇気出して質問してくれてありがとう。嬉しかったよ!」

「う、うん……」

顔が赤くなりそうで、須藤さんの目を見ることができない。

今の発表だけで、僕はいくつの新しい須藤さんを知っただろう。青春ものばっかりじゃなく、冒険ものの小説も好き。好きなタイプは、「お兄ちゃん感」がある人。ただ楽しく話すだけでなく、ぴったり時間通りに話せるしっかり者でもある。

全員席に着くと、桃子先輩が言った。

「それじゃあ、今からチャンプ本を決めていきます。チャンプ本は、一人一票の投票で決める。自分が紹介した本に入れるのはなしね」

「なるほど……」

自分が「読みたい」と思った本を紙に書いて箱に入れるみたいだ。

「別に挙手でもいいんだけど、こっちのほうがワクワク感があっていいと思ってね」

いたずらっ子みたいな笑みで言う桃子先輩。その表情を見て、初めてちょっと須藤さんに似てるかもと思った。

小さな紙を受け取り、考える。

読みたいと思った本、か。どれも魅力的に感じたけど、僕はやっぱり須藤さんが紹介してくれた『二年間の休暇』が一番読みたくなった。読んだのが本当に昔だからすっかり内容を忘れてたけれど、記憶が呼び起こされて、もう一回読んでみたいと思った。

全員が投票用紙を箱に入れると、桃子先輩が確認する。そして、微笑んで口を開いた。

「じゃあ、全員分投票用紙が集まったのでチャンプ本を発表します。今回のチャンプ本は、『二年間の休暇』です！　二票入ってます！　あとは『火ノ丸相撲』と『魔術師』に一票ずつ。接戦ね」

「やったー！　接戦を制したー！」

思いっきり両手をあげてバンザイする須藤さん。人数は少ないけど、みんな精いっぱいの拍手を送った。自分が投票した本が勝つと、思った以上に嬉しい。

なるほど。これが、ビブリオバトルか……。

「ライトくん、見ててどうだった？」

桃子先輩に聞かれ、僕は素直に答えた。

「なんか……ちょっと難しそうだけど、楽しそうだなって」

小学生みたいな感想だったと思うけど、みんな笑顔で聞いてくれた。自分が本の紹介をする――そこばかりに目が行っていたけれど、他の人の発表を聞くのはすごく楽しい。

桃子先輩は、柔らかい表情のままで言う。

「無理にとは言わないけど、わたしたちとしても部員が増えたほうが楽しいのよね。正規の部になるからってだけじゃなく……絶対、発表者も投票者も多いほうが面白いでしょ」

沢目先輩が、大きく頷く。

「最低三人いればできるとはいえさ、三人でやって全員違う本に投票しちゃって全部同率一位のチャンプ本でどうしましょ、ってなったら味気ないからね。しかも、俺と桃子とヒロじゃほぼ身内みたいなもんで、部活って感じじゃないし」

「なるほど……」

どうしよう。ちょっと、本当に入ってみようかな。でも、みんな発表うますぎたし。あんなに滑らかに話す自信、ないよ。

「入ってみようかな」と「難しいかな」の波に揺られすぎて、酔いそうだ。表情を曇らせている僕に、須藤さんが優しく言う。

「最初は発表できるかどうか不安になると思うけど、あくまで投票の基準って、『読みたいと思った本』であって、『発表がうまかった人』ではないんだよね」

「……」

返事に困っていると、須藤さんが再び口を開いた。

「まあ、最終的に『読んでみたい！』って思わせるには、選んだ本が面白いことも、発表が魅力的なことも、どっちも大事にはなるよ。でも、ライトが伝えたいことをカッコつけずに思いっきり伝えて、それで少しでも『その本面白そう！』って思ってもらえれば、まずはそれでオッケーって感じかな」

「うーん……」

そういうものだろうか。回数をこなせば、僕もみんなみたいに話せるようになるのかな。

まだ、不安だらけだ。でも、自分が好きな本に興味を持ってもらえるって、いいな。

そして、もしここに入ったことで真っ暗な日常に少しでも光が射すなら――。

沢目先輩が、僕を見てふふんと笑う。

「で？　結局どうするの？　うち、入る？」

自然と、口にしていた。

「文芸同好会……入ってみようかな」

顔を見合わせる現役部員三名。次の瞬間、跳んだ。

須藤さんが、跳んだ。

「よっしゃあああっ！」

天井の、埃がついた照明に向かって須藤さんの長い腕が伸びる。空まで届きそうな笑顔が、夏の午後に煌めく。

僕は、嬉しい、よりも驚きが勝る。こんなに、喜んでくれるなんて……。

ひとしきり喜んだあとで、あろうことか須藤さんの手がギュッと僕の手のひらを包み込んだ。そのまなざしは夏の光より強く、手は絹のように柔らかい。

「ありがとう、ライト！　これから一緒に楽しもう！」

須藤さんの頬の周りでぱぁっと太陽が弾ける。僕は「う、うん」とやっとのことで掠《かす》れた声を出す。顔中に熱が満ちて、危うく倒れそうになった。

桃子先輩もすごく嬉しそうだし、沢目先輩ははっきりと感情は読めないけど、温かい目をしているように見えた。

僕、歓迎されてるんだ。

そう思った途端、胸の中に熱いものがこみ上げてきた。かつて憧れだったクラスメイトに攻撃される僕にも、こんなにちゃんと歓迎される世界線があるんだ。

図書室のレースカーテンを揺らした夏風を、今年初めて気持ちいいと思った。


そのまま、須藤さんと一緒に帰ることになってしまった。桃子先輩は空手部の活動があり、沢目先輩はその帰りを教室で勉強しながら待つとのこと。

夕方の光を浴び、気持ちよさそうに伸びをする須藤さん。あくびまでしちゃって、なんと無防備なことか。

本当に、本当にいい子なんだろうなと思う。裏表がなくて明るくて、世界中の人がみんな須藤さんだったらもっと平和になるんじゃないかとさえ思う。

「どうだった、ビブリオバトル？　楽しかった？」

「うん……よかった」

「頑張れそう？」

「まあ……うん。須藤さんもいるし」

口に出したら、恥ずかしくなった。うつむき、石ころを蹴る僕に須藤さんは言った。

「『須藤さん』って呼び方、もういい加減やめて」

顔を見ると、ぷん、とほっぺたを膨らませていた。ど、どうしよう。怒らせた？

「だって、姉ちゃんのことなのかあたしのことなのかわからないじゃん」

「確かに……」

でも、女子を気安く下の名前で呼ぶなんてポリシーに反する。せめて、「さん」づけかな。

「ヒロ……さん」

「イヤだ、それ。『ヒロ』がいい」

「そ、それじゃあ……ヒロ」

あっという間に、ポリシー違反を犯す。人の声一つで、僕の意見や信条は容易《たやす》く揺らぐ。

でも、須藤さん……いや、ヒロが嬉しそうだからいいかな。もう一度心の中で「ヒロ」とその名を呼んだら、少しだけ顔が熱くなった。

ヒロは、ちょっと唇を尖らせて言った。

「てか、ごめんね？　姉ちゃんたち、ところかまわずラブラブしてくるところあるからさ、気まずかったでしょ。あんなん、うちらに見せないでほしいよねっ」

「あ……いや。大丈夫」

思わず、苦笑する。まあ僕も気まずいけど、身内のヒロはヒロで見るに堪えないものがあるのかもしれない。でも、総じて楽しかったからいいんだ。

ヒロの発表を思い出しながら、言う。

「……なんか、ちょっと意外だった」

「え？」

不思議そうにこっちを見てくるヒロ。別に悪い意味じゃないんだ。焦って言った。

「あ、いや、あの。すと……ヒロって、いつも青春系の小説ばっかり読んでるイメージだったからさ。ああいう冒険系の小説を読むこともあるんだなぁって思って」

「あはは、そうだよ。あたし、案外ああいうのも読むんだよ。『トム・ソーヤの冒険』とかも読むしさ。言ったじゃん。あたしがハマる本の基準は『ワクワクすること』であって、ジャンルは問わないって」

「そっか……そうだった」

ヒロは、楽しそうに続ける。

「意外だって思ってもらえたの、嬉しいな。きらきらした青春ものばっか読んでるわけじゃない。姉ちゃんと沢目くんに洗脳されて、武道系の本とか暗めの近代文学とかもちょっとずつ好きになってきたし、読むよ。読んでる本を知ると、その人の意外な一面に気づいたりするじゃん。それがビブリオバトルのいいところかも」

「なるほど……」

『闇夜の国』だって名作には違いないけど、今の僕じゃなかったらこんなにハマってないかもしれない。読んだ本に似てくるってのは言い過ぎかもしれないけど、好きな本には、きっとその人の「好き」や、今までの人生が表れる。

「来週は、ライトにもバトラーとして参加してもらうと思うから、一応準備だけしてきてね」

「うん……」

怖いなぁ。大丈夫かな。

「もしうまくできなかったところで、ライトのこと責める人なんて誰もいないから安心してね。鳥谷部くんじゃないんだからさ」

「あはは……」

苦笑いする。確かに。あの場には、言葉に詰まったとき机を蹴ってブチキレる人なんていないんだ。

そもそも、鳥谷部だってそんなやつじゃなかったんだけどな、元は。

僕の表情が暗くなったのが伝わったのか、ヒロはいつも以上に明るめの声を出した。

「あたしやっぱりさ、鳥谷部くんに聞いてみたほうがいいと思うよ。『なんであんなことすんの?』って」

夕陽が、ヒロの髪を金色に染めていた。きれいで、眩しくて、胸がきゅっとなる。

「きっと、真夜中を切り裂く第一歩になるよ」

「うん……」

思いの外、頼りない声が出てしまった。

不安で足取りが乱れる僕とちゃんと歩幅を合わせながら、ヒロは続ける。

「鳥谷部くんって、めちゃくちゃ乱暴者だけど、根っから悪いやつには思えないんだよね。春先、カバンの中身ぶちまけちゃったとき、拾うの手伝ってくれたことがあるもん」

「え……」

「それに、『連帯責任で環境委員全員残って掃除しろ』って言われたとき、掃除はしなかったけど、勝手に帰らないで一応残ってたじゃん。なんか、変なところで真面目なのがちょっと面白くてさ」

言われてみれば、そうだ。なんで、高橋さんたちのように、「適当な理由をつけて帰ってやろう」って発想にならなかったんだろう。結局、僕に言いがかりをつけたいだけだったんだろうか。もう、全然わからない。

「もしライトが『嫌だ』ってちゃんと言葉にしたら、鳥谷部くんが変わるきっかけになるかもしれないね」

「……そうだね」

優しい風が、ふわっと頬を撫でた。

「いつかは、ちゃんとあいつに、聞けたらいいな」

手のひらを、柔らかいオレンジ色の空にかざしてみる。あの夕陽に手が届くのは、もう少し先になりそう。それでも、嬉しかった。こんなに心強い味方ができたことが。

それが、こんな朝の太陽みたいな女の子であることが。

「ま、あんま深刻になんなよっ。あたしがついてるからさ！」

凛と澄んだその声を聞いたとき、心の鈴が揺れた。

「あっ、家過ぎちゃった」

ヒロがえへっと笑って今さっき過ぎた角のほうを向く。

「また明日ね、ライト。きっと全部大丈夫だよ！」

ぱたぱたと駆けていくヒロの後ろ姿を見ながら、そっと自分の心臓に手を当てる。

とくっ、とくっ、と、いつもより少しだけ急ぎ足の命を感じた。

多分、生まれて初めての感情だった。

その日、僕は改めてしっかり『闇夜の国』を読み直した。

一週間だ、リミットは。一週間後、僕はヒロと先輩たちにこの本の魅力を語らなきゃいけない。

なんで、庭乃先生の文章って、こんなに優しく心に馴染むんだろう。そして、僕はどうしてこの作品にこんなに強く惹きつけられるんだろうか。もちろん、「自分と主人公が似てる」ってのもあるけど、名前以外に、具体的にどんなところが似てると思ったんだろう。

僕は作中のライトみたいに、カッコよくも勇敢でもない。自分と「似てる」と思うこと自体、彼に失礼なのかもしれない。でも、やっぱりこの物語を他人事とは思えないのは……。

「あいつのせいだよなぁ」

思わず、声に出す。鳥谷部のことを抜きにして、この小説を好きになったことは語れない。

「夜の魔物」に襲われ、突然太陽が昇らなくなった世界。それは、まるで、僕の日常だ。

辛いけど一回本を閉じて、振り返ってみよう。

高校入学初日、同じクラスに鳥谷部がいたときは、なんだか夢の中にいるような気分だった。吉夢とも悪夢ともつかない、ふわふわした幻。胸をちくちく刺すほんの少しの気まずさが、この夢に隠し味程度の現実感を与えている。中学三年生のときはほとんど彼の姿を見ていなかったから、実質一年ぶりの再会だった。

確かに、鳥谷部だった。でも、何もかも変わり果てていた。爽やかで優しい笑顔の代わりに、鋭い瞳と青白い顔があった。誰にでも気さくに話しかけていた口は、真一文字に結ばれてなんの音も発さなかった。中学時代いつもきっちり着ていた制服は、だらしなく着崩されていた。もともと高かった身長はもっと伸びて、それが威圧感に拍車をかけていた。

心のどこかで、鳥谷部が荒れたなんてただの都市伝説じゃないかと思っていた。でも、もうごまかせない。鳥谷部はいるけど、みんなの人気者のトリは、もうどこにもいないんだ。

脳が現実を受け入れ始めると、なんだか泣きそうになる。中学のときは色々あったんだろうけど、高校では大きく環境が変わる。どうか、これから鳥谷部にいい友達ができますように。そして、少しでも昔の鳥谷部に戻ってくれますように。祈るように、そう思った。

でも、彼についての悪い噂は、とっくに広まっていた。

入学して間もない昼休み、近くの席の男子が「ちょっといい？」と小声で話しかけてきた。

「なぁ、蛯名って鳥谷部翔と小中同じだったたってマジ？」

　急に言われて戸惑ったけど、返事を考えているひまがなくてそのまま頷く。小声で話しかけてきた時点で、明るい話じゃないんだろうなとは思った。案の定、彼は言った。

「あいつ、めっちゃヤバい先輩とつるんでるって聞いたんだけど、どうなんだろうな。雰囲気見てるとやっぱそんな感じするけど」

「うーん……」

　言葉が、出てこなかった。悪い人じゃないんだよって言いたかったけど、わかったような口を利けるほど、僕は鳥谷部と親しくない。僕が黙っていると、相手はペラペラと続けた。

「いや、なんかこないだ三年生のヤバいやつらと歩いてたらしいんだよね。んで俺の友達が睨まれたらしくて、クソ怖かったんだって。蛯名は、あれ？　鳥谷部と仲よかったとかではないんだよな？」

　苦笑して首を横に振った。なれるものなら、なりたかったんだけど。

「全然、友達ってわけではなかったよ。二年生からはクラスも違ったし――」

　そのとき、真後ろを誰かが通りすぎる気配を感じた。恐る恐る振り返り、心臓が凍りつきそうになる。

鳥谷部だ――。

心なしか、一瞬こちらを向いた瞳が氷のように冷たい気がした。

「うぉー、あっぶねぇ、噂をすれば」

彼はひゃひゃひゃひゃと下品に笑ってから、小さな声で言った。

「まぁ、蛯名があんなのと友達なわけないか」

彼の言葉に、少しカチンときた。なんだよ、「あんなの」って。何も知らないくせに適当なこと言うな。心の中では鳥谷部を庇《かば》っていたけれど、本当にそう言う勇気なんかなくて、僕はただだらしない笑顔を作ることしかできなかった。

その次の朝から、突然それは始まった。

教室に続く廊下を歩いていたとき、「邪魔なんだよ」と突然肩を押されて舌打ちされたのが最初だった。そのときは、あまりにもびっくりしすぎてフリーズし、「多分人違いだろうな」と思うようにした。だけど、その翌日から、もう逃れられない現実を突きつけられる。

数学の授業で先生にあてられ、因数分解の式をつっかえながらも一生懸命説明しているときだった。

「うるせぇ！」

突然僕を遮った怒声と、机を殴る音。クラスメイトも、先生も、僕も、何が起きたのか一切わからなかった。ただ、全身から血が引いていくような感覚だけが僕を包んでいる。

恐る恐る振り返ると、鳥谷部が、燃えるような目で僕を睨みつけていた。

「……吐きそうなんだよ、お前の声聞くだけで」

ひゅっ、と喉がおかしな音を立てる。全速力で自転車を漕いでいるときみたいに心臓がどこどこ暴れて、苦しくなる。

なんで。どうして、怒鳴られた。

「と、鳥谷部、お前なんてこと言うんだ」

おじいちゃん先生が慌てたように言うけれど、鳥谷部は鬼のような顔で僕を睨み続ける。先生はもう一度鳥谷部に、「授業の妨害はやめなさい」と言い、僕に続けるよう促した。解き方を説明しながら、生きた心地がしなかった。

それから、攻撃は毎日続いた。そばを通りかかっただけで舌打ちしたり、ちょっと気に食わないことがあるとわざわざ僕の席まで来て机を蹴ったり、「視界に入んな」とか「消えろ」とか、僕の存在自体を否定するような暴言を吐いたり。真相が何もわからないままに、鳥谷部の行動は日に日にひどくなっていく。

それでもやっぱり何より辛いのは、あの読書紹介新聞のように、僕が前に出て話す何かがあるたびに突っかかってくることかもしれない。みんなの前で恥をかかされるのは、何よりも堪《こた》える。みんなが向けてくる同情の目が、痛くてたまらない。もともと苦手だった人前で話すことがもっともっと地獄になった。

最初の一か月は、なんで、どうして、と必死に考えた。もしかしたら、僕とクラスメイトの彼が話しているのを見て、陰口を言われていると勘違いしたのかもしれないとも思った。でももしそうなら彼も標的になっているはずだ。第一、鳥谷部の陰口なんて、本人がいるところでもいくらでも聞こえる。なんで、僕だけが狙われたのだろう。

ゴールデンウィークを過ぎても状況が変わらないのを見ると、だんだんどうでもよくなってきた。僕が何を考えたって無駄だ、逃げられない。あんなに憧れていたはずの鳥谷部が憎くなっていく自分が怖かった。もう、自分か、相手か、どっちかが死ぬことくらいしか、この地獄の幕を下ろす方法はないんじゃないか。ぼんやりとそう思いながら、救いを求めるようにふらっと立ち寄ったのは、青森駅近くの商店街にある大好きな書店。

そこで見つけた一冊の本こそが、『闇夜の国』だった。

著者の庭乃先生のサイン色紙やポップと共に平積みされていた本。どうやら、三年前に出た作品の文庫版らしい。文学賞を受賞した作品といえど、無名の作家さんの本が目立つところにこんなにたくさん積まれているのはなかなか珍しいことだ。あらすじを見てみたら主人公の名前が「ライト」。ちょっとした現実逃避になればいいかなって、軽い気持ちで買ってみた。

そして、その日のうちに二回読んだ。二回、泣いた。

朝が来なくなるという未曽有《みぞう》の事態。それにまっすぐ立ち向かう、僕と年のころが変わらない少年少女。ものすごく、輝いていた。本の世界に心を浸している時間だけ、全てを忘れていた。ページをめくる手は、止まる気配を見せなかった。庭乃先生の他の作品も読んでみたいと思ったけど、現時点で『闇夜の国』が庭乃先生の唯一の著書らしい。顔も性別も年齢も知らない人なのに、「いつか次回作を読ませてください」って、祈るような気持ちになった。

今でも思ってる。本の中のライトたちみたいに、夜明けを迎えられたらどんなにいいか、って。でも僕は、彼らに憧れるだけで、今のところなにもできていない。やったことと言えば、上級生に追い詰められて階段から落ちた鳥谷部に刃物を向ける想像をすることくらいだ。こいつが僕にとっての魔物だと思ったから。こいつさえいなくなれば、僕の日々に朝が戻ってくると思ったから。

でも、今、冷静になって思う。なにも解決しないまま鳥谷部がいなくなってしまったら、僕はもっともっと深い闇に落ちるんじゃないか、って。

「うぅ……」

思わず、呻《うめ》く。この本の本当の魅力を理解するには、まず、僕自身の問題を解決しなきゃいけないような気がした。でも、それと真正面から向き合うほどの気力が、勇気が、今の僕には備わっていない。

　頭を悩まし、授業で出された課題も満足にできないまま、僕は寝落ちしてしまった。


　翌週の放課後、僕は恐る恐るヒロの元へ向かった。嬉しそうにひらひらと手を振ってくれるヒロを見て、ホッとする。

　この一週間も、ヒロは僕を気にかけてちょくちょく話しかけてくれた。もちろん向こうにはたくさん友達がいるからしょっちゅう僕のところに来てくれるわけではないけれど、鳥谷部が僕になにかしそうなのを察知してこっちに来てくれることもあった。すごく助かったけど、それ以上に嬉しかった。ヒロの目に自分が映ったとき、いつもちょっとだけ口元が緩んで、それをごまかすために変な顔になってしまう。何はともあれ一応ちゃんと、彼女にとっての友達というポジションは守れているみたいだ。

　ヒロは、荷物を全部持つと廊下を指さした。

「じゃ、図書室行こっか！」

「う、うん」

　僕は少しだけ手のひらに汗をかきながらも、頷く。

結局、僕は一週間で『闇夜の国』についての自分の思いを整理することができなかった。自分の問題とも、なに一つ向き合いきれなかったし。

だから手っ取り早く、こないだ授業で紹介した『津軽』を発表に使うことにした。読書紹介新聞に書いた内容をしっかり頭に入れてきたつもりだ。だけど、いざそのときが来るとなると、やっぱそわそわして呼吸が浅くなる。予防接種の順番待ちをしているような気分。

ヒロは、ちょっと笑いながら言った。

「ライト、めっちゃ緊張してるっしょ。顔に出まくってるよ」

「いやぁ……だって、ねぇ」

なにが、「だって、ねぇ」だ。もっとちゃんと会話のキャッチボールができないのか、僕。

自分を自分で叱っていると、ヒロが楽しそうに言う。

「まあまあ、気楽にいこうよ！　あたしも『文芸部』になって初めての活動だから、なんとなくドキドキだけどさ！」

「えっ」

もしかして、僕が入ったことによってもう既に「同好会」から「部」に昇格したのか？　聞いたら、ヒロは弾んだ声で言った。

「そうだよ！　校長先生本好きだから、活動内容を聞いてすぐ承認してくれたんだって。ライトが入ってくれたおかげだよ。顧問も、もう決まったんだってさー！」

マジか……なんか、すごい大ごとになってってない？

「僕らが知ってる先生かな？」

ヒロは、首を横に振った。

「いや？　姉ちゃんから聞いた限りでは、全く知らない先生。正式な先生じゃなく講師みたいだけど。姉ちゃんも、あんまりよく知らないって」

そうなんだ。ヒロも桃子先輩もよく知らないってことは、三年生の先生なのかな。

「怖い先生……じゃないかな」

「怖くはないけど……でもなんかね、顧問の任命は校長先生がしたみたいで、姉ちゃんが一回その先生にあいさつに行ったらしいんだけど、ちょっと変な人だって言ってたよ」

「えぇ……」

正直、桃子先輩と沢目先輩でお腹いっぱいなのに……これ以上「変」が増えたら、受け止めきれる自信がない。

図書室の前に来ると、ヒロは思いっきり扉を引いた。

「おっ疲れさまでーす！」

「……お疲れ様です」

ヒロと一緒に図書室に入ると、真っ先に何かを嘆くような男の声が聞こえてきた。

「いっや、もうー、勘弁してくださいよ～」

何あれ。誰の声？　恐る恐る入ると、桃子先輩と沢目先輩の正面に、見たことのない男の人が猫背で座っていた。多分、三十代前半くらい。紺色のVネックセーターを着て、すらっとした長い脚にグレーのズボンをまとっている。くせっけのある黒い髪と、気弱そうな顔の半分くらいを覆う丸縁メガネ。失礼ながら、多分学生時代のクラスでのポジションは僕みたいな感じだったんじゃないかな、と思うような人だった。

あの人が……顧問？

顧問と思しき困り顔の男に向かって、桃子先輩が熱弁を振るってる。

「やりましょうよ！　ビブリオバトルって、性別も年齢も肩書きもなに一つ関係ない、究極の無差別級バトルなんですよっ！」

「いやー、バトルとか私は無理ですってー、人前で話すのは苦手ですし」

「でも、いつも授業のとき、生徒たちの前でお話ししてるんじゃないんですか？」

「あれはなんというか、職業スイッチが入るからかろうじてできるだけであって……」

僕のほうを見て、「なんか面白そう」とでも言うようににやっと笑うヒロ。僕は、とりあえず怖い人ではなさそうなことに安堵する。沢目先輩は、疲れているのかただ単に眠いのか、椅子の上で目を閉じていた。

「あ、ヒロ！　ライトくん！」

桃子先輩が、僕たちに気づいて手を振る。

「紹介するわね。今度から顧問をしてくれる中野《なかの》渡《わたり》先生」

中野渡先生、と呼ばれた男の人は座ったまま首だけでぺこりとお辞儀をした。

「本日より文芸部の顧問を務めさせていただきます、中野渡拓真《たくま》と申します。普段は三年生理系クラスの古典と文系クラスの現代文を主に担当しておりまして、一番好きな食べ物はエビチリです。よろしくお願いいたします」

一番好きな食べ物がエビチリの人なんているんだ。

ヒロは、笑顔ではきはきと言った。

「あたしは、一年一組の須藤央です！　部長の須藤桃子の妹です！　一番好きな食べ物は、カツカレーです！　よろしくお願いします！」

「えっ……」

なに、なんか、好きな食べ物を紹介しなきゃいけない流れなのか？

「同じく一年一組の蛯名来斗です。一番好きな食べ物は……一番って言われると難しいけど……えーっと……」

「そんな真剣な顔で悩むほどのことじゃないでしょ。俺はカンジャンケジャンが好き。食べたことはないけど、見た目が一番好き」

いつの間にか目を開けていた沢目先輩が、相変わらず気だるそうにめちゃくちゃを言う。なんだか、今のでいい具合に力が抜けた。

「何を話してたの？」

ヒロが聞くと、桃子先輩が中野渡先生をチラッと見ながら答えた。

「せっかくビブリオバトルするなら、中野渡先生にも毎回バトラーとして参加してもらったらどうかなって思ったんだけど……人前で話すの苦手だから、嫌なんだって」

気の抜けた顔で言う中野渡先生。

「無理ですって、私には。だいたい、そんなに暇じゃないんですよ、こちとら」

ぐぉん、と上体を反らし、天井を見上げる中野渡先生。沢目先輩が、呆れたように言う。

「中野渡せんせってほんとに教師？　喋り方が先生じゃなくてダルい後輩みたいなんだけど」

「だから私は教師じゃなくて講師なんです、沢田弓弦《さわだ》くん！」

沢目です、と真顔で訂正され、口をへの字に歪める先生。はぁ……とため息をついてぼやき始める。

「部活動の顧問は引き受けないつもりだったのに……なんか、校長先生に呼び出されて『中野渡先生、国語の先生だし、本好きだし、なにより暇そうだよね』って、拒否権なしで急に任命されて……見た目にはわからないかもしれないけど、私は忙しいんです普通に！」

うあぁぁ、と断末魔の叫びみたいな声を上げ始める中野渡先生。僕と桃子先輩は困惑するけど、沢目先輩は完璧に無視してるし、ヒロは楽しそうに笑ってる。笑顔のまま、ヒロは言った。

「ライトは先生と同じく新入部員なんですよ！　仲間がいてよかったじゃないですか！」

「私は新入部員ではなく顧問ですが……まあ仲良くしましょう」

「は、はい……」

先生に差し出された手を握り、握手する。あまりにも握力が弱いので、不安になった。講師とはいえ、顧問って普通、生徒を導き、生徒に頼られる存在じゃないのか。なんか桃子先輩やヒロのほうがよっぽどたくましく見える。

「じゃあ顧問の紹介も終わったところで、正規の部活になってから記念すべき第一回目の活動を始めます！　みんな、本は持ってますね？」

「はーい！」

ヒロがいい返事をして、本を出した。

「ライトくんも、本、持ってますか？」

「あ……はい」

僕もカバンに手を突っ込んで本を取り出した。中野渡先生は、本を手に持った僕をじっと見る。な、なんだ……？

「あのう……顔になんかついてます？」

「いえ、別に？　今日はその本使って、発表するんです？」

僕の顔を見たまま言う中野渡先生。はい、と返事をしてしまってから自分の手元を見て、ハッとする。

「あ、違った！　こっちじゃないです、今日はこれで」

間違って、『闇夜の国』のほうを出してしまっていた。慌ててカバンにしまい、『津軽』を取り出す。

「ふーん。蛯名来斗くんは、カバンからいっぱい本が出てくるんですね」

真顔で言う中野渡先生。いや……言っても、二冊だけだけどね。

そこから、先週と同様のビブリオバトルが始まった。僕は初めてだから一応一通りみんなの発表を聞いてからのほうがいいだろう、ということで最後に発表することになり、ヒロと先輩たちだけでじゃんけんが行われた。

まず最初のバトラーは、ヒロ。きれいな水色のグラデーションが特徴的な表紙の文庫本だ。

「はい、今回あたしが紹介するのは、『プールに光がさしたとき』という作品です！表紙とタイトルからはわかりづらいと思いますが、ちょっと重めの青春恋愛ものです」

内容がそんな雰囲気だからなのか、前回のビブリオバトルのときより少しだけ語りが落ち着いているように思えた。

「主人公の大山千夏《おおやまちなつ》は、水泳部に所属する高校一年生。同じ部活内の堀口《ほりぐち》先輩に、密かな思いを寄せています。地味系だけど心が優しくて、どんなときも穏やかな先輩の魅力に、自分だけが気づいていると思っていました。エモいですね、片思い」

そう言うヒロの頬は、少しだけ赤みがかっているように見えた。これは、主人公に対する感情移入だろうか。

「一方、千夏には大好きな同性の先輩もいます。それが、堀口先輩と同じ二年生の桜井水香《さくらいみずか》先輩！　美人で面倒見がよくて、千夏と水香先輩はプライベートでも遊ぶくらいの仲です」

ヒロは、どこか辛そうな表情で続ける。これから、どんな展開が待っているのか。

「あるとき千夏と水香先輩が一緒にカフェに行ったとき、水香先輩が楽しそうに、

『彼氏とデートに行ったときの写真』と、きれいな海の写真を見せてきます。千夏が、『彼氏さんってどんな人ですか？』と言っても、水香先輩ははぐらかすばかり。でも、恋バナになったことで千夏も思い切って、『私も好きな人がいて』と、水香先輩に打ち明けます。でも、水香先輩みたいにはぐらかして、堀口先輩の名前は、出さなかった」

もう、不穏になってきたよ。ドキドキしながら次の言葉を待つ。

「その一週間後でした。水香先輩の彼氏が、堀口先輩だとわかるのは」

すっ、と胸が冷えるような感覚があった。でも、次のセリフは、もっと衝撃的だった。

「千夏が水香先輩と堀口先輩の交際を知るのは、水香先輩のお葬式でした。水香先輩は、学校帰りに通り魔に刺されてしまったんです」

ごくっ、と誰かの喉が唾を飲み込む音が聞こえる。そんな……。

「この物語の本番は、ここからです！　水香先輩亡きあと、千夏と堀口先輩はどのように心を通わすのか、そして水香先輩の二人に対する思いとは……。一ページめくるごとに、どんどん淡くて、透明で、切なくなっていきます！」

ヒロは、「ここで、推しキャラ紹介ターイム！」と高らかに宣言した。

「あたしがこの小説の中で一番好きなのは、水香先輩です！　優しさとカッコよさが共存してる感じが素敵で、憧れる！　こういう人になりたいって思えるようなお姉さんでした！」

その後も、ヒロは一つ一つ丁寧に言葉を選んで語った。主人公が乗り移っているみたい。ディスカッションの時間になっても、ヒロはずっと目をうるうるさせているように見えた。その視線の先に、なにがあるのかはわからなかった。

ヒロは、ワクワクする小説が好きだと言った。でもこの小説は、話を聞く限りじゃ大分しんみりした雰囲気だ。まあ、ヒロだってそういう本を読みたくなることもあるんだろうな。

ヒロのプレゼンとディスカッションが終わると、刻一刻と自分の番が迫りくる。正直、桃子先輩と沢目先輩のプレゼンは上の空だった。

一応、家で発表のシミュレーションはしてきた。でも、いざみんなを前にすると、全然感覚が違う。ちゃんと、うまく話せるかな。最後までつまらずにできるだろうか。

考えているうちに、とうとうそのときが来てしまった。

「じゃあ最後、ライト選手！」

「は、はい……」

僕は、『津軽』を胸の前に掲げた。いよいよだ。

「じゃ、五分計ります！　よーい、スタート」

ピッ、と音が鳴ったのと同時に覚悟を決めた。もう、逃げられない。

「えっと……僕が今日紹介するのは、太宰治の『津軽』です。んと、これは紀行文に近いんですけど……すごく、その、郷土の美しさとか……色々触れられる、素晴らしい作品です」

背中を冷や汗が伝う。頭の中に入れてきたはずの言葉が、みんなの前で声に出した途端、乾ききらないうちに水を浴びたインクみたいにぼやけだす。

「それで、えー……あっ」

思わず、口に手を当てる。

そうだ。この、「えー」とか「あー」とかを鳥谷部によく「イラつく」って言われてたんだ。意識的に減らそうとするけれど、身についてしまった癖をこの場で直すなんて無理だ。ちらっとタイマーを見る。残り、約四分四十秒。

タイマーが映す無慈悲な残り時間に、思わずため息が出る。五分……なんて長いんだ。

「あの、えっと……聞き慣れた地名がすごく多く出てきます。こんなに、なんていうか、地元のマイナーな地名が出てくるのって初めてで。こんなすごい文豪の小説で、なんか、色々青森の地名が出てくるの、すごいなと思いました」

だんだん何を話しているかわからなくなってきた。でも、今更軌道修正もできない。

みんなが真剣に聞いてくれることを救いにして頑張ろうとする。

「それで……途中、作者の地元の金木《かなぎ》に行くシーンがあるんですけど」

ぐるぐると、頭の中で言葉がまわる。

「それで、その金木で……えっと」

きーん、と耳鳴りがした。頭が、真っ白になる。パッとタイマーに目を落とすと、まだ二分以上残っていた。

どうしよう、どうしよう、どうしよう。五分間話し続けるのがルールだったはず。何か言わなきゃ。なんでもいいから、なんか喋んなきゃ。

思えば思うほど何も出てこない。机の一点を見つめて、固まることしかできない。図書室を包む海の底みたいな沈黙。なに一つ浮かんでこない頭に、桃子先輩の声が届く。

「あと、言い足りないこと、ない？」

「あ……はい。ごめんなさい」

謝ってもまだ、二十秒余っていた。タイマーが鳴るまでの時間を、永遠みたいに感じた。

「はぁ……」

タイマーの音が響き渡ると、思わずため息を漏らした。

想像の、五倍、なんにもできなかったな——。

「ライトくん、発表ありがとう。それじゃあ、ディスカッションに入りますね」

桃子先輩がタイマーを止めたけど、しばらく、みんな考え込むような顔をしていた。息の詰まるような時間が過ぎたあと、桃子先輩が「じゃあわたしが」と手を挙げる。

「ライトくんは、太宰治の他の作品とかも、読むんですか?」

「あ、えーっと……」

僕は、机を見ながら言った。

「正直、太宰は、あんまり読まないんです。『走れメロス』は、読んだことあるけど……メロスと、『津軽』しか読んでなくて」

「そっか。ありがとう」

桃子先輩が微笑むと、次はヒロが手を挙げた。

「地名の話とかはすごくたくさんしてくれたけど、ストーリーについてはどう思いましたか?　面白かった?」

「えーと……ストーリー、ですか」

僕は、ますます深くうつむく。

「ごめんなさい。ストーリーについては、よかったんだけど、一言で言うのは、なかなか難しいです」

「了解！　ありがと」

笑顔で頷くヒロ。

沢目先輩は、無表情でこっちを見ている。マズい。先輩、太宰が好きって言ってたもんな。怒ってるのかな……。

みんなの発表が一通り終わると、桃子先輩が投票タイムに入ることを宣言する。

「中野渡先生も、投票には参加してくださいね」

「へーい」

中野渡先生も、やる気はなさそうだけど一応ちゃんと紙は受け取った。

自分になんか一票も入っていないことはわかっているけど、それでもやっぱりドキドキ感がある。ちなみに僕は、ヒロの本に入れた。なんか、ヒロが紹介した本って、読んでみたくなるんだよな。

中野渡先生も含めて全員が投票すると、桃子先輩が開票して頷いた。

「それじゃあ、今日のチャンプ本を発表します。今日のチャンプ本は、ヒロが発表した、『プールに光がさしたとき』です！　おめでとう！」

「えぇ、いいの、二週連続勝っちゃって⁉　いえぇーい！」

椅子から立ち上がって喜ぶヒロ。みんなでパチパチ拍手した。沢目先輩は、手を叩きながらヒロに微笑みかける。

「めちゃくちゃ面白そうじゃん。貸してよ」

「沢目くんは読まなくていいよ！」

「なぁんでよ。読んでほしくて紹介したんでしょうが」

沢目先輩の言葉に、ぷいっとそっぽを向くヒロ。先輩、そんなそっぽ向かれるようなこと言ったっけ？　女の子、難しすぎる。

拍手が止むと、中野渡先生がひょこっと右手を上げた。

「あのー、これで、終わりって感じです？」

桃子先輩が頷くと、先生は「よっこらせ」と年に合わない声を出して立ち上がった。

うーん、と伸びをして言う。

「じゃあそろそろ、私は行きます。採点しそびれている小テストがありますので」

「え⁉」

みんな、びっくりする。なんでそんな、急に。

「なんでですか。あと十分くらいなんだから、最後までいてくださいよ！」

ヒロが慌てて言うけど、中野渡先生はどこ吹く風って感じだ。

「いつも私がいるとやりづらいでしょうし、私も毎回来ると疲れますから、気が向いたら顔を出すくらいにしときます」

「そんな、待ってくださいよ！」

桃子先輩が大声で呼び止める。

「これから今日の反省会と次週の活動の確認をするんです。ビブリオバトル、楽しかったでしょ？　次は先生にもぜひ参加してほしいし、最後まで話を聞いてください！」

内心、ハラハラする。あんまり桃子先輩を怒らせたらまずいんじゃないだろうか。だけど、中野渡先生は振り返りもせず言った。

「ビブリオバトルはまあ、面白かったです。でも、忙しいのに急に顧問にされたことはやっぱり納得できません。さようなら」

「ええ、ちょっとー！」

桃子先輩とヒロが止めようとするのも虚《むな》しく、中野渡先生は伸びの姿勢のまま図書室から出ていった。

「もう、どうなってんのあの人。最悪じゃん」

唇を尖らせるヒロ。まあまあ、と僕がなだめるけど、もう完全に怒ってる。

「まったくもう……忙しい忙しいって、あそこまで露骨にやる気ないのを表に出さなくてもいいじゃんね！　『急に顧問にされた』って、文句があるならあたしたちじゃなく校長先生に言ってよっ」

「顧問がついたらもっと充実した活動になると思ってたけど……結局わたしたちが頑

張るしかないみたいね」

桃子先輩も、しょんぼりしたように言う。

中野渡先生への愚痴が止まらない須藤姉妹。だけど確かに、突然拒否権なしで顧問に任命された中野渡先生も、気の毒っちゃ気の毒だ。

でも……人のこと哀れんでる場合じゃないだろ、僕。なんだよさっきのひどい発表。もう、ここ、追い出されてもおかしくないよ……。

僕が一人でしょぼんとしていると、気を取り直したヒロが明るい声を出した。

「まあ、いいや。ライト、お疲れ！　初回なのによく頑張ったじゃん！」

「いや……でも、ひどかったでしょ。変な空気にしてごめんなさい」

みんな優しいからいやいやと首を横に振ってくれるけど、申し訳ない気持ちは消えない。

桃子先輩が、聞いた。

「もしかしてなんだけど、ライトくん、原稿を作って暗記してきた？」

言い方でなんとなく、「あ、暗記、ダメなんだ」ってわかったけど、ごまかしている余裕もなかった。正直に頷く。

「授業で『津軽』の読書紹介新聞作ったから……その文章を頭に入れてきた、つもりでした」

「そっか。なんか、そんな感じがしたのよね。あ、責めてるんじゃないよ」

優しい声で言ってくれる桃子先輩。優しくされればされるほど、情けないなぁ……。

「丸暗記したくなる気持ちはわかる。でも、ビブリオバトルの公式ルールにはね、『発表参加者はレジュメやプレゼン資料の配布などはせず、できるだけライブ感をもって発表すること』って項目があるの。丸暗記じゃライブ感にかけるから、わたしの場合はほぼアドリブだし、原稿を作るにしても構成を考える程度にして、あとは本番の雰囲気に任せてるかな」

ヒロも、頷いて言う。

「暗記ってさ、いくら完璧にしたつもりでも本番になったらポンと飛んだりするじゃん。だから、あたしも暗記はしない」

じゃあ、先週も今日もみんなの発表は全部アドリブに近いものだったんだ。すごすぎるだろ……。

僕が黙っていると、沢目先輩も『津軽』を指し示しながら口を開いた。

「ライトくん、ほんとにそれ、面白いの？」

「え……」

僕より先に、ヒロが言う。

「なに言ってんの沢目くん。『津軽』読んだことあるでしょ？　しかも、『めっちゃ最高』って、小一時間くらい内容語ってたじゃん」

「いや、俺にとっては面白いんだけど、ライトくんにとってはどうなの？　本気でちゃんと、『好みだなぁ』と思って持ってきた？」

真っ黒な瞳に、底知れぬ圧を感じる。僕は、ダンゴムシみたいに背中を丸めて言った。

「いや……正直、読書紹介新聞を書いたときから、有名な本だし、無難だと思って、とりあえずって感じで持ってきました」

ごめんなさいごめんなさい。本気で太宰が好きな人の前でこんなこと言うの、最悪だ。頭を抱えそうになっていると、沢目先輩は瞳に穏やかな光を宿して言った。

「ビブリオバトルって、推し本布教選手権みたいなもんだからさ。自分が好きな本を持ってこないと、ライトくん自身が楽しめないでしょ。せっかく文芸部に入ってくれたんだから、ライトくんには楽しんでほしいんだよ」

ねぇ、と沢目先輩は桃子先輩のほうを見る。桃子先輩も笑顔で頷き、言った。

「それに、自分が面白いって思ってる本じゃないと勝てないしね。勝つと、嬉しいわよ。ライトくんにも味わってほしい、勝利の喜び」

僕は、こくっと、首だけでお辞儀をした。優しい言葉も、あんな発表を温かく見守ってくれたことも、全部ありがたい。

ありがたいけど、やっぱり、虚しい。

今日はヒロがテストの点数がまずくて物理基礎の先生に呼び出されているということで、一人で帰ることになった。

とぼとぼ歩いていると、独り言が漏れた。

「やっぱり、僕には無理かもしれない」

誰に向けたわけでもない言葉が、夜を待つだけの空に溶けていく。

みんなが僕にくれたのは、優しい言葉ばかりだった。でも、気持ちは晴れない。気を遣って言ってくれているのが、手に取るようにわかる。可哀そうなんだと思う。うまく話せなくて可哀そうだから、優しくしてくれたんだ。それが情けなくて、心に直接爪を立てて掻きむしりたいと思う。

なんで、できると思ったんだろう。自分を一方的に攻撃してくる狼みたいなやつに何一つ言い返せない僕の言葉に、何の力があるというんだろう。

ビブリオバトルを通じて、自分の気持ちを言葉にできるように？　無理だ。みんなの前で、恥をかいただけだ。さっきの記憶、頭から切り取りたい。

明日にでもヒロに、もう文芸部をやめるって言おう。みんなをがっかりさせるかもしれないけど――あ、そうか、僕がやめたら人数的に、同好会に逆戻りする可能性があるのか。やっぱ、やめるほうが迷惑かな。

どうしよう。もう、自由に逃げることもできないじゃん。

「ライト……」

呼んだのは、一番大切で、一番大好きな物語の主人公の名だった。

「僕、どうしたらいい？」

顔の周りを飛ぶ虫を払う気力もない。今目の前に猿が飛び出して襲いかかってきても、多分僕は抵抗しない。

ひたすら、足が重かった。


「……ヒロ」

次の日の朝、ヒロが友達のところに行ってしまう前に話しかけた。自分から女子に話しかけるのなんて初めてだから少し緊張したけれど、ヒロが、「おー、どしたー？」となんでもないように笑顔を向けてくれたから、ホッとする。

僕は、深呼吸する。

「あのさ……ヒロ。僕――」

心臓の音が、どく、どく、とうるさい。言え。今言え。まだ、間に合うから。

自分に言い聞かせて、口を開く。

「僕、文芸部……ビブリオバトルを……」

僕の緊張を悟ってか、ヒロの表情も少し硬くなった。

僕は、勢いに任せて言った。

「ビブリオバトル、もっと、うまくできるようになりたいんだ！」

「え……？」

目を見開くヒロ。

「教えてくれないかな。ビブリオバトルのときの、話し方のコツとか、テクニックとか……」

少しだけ小声になって、言う。

ヒロの瞳にホッとしたような光が浮かんで、みるみる大きくなっていくのを感じた。

「うわー、びっくりした！　文芸部、やめたいって言われちゃうかと思った！」

「あぁ……いや、そんな」

まあ、それも考えたけど。

昨日、ふらふらした足取りで家に帰って、いっぱい考えた。これからどうしよう、って。

自分の頭で考えるだけじゃ何も答えが出ないとき、縋《すが》ったのはやっぱり『闇夜の国』だった。

作中のライトだって、逃げるときは逃げるんだし、僕もやめたいならやめていいかもしれない。そう思って魔物から逃げるシーンを読み返して……違う、と思った。

ライトたちは、困難にぶち当たるたびにそれを避けるようにして逃げてるわけじゃない。困難を乗り越えるために、真夜中を切り裂くために、その手段として時には逃げることを選んでいるだけだ。

せっかく変わるきっかけをくれたヒロの元から、こんなに簡単に逃げていいのか。何回も、自問自答した。

そしたら、今のままで文芸部にいるのは辛いけど、うまく話せるようになったら活動も楽しくなるんじゃないかという、ものすごくシンプルな結論にたどり着いたのだ。

「でもなぁ……正直言いたいこと言ってるだけで、テクニックってほどのこと、なんにもないんだよなぁ」

ヒロはしばらく腕組みをして考え込んでいた。

「全然、難しいことじゃなくてよくて。ただ、ヒロ、すごく話すの上手だなって思ったから」

「うーん、そうだなぁ。まあ、これはルールでも一般論でもなくて、あたしの個人的な意見だから、まあ適当に聞いてほしいんだけどさ」

そう前置きして、話し始めるヒロ。

「構成の話ね？　あたし的には、あらすじと自分の思いはスパッと分けて話したほうがいいと思うんだ。『こういう出来事があって面白いと思いました』、『次にこういうことが起きてこれも心に残りました』って物語の内容と感想をごちゃ混ぜにして言うより、あらすじだけ先に言って、その後に感想とか推しキャラとかどういう人に読んでほしいかとかをまとめて話したほうが、聞きやすいんじゃないかと思うんだよね」

「なるほど……」

そういえばヒロ、昨日も、その前の週の発表も、そういう話し方をしてたな。確かに、そっちのほうが構成としてわかりやすいかも。沢目先輩もそういう話し方だった気がする。

「あと、あらすじは絶妙に気になるところまで言って、止めるようにしてる。みんなに、物語の続きを想像してもらえるように」

ヒロはちゃんと構成を考えて話すタイプなんだな。

「桃子先輩は勢いのまま熱く語ってるよね、いつも」

言うと、ヒロは楽しそうに笑って言った。

「姉ちゃんのはもうね、勝手に『劇場型』って名づけてる。あれはあれで面白いと思う」

話し始めると、人が変わったようになる桃子先輩。力業《ちからわざ》で、自分の世界に引きずり込むような強引さがカッコいいと思う。

「すごいよね、みんな流暢《りゅうちょう》に話せて……」

僕が言うと、ヒロは「うーん」と唸った。

「話すときにつっかえるのはね、案外気になんないもんだよ。あたし前、高校生の全国大会の映像見たんだけどさ。流暢にペラペラ無難なことを話してる人の発表より、つっかえながらでも一生懸命自分の言葉で伝えようとしてる人の発表のほうが、スッと入ってくるし、響くなぁと思った」

言った後で、ヒロはにこっと笑った。

「でも、一番大事なのはやっぱり沢目くんも言う通り、自分が本当に『面白い』と思った本を持ってくることだと思うよ。『闇夜の国』、持ってきたら？　てか、てっきり初回から『闇夜の国』を持ってくるもんだと思ってたんだけど」

そうだよね……自分が一番好きな本と言えばそれなんだけど。でも。

「あの本を紹介するのは、もうちょっと時間がほしい」

まだ、あの本に対する気持ちをどうしても言葉にしきれない。自分の問題だってまだ、なに一つ解決してないし。

うつむく僕に、ヒロは優しく微笑んでくれた。

「大丈夫。なに一つ、焦らなくていい。ビブリオバトルのことも、鳥谷部くんのことも。あと、ビブリオバトルって結局ゲームだから。あんま固くなりすぎないで、楽しもう！」

「……ありがとう」

言うと、ヒロの表情はますます柔らかくなった。眩しくて、つい目を逸らしてしまう。

鼓動が速くなるけど、鳥谷部に怒鳴られたときとは全く違うリズムだった。


「今日僕が持ってきたのは……森絵都《もりえと》さんの『カラフル』です」

翌週のビブリオバトル。僕はみんなに言われた通り、心の底から「好み」の本を持ってきた。しかも、今回は暗記も原稿作りも言いたいことを整理することもなにもせず、本当にまっさらの状態でここに来た。

先ほどトップバッターのヒロが発表を終えたから、僕は二人目の発表者。

ヒロ、桃子先輩、沢目先輩、そして、ちょっと遅刻してきた上に、もう既に帰りたそうな中野渡先生。一人一人の顔を見て、深呼吸する。

「まず、あらすじ言います。えーっと……まず主人公、もういきなり、最初から死んでるんですけど。こ、この作品の世界では、生きているときになにかあやまちを犯した人は輪廻のサイクルから外れることになっていて、主人公はあやまちを犯してるんですけど、抽選的なものに、えっと、当たったっていうことで、自殺未遂をした中学生の体にホームステイして、やりなおすチャンスを得ます。それで、えっと……主人公がなんのあやまちを犯したのかは、わかってません」

緊張しつつも、ストーリーを一つ一つ思い出しながら、必死に話していく。みんな、頷きながら聞いてくれている。

ふとタイマーに目をやって、びっくりする。もう四分経ってる。そろそろ自分の意見も話さないと、あらすじだけで終わってしまう。

「それで、あの、なんといっても心に残るのは、主人公の『ぼく』が犯したあやまちが判明するシーンで。人と人とのつながりは、時には煩わしかったり、絶望的だったりするけど、その……やっぱり最終的には人の優しさが――」

ピピピピピ、ピピピピピ。

突然鳴ったタイマーの音に、ビクッと肩を震わす。驚いた。もう、五分なのか……？　同じ五分なのに、先週と全く感覚が違う。

「それじゃあ、ディスカッションに入ります」

質問には、そこそこ落ち着いて答えられたと思う。でも、自分の持ち時間が終わった後にはドッと疲れた。

残る桃子先輩と沢目先輩の発表も聞いて、やっぱり別格だなと思う。どれくらいかかったら、このレベルに到達できるんだろう。

「それじゃあ、みんな発表が終わったので、投票に入りますね」

僕は、桃子先輩が紹介した本の名前を書いた。語りの勢いがものすごくて、読んでみたくなってしまった。

勝てるはずがない。だって、僕はまだ二回目だし、あらすじに時間を割きすぎて、全然いい発表だったと言えないと思うから。

でも――心のどこかで多分、ちょっとだけ期待している。ほんの少し、一ミクロンだけ、僕の選んだ一冊がチャンプ本になる可能性があるんじゃないかって。前回よりは、ましな発表ができたと思うし。

結果が出るまでの間、自然と膝の上で手をお祈りポーズにしていた。

投票用紙の確認が終わると、桃子先輩はあっさりと、桃子先輩が紹介した小説がチャンプ本だったことを発表した。

「よかったー！　最近ヒロに負けっぱなしだったから、嬉しい」

ぱちぱちと拍手が起こる。僕は拍手しながらも、内心苦笑いしていた。やっぱ、ダメだった。そりゃそうだよな。一瞬でも勝てると思ったのが、なんだか恥ずかしい。

桃子先輩はにっこりして僕を見た。

「あ、ちなみに、ライトくんにも一票入ってるよ！」

「え……」

そうか、誰が入れてくれたかはわからないけど、僕の気持ちが全く届いていなかったわけじゃないんだ。ちょっと、救われた気持ちになる。

「じゃあ、投票まで一通り終わったことだし、反省会しますか。中野渡先生、帰んないでくださいね」

腰を椅子から浮かせかける先生の袖をグッと掴む桃子先輩。口調は柔らかいけど、その瞳には殺気に近いものが宿っている。

「別に家に帰ろうとしてないですよ。職員室に戻ろうとはしてますけど」

「お願いだから行かないでよ！」

ヒロに大きな声を出され、しぶしぶ椅子にきちんと座り直す先生。桃子先輩は一瞬疲れたような顔をしたけれど、すぐに笑顔になった。

「まずライトくん、今日はお疲れ様。よく頑張ったね」

「はい……ありがとうございます」

どこかで、素直に喜べない自分がいた。頑張った、も嬉しいけど、本当は、「その本、面白そうだね」って言ってほしかった。

歯がゆいな。伝えきれなかっただけで、本当はこの本、もっともっと面白いんだよ。

「あの……今回は暗記しなかったし、準備しないで来たんですけど、それはそれで難しくて」

言うと、沢目先輩が肩をすくめた。

「そりゃ、本当になんも事前準備しないで来たらなかなかキツいでしょ。原稿の読み上げとか暗記がよくないって言っただけで、頭の中を一つも整理しないで来るのがいいって言ったわけじゃないよ。まあ俺は天才だから全然事前準備なしでもいけるけどさ」

沢目先輩の言葉に、桃子先輩がほっぺたを膨らます。

「もう、すぐそうやって調子に乗るんだから。才能じゃなくて慣れの問題でしょ。まあ、すぐ調子に乗るところも嫌いじゃないけど……」

「嫌いじゃない、じゃなくて、『好き』でしょ？　素直になんなよ」

またまたイチャコラし出す二人。ヒロが、「はーい、アウトー！」と叫びながら立ち上がり、二人の間に割って入るのを見ながら、僕は一人で考えていた。

そっか。確かに言われてみれば、丸暗記はお勧めしないとは言われたけど、なに一つ準備せず丸腰で来い、なんて誰が言ったんだ。極端すぎたんだ、僕。

なかなかうまくいかないなぁ。うつむきかけたそのとき、沢目先輩を机の上にねじ伏せながらヒロが言った。

「ビブリオバトルってさ、『双方向コミュニケーション』なんだ」

「ソウホウコウ、コミュニケーション」

機械みたいに繰り返したけど、ヒロは真剣な顔で言った。

「例えばライトがさ……それこそ鳥谷部くんにさ、自分が言いたいことを伝えるって決心したとするじゃん？」

急に鳥谷部の名前が出て、ちょっとドキッとした。

「そのときさ、台本作って、言いたいことを一字一句丸暗記していくのって変じゃない？」

「うん……なんか、変」

そんなことしたら、鳥谷部の顔を見たとき、頭に詰め込んできたことが全部飛びそう。

「かと言って、頭の中がなんにも整理されてない状態で勢いだけで行くのも少し不安でしょ」

「確かに……」

それはそれで、硬直したままなにもできなくなりそう。

「だからさ、普段の生活の中で、自分が誰かに伝えたいことをどうやって伝えてるか、振り返りながら発表できたらいいんじゃないかな」

「そっか……」

つまりは、ビブリオバトルって、自分が言いたいことをただ一方的に話す場じゃないってことだろう。対話みたいに、お互いの話を聞き合う場なんだ。

「ねぇ、ヒロ、そろそろ離して。普通に痛いよ」

悲し気な顔で言う沢目先輩の腕をようやく解放し、僕の隣に戻ってくるヒロ。いつもみたいに、にっこり笑ってくれた。

「でもね、先週よりずっとよかったよ。ライトの心の底から出てきてる言葉に感じたから、とても響いた」

「ありがとう……」

ここにいるみんなは、僕がどんなにつっかえても一生懸命話せば、怒りも笑いもせずに受け止めてくれる。

この世のみんなと、そんな風に話し合えたらいいのにな。

桃子先輩が、最後のまとめにかかった。

「じゃあ、来週もここで同じように活動するので、みんな面白い本持ってきてね。先生も、持ってきてくれていいんですよ」

「嫌です。私は聞き専です」

先生も頑なだな。でも、なんだかんだ楽しそう。

まだまだダメダメだったけど、前回と比べれば成長はしてるんだと思う。それでも、やっぱり勝つことはできなかった。五分もあったのに、大事なこと、伝えきれなかった。

そのとき、初めての感情がふつふつと湧き上がってきた。

悔しい。

自分でもびっくりだ。高校に入ってから、いや、もっと小さい子どもの頃から、何をされても「悔しい」なんて感情が湧くこと、滅多になかったのに。だって、勉強も運動も、周りの子たちに追い抜かされるのが僕にとっては当然で、誰かや何かに勝とうと思ったことすらないから。

だけど、自分が一番好きな「本」が「バトル」という形で目の前に現れたことで、今まで眠っていたプライドが、叩き起こされたような気持ち。

次は、勝ちたい——。

僕はカバンの中に眠る本のことを思った。次だってうまく話せるか、わからない。でも、そろそろ、君の出番かもしれない。


三回目の活動日。もう九月半ばに差しかかったけど、まだ残暑が厳しい。でも、手のひらにかいた汗は、暑さのせいじゃない。

僕は、初回とは全く違う種類の緊張感に支配されていた。「勝ちたい」って思えば緊張する。不安より、熱意に近いドキドキがある。

今日、カバンの中に入っているのは一冊だけだ。

「それじゃあ、今日も始めていきましょう！」

桃子先輩の宣言で、いつも通りじゃんけんが始まる。じゃんけんぽん、で出した自分の手とみんなの手を見比べて、思わず「うわっ」と声を出した。

僕がパーで、それ以外みんなグー。

ウソだろ。一人勝ちトップバッター!?

「ライト、すごい！　引きが強いね」

ヒロが楽しそうに言う。ただでさえ緊張してるのに、いきなりか……。

でも、タイマーは待ってはくれない。

始まりを告げる音と共に、僕は胸の前に、ついにあの本を掲げた。

「えっと……僕が今日紹介する本は『闇夜の国』です」

みんな、特にヒロの顔がパッと明るくなった。「やっとか！」って感じに見える。

中野渡先生も、今までよりもいくらか興味ありげな顔で僕を見ていた。

自分の問題が解決するまで、この本について語ることはできないって思ってた。でも、そんなの待っていたら一生勝てない。

ビブリオバトルは、推し本布教選手権。だったら、勝利への道はきっとただ一つ。

自分が、一番好きな本を持ってくることだけだ。

「作者の庭乃宝先生は、この作品でデビューした人で、えっと……この本は、主人公のライトが、世界に朝を取り戻すために頑張る話です。あ、朝を……っていうのは、あの、魔物がいて。夜しかない世界になっちゃうんですけど……」

僕は、拙《つたな》いなりにも一生懸命あらすじを説明した。みんな、真剣に頷きながら聞いてくれる。あらすじを言いたいところまで言い終えて、だいたい二分半。構成を練ってきただけあり、今のところは計画通りだ。

「僕がこの本に出会ったのは高校に入ってすぐです。行きつけの本屋の目立つところに、著者のサインが飾った状態で売られてて。最初は軽い気持ちで買ったけど、本当に面白くて、どんどん読み進めて、今はこの本のおかげで生きてるってくらい、大好きです。怖いところと、泣けるところのメリハリがあるし。あと、主人公と、僕は、ちょっと似てると思います。名前もそうだけど、その、あんまり明るい状況にないところが似てるというか」

みんなの表情が、怪訝そうになる。まずい。計画になかったセリフを言ってしまった。本当は、自分のことは話すつもりなかったのに。でも、もうここまで言ってしまったら引き下がれない。思い切って、口にした。

「僕は、高校に入ってからずっと……クラスメイトの一人から嫌がらせを受けてるんです。小学校、中学校と一緒だったんですけど、何か、僕に怒ってるみたいで。それですごく辛くて、つぶれそうな日もあって……でも、この本を読んでいるときはそれも忘れるし、いつか自分にも朝が来るんじゃないかって思えるんです。いや、本当は自分で真夜中を切り裂かなきゃいけないんですけど、えーっと……んと……」

迷ってから、僕はちゃんと前を向いて言った。

「この本は、僕にとって救いなんです」

……そうだ。この本がなかったら、こんなに耐えられなかった。

もっともっと大変な境地にいたと思う。それこそ――僕が死ぬか、鳥谷部を殺すか、みたいな境地。僕を、普通の人間でいさせてくれたのがこの本だ。

「この本がなかったら、僕は生きていけないと思います」

どうせもう、最初考えていた構成からはズレてるんだ。勢いのまま、思うままに言ってしまえ。

息を吸い込み、目を大きく開いて言った。

「真夜中を切り裂きたいです。いつかこの主人公のライトみたいに、魔物をやっつけて、朝を迎えたいです！」

ピピピピ、ピピピピ。

勢いよくタイマーが鳴って、僕は肺の中に残っている空気を全部吐き出した。

はぁ……言い切った。

なんか、後半は本の話っていうか、ほぼ自分の話をしちゃった気がするけど……それでも、自分なりにやり切ったよ。

「ライトくん、すっごく良かったよ。それじゃあ、ディスカッションに入りますね」

桃子先輩が言うと、沢目先輩がすぐに手を挙げてくれた。

「ライトくんって、どういう性格の子なんですか？　あ、小説の中のライトくんの話ね」

ぺこっとお辞儀して、答える。それほど答えづらい質問じゃなくてよかった。僕は、ドキドキして動きが速くなっていた心臓をさすりながら、ゆっくり答える。

「ライトくんは、僕よりも勇敢で明るい感じの子です。僕も、ライトくんみたいだったら、もっと堂々としてられると思うんですけど……」

「わかった。ありがとう」

沢目先輩は優しい笑顔を見せてくれた。すごく、ホッとした気持ちになる。

「じゃあ、わたしからも」

桃子先輩も手を挙げた。

「『闇夜の国』の中で、ライトくんが一番好きなキャラクターは誰ですか？」

「えっと……それは、なんかちょっと恥ずかしいですけど、ライトです」

みんな微笑ましげな顔になった。顔が、じんわり熱くなる。

「好きっていうか、憧れに近いかもしれないです。自分も、こんな風になれたらなって」

答えながら、思う。そっか……キャラクターについても、発表の中にもっと組み込めばよかったのかもしれない。

「はーい！　じゃあ、あたしからも」

ヒロが元気よく手を挙げる。

「『闇夜の国』の中で、一番好きなフレーズとかはありますか？」

「えっと、百二十七ページの後ろから五行目あたりの……ライトが地の文で言ってる、『真夜中を切り裂け！』っていう言葉が好きです。『乗り越えろ』とか『逃げ切れ』とか色々言い方はあると思うんですけど、あえてここを『切り裂け』にしたのが、すごいセンスだと思いました。力強くて、本当にいい言葉だと思います」

さらっと言ったつもりだったのに、ヒロは「えぇぇ⁉」と声を上げた。

「ページまで覚えてるの⁉　読みすぎだって！」

先輩たちも感心したように微笑んでいて、照れるけど誇らしくなった。ただ一人、中野渡先生だけが腕組みをし、何かを考え込むような顔をしている。まあ、この人のことだから、晩ごはん何にしようかな、とか考えてるだけな気もするけど。

自分が質問するときは、「変な質問だと思われないかな」って不安になって怖気づいてたけど、自分が発表者として質問を受けると、結構嬉しいものだ。「ああ、ちゃんと僕の話を聞いてくれてたんだな」って思えるし。

「私からも、いいですか？」

何かを考えていた中野渡先生が、ぱっと手を挙げた。一応、ちゃんと先生も参加する気があるようだ。桃子先輩が嬉しそうに、「はい先生！」と指名する。

中野渡先生は、真顔で言った。

「蛯名来斗くんは、いじめに遭ってるんですか？」

「ちょっと待ってください、ストップストップ」

桃子先輩が、困り顔で中野渡先生を見た。

「今、本についての質問タイムだから、それはあとでにしましょう」

「ああ、わかりました。すみません」

すんなり、手を下げる中野渡先生。内心、ヒヤッとした。先生もいる前で、鳥谷部の話をしないほうがよかったのかもしれない。

その後、無事ディスカッションは終わり、僕はひとまず安心した。

よかった……。とりあえずは最後まで、やり切れた。

最後の発表者が終わり、桃子先輩は鳴ったタイマーを止めて言った。

「じゃあ、全員プレゼンが終わったので、投票でチャンプ本を――」

「それの前に、いいですか？」

「……なんですか先生」

「蛯名来斗くんは、いじめに遭ってるんですか？」

さっきと全く同じ口調とトーンで聞く中野渡先生。桃子先輩も内心気になっていたのか、今度は先生を止めるような雰囲気はない。

先生は、「ちなみにですけど」と付け足す。

「別に私は、教師として蛯名来斗くんをいじめる加害者を突き止めて叱るために聞いてるわけではないので、ご安心ください。ただ、単純にちょっと気になるだけです」

「気になるって……」

ヒロが表情を曇らせる。確かに、「ちょっと気になる」なんて他人事みたいな言い方をされると複雑な気持ちになるけど、まあ実際他人事だし、鳥谷部を怒るのが目的じゃないなら少しくらい話してもいいかもしれない。僕は、首の後ろをかきながら言った。

「いじめってわけではないかもしれないんですけど……嫌がらせがひどくて、もういい加減心が折れそうというか。でも、やっぱ……いじめとは違うかも」

口ごもる僕に、沢目先輩が目を見て言ってきた。

「でも、なんにせよライトくんが『嫌がらせ』って思ってるなら、その子のせいでライトくんは嫌な思いをしてきたってことでしょ。じゃあ、ダメじゃん」

机に頬杖をつき、小首を傾げて聞いてくる沢目先輩。

「なんなの、その子。どういう系？　優等生ぶってるけどネットとかで叩いてくるみたいな？　そういうのだったら全然俺、社会的に殺してあげるよ」

沢目先輩の瞳が突然ギラッと光ったから、少々ゾッとした。

でも違う。鳥谷部の乱暴には、よく言えば陰湿さがない。みんなの前で堂々とやる。

「そういうのじゃないんです……暴言吐かれたり、筆箱の中身をぶちまけられたりとか……」

「あ、なんだ、そんな古典的なやつ？」

ちょっと拍子抜けした顔をする沢目先輩。そのまま、苦笑いで言う。

「構ってほしいんじゃない？　でも鬱陶しいから、桃子、やっつけてあげなよ」

「ダメよ、武道やってる人が一般人に手を出したら」

「まあ……確かに」

桃子先輩の手にかかれば、鳥谷部もボコボコにやっつけられてしまうんだろうか。

そうすれば、僕はすっきりするんだろうか。考えたくなくなり、ふるふると小さく首を振る。

桃子先輩は、心配そうな顔で言った。

「でもねライトくん、それは嫌がらせのレベルを超えてる、れっきとしたいじめだと思うよ。もう慣れて感覚がちょっとマヒしてるのかもしれないけど、放っておいたらどんどんエスカレートすると思うし、早く対処したほうがいいと思う」

「そうですよね……」

「逆に、どうして『いじめじゃない』って感じるの？」

僕は、眉の端をかきながら言う。正直、自分が「いじめられてる」ってことを認めたくない気持ちもある。だけど、普通のいじめと違うと感じているのも、ウソじゃない。

「多分なんですけど……普通いじめって、先生に隠れてやりますよね？」

鳥谷部を階段から飛び降りさせた三年生たちも、「チクんなよ」って言ってたし。最悪だけど、いじめってそういうものだと思ってた。桃子先輩も、頷いてくれる。

「まあ、そういうことのほうが多いと思うよ」

「鳥谷部は……その人は、先生がいても、なんなら授業中でも暴言を吐いてくるんです」

えぇ……とドン引いた顔をする桃子先輩と沢目先輩。桃子先輩は、いつもの困り顔になって言った。

「じゃあ、先生たちもみんなそれ、知ってるってことよね。その彼を注意してくれないの？」

「いや、先生は注意してくれるし、助けてくれるクラスメイトもいるんですけど、効果なくて。先生にすら反抗的な態度をとるし。もう、誰が何を言っても何も響かない感じで」

沢目先輩は、ため息交じりに言った。

「じゃあもう、救いようないよその子。早く退学してどうぞって感じだね」

「でも、それだけひどいとそろそろ本当に退学か停学になるんじゃない？　その辺どうなんでしょうか、中野渡先生」

桃子先輩が聞くけど、先生は首を横に振った。

「私のほうじゃ、なんともわかりませんね。平社員ですので」

中野渡先生は、「ふぅん……」と腕組みをした。鳥谷部が退学になるかならないかには興味がないらしい。

先生は、何やらちょっと考えてからもう一度言う。

「その人って、なんで蛯名来斗くんに怒ってるんですか？」

「それは……」

それがわかったら苦労してない。思わず、ため息をつきそうになる。僕が困っているのを察してか、ヒロが言ってくれた。

「でも、どんな理由があっても、ライトのこと傷つける言い訳にはならないですよね」

「それは、まあ、そうですねぇ」

頷いてくれる中野渡先生。これ以上興味本位で深入りされるのが嫌だったから、僕は無理に笑顔を作って言った。

「でも、大丈夫です。僕には『闇夜の国』があるから。この本をお守りにして……どうにか、頑張ります」

この気持ちに、ウソはない。

そのとき、沢目先輩がハッとしたように僕の顔を見てきた。

「ねぇ、もしかしてその子って鎌田《かまた》さんたちのグループにいたりする？」

「え……その子って、鳥谷部のことですか？」

「ライトくんを痛めつけてるその子のこと。知らない？　鎌田って、三年生のダサいチャラ男の不良。茶髪で、何人か子分みたいなの従えてんの」

「あ……」

三年生で茶髪で不良。教室に鳥谷部を迎えにきた、そして階段から飛び降りるように命令したあいつの姿とぴったり重なる。

「もしかして、おっきなほくろがある人とかもいます……？」

「うわー、そうそう。やっぱりそうじゃん。あのグループ、俺らが入学したときから全校生徒から怖がられてるっていうか、気持ち悪がられてたんだよね。時代遅れも甚《はなは》だしいじゃん、不良とか。最近一年生の新入りが入ったみたいな噂聞いてたからさ、ガチかよって」

引き攣った顔で三年生たちを追い、教室を出ていった鳥谷部の後ろ姿を思い出して、顔が歪む。あの集団で一年生は、ぱっと見、鳥谷部だけだ。中学のときつるんでいた人たちは、あそこまで乱暴な感じではなかったと思う。

「なんかライトより、鳥谷部くんのほうがよっぽど闇に堕ちてる感じがするなぁ」

ヒロが、肩をすくめて言う。

沢目先輩が思い出したように桃子先輩のほうを見た。

「てか桃子、一回鎌田さんのこと半殺しにしたことなかったっけ？」

「そんな、半殺しなんて野蛮なことしてないわよ！　ただ、中学生の子に公園で意地悪してたから、助けなきゃって思っただけで……」

そんな桃子も可愛いよ、と桃子先輩の頭にぽんと手を置く沢目先輩。そのまま、優しく撫で始める。

「鎌田さんたちって憐れだよねぇ。必死に学ラン着崩したり髪染めたりしてカッコつけてるのに、どうあがいても素材で俺に敵わないんだもんね。しかも、下級生の女の子にボコられて逃げるなんてね。俺、桃子のそういうところも大好き」

大好き、と言われて目がとろんとしてる桃子先輩。僕、一回出ていったほうがいいかな？　僕が椅子から腰を浮かせかけると、ヒロが身を乗り出して思いっきり沢目先輩の手首を叩き、桃子先輩の頭の上から落とす。ばちん、とまあまあすごい音がした。

「もう、痛いー、骨折れた～」

「だから学校でイチャイチャすんなって何度言えば！　ライトの顔見てみ？　死んでるよ！」

言われてみて、初めて自分の顔が想像以上に引き攣っていたことを知る。我に返った桃子先輩は、ちょっと頬を赤らめ、咳払いして言った。

「あ、あのね、手荒なことはしたくないんだけど、でももしライトくんになにかあれば、わたしいつでも駆けつけるから。だから、一人で抱え込まないでね」

「ありがとうございます……その気持ちだけで、十分です」

ヒロが、完全に重くなった空気を元に戻すような明るい声で言った。

「でも、本当はライトが自分の言葉で鳥谷部くんに思いを伝えるのが一番なんだよね」

「だよね……」

「まあ、焦らず一歩ずつだよ。ライトは、きっと大丈夫！」

いつもの笑顔を向けてくれるヒロ。心の中に温かいものが広がっていく。

「それじゃあ、気を取り直して今から投票です！」

いつもと同様、紙が配られる。僕は、今日は沢目先輩が紹介した本が読みたくなった。

みんなのシャーペンの動きが、気になる。頼む。誰か一人でも、その紙に『闇夜の国』の文字を刻んでいてくれ。

みんなの投票が終わると、再び桃子先輩が口を開いた。

「じゃあ、全員分投票用紙が集まったので、チャンプ本を発表します」

どうなんだ……ちゃんと、僕の思いは、届いたか。一票。一票でもいいから、どうか――。

桃子先輩は、もったいぶるように僕たちの顔を順番に見る。そして、高らかに言った。

「今回のチャンプ本は、『闇夜の国』です！」

「へ？」

思わず驚きの声をあげると、温かい拍手が沸き起こった。

「なんとね、四票入ってます」

四票って……もしかして、僕以外全員？

「自分の経験と絡めた、勇気あるプレゼンをしてくれてありがとう。おかげでこの本にとっても興味が湧きました」

桃子先輩が優しく言う。沢目先輩も、頬杖をつきながらだけど目を見て言ってくれる。

「『この本がないと生きていけない』まで言われたら、さすがに読んでみたくなるって」

「ありがとうございます……」

感謝を口にすると、じわじわと喜びが広がってくる。

勝った。『闇夜の国』が、僕の一番好きな本が、勝ったんだ――。

ヒロの手が、ぽんと僕の肩を叩いた。

「ライト！　ちゃんとあるじゃん、伝える力！」

「そ、そんなこと……」

「そんなことあるよ、ねえ！」

ヒロが、先輩たちと先生の顔を見た。みんな、笑顔で頷いてくれる。

「ありがとう……ありがとうございます。聞きづらかったと思うし、話すのもうまくなかったと思うけど……ちゃんと耳を傾けてくれて、嬉しいです」

食い気味にヒロが言った。

「やっぱ、話すのが上手いか下手かなんて関係ないんだよ！　伝えたい、っていう気持ちが相手に伝われば、人の心は動く！」

情けないけど、少しだけ、涙が滲んだ。

自分の気持ちとか、思いとか、口にしようとするといつも胸がいっぱいになって、喉の奥が詰まって、声にならない。言おうとすると、泣きそうになる。好きなもののことを話そうとしても、どうせ僕の趣味なんか誰も興味ないだろって卑屈になっていた。

でも、僕の言葉には、ちゃんと力があるのか。

「ライトならさ、大丈夫だよ。きっと鳥谷部くんにも伝わると思うよ」

「うん……」

いつまでもうじうじ悩んで、朝を待つだけじゃいけないんだ。

『闇夜の国』のライトみたいに、勇気を持って真夜中と向き合わないといけない。だから――。

「……今度、鳥谷部に自分から話しかけて、何があったか聞いてみようかな」

「おぉ！　よく言った！」

ヒロが嬉しそうに立ち上がった。覚悟を決めた僕の背中を、ぱしん、と叩いてくれる。

「頑張れ、ライト。みんな味方だよ」

ヒロの声が力強かった。勝負は、週明けだ。


週開けの月曜日。僕は自席で『闇夜の国』を開き、必死に呼吸を整えていた。

昨夜、布団にもぐりながらもう一度気持ちを新たにしたつもりだ。ヒロの言う通り、一回鳥谷部にちゃんと話を聞いて、自分の気持ちも伝えてみようって。一日の最初を逃すとどんどん弱気になっていくから、朝休みのうちがいい。

言い聞かせる。僕には、力がある。自分が紹介した本を読みたいと思ってもらえるくらいの、伝える力があるんだ。不器用でも、必死に、一生懸命伝えようとすれば、きっと大丈夫。僕は一人じゃない。ちゃんと言える。もう嫌だって、やめてほしいって、相手の目を見て言える。言い聞かせながら、大事なお守りの『闇夜の国』を開く。

でも、少しずつ教室の音がボリュームを上げていくにつれて、自信がなくなってきた。緊張の渦が、体の中をぐるぐると巡っている。

そして、いよいよ鳥谷部が入ってきたのが見えた。無意識のうちに、数秒間呼吸を止めていた。

ダメだ、ライト。言いに行くんだ。あいつの元に、勇気を出して行くんだ。

この、真夜中を切り裂くんだ。

ぎぃ、と少しだけ椅子を引く。あいつの顔を見る。

タイミングが悪かった。ばっちり、目が合ってしまった。

「っ……」

息が詰まった。相手からこっちに近づいてくる。初っ端から計画が狂った。僕のほうから話しかけるつもりだったのに。向こうから来られたら、勇気が——。

「なにジロジロ見てんだよ」

本を覗き込んでくる鳥谷部が、巨人に見えた。

「なんだ、この本」

咄嗟に声が出ない僕。鳥谷部の目がキッときつくなる。

ダメだ。こんな風に睨まれたら、僕はもう動けない。

「無視すんじゃねぇよ」

「……ごめん」

震える声で謝るけれど、鳥谷部の口調はどんどん尖っていく。

「お前、そういうやつだもんな」

そういう、やつ。

黙ったまま、鳥谷部が言った言葉の意味を必死に考えていた。そういうやつって、どういうやつだろう。

　僕は、やっぱり鳥谷部に何かしてしまったんだろうか。何重にもなった脳内の記憶の層を必死にかき分けて、答えにたどり着こうとする。でも、どうしてもわからない。

　鳥谷部は、低い声で続ける。

「だからだろ。そんなやつだから、呪いの書みてぇな本読んでんだろ。気持ち悪ぃ」

　僕は、思わずパッと鳥谷部の顔を見た。しっかりと目が合う。でも、不思議と恐怖は湧いてこなかった。

「……え？」

　確かに、『闇夜の国』の文庫版の表紙は真っ黒だ。本当は夜の路地の写真なのだが、パッと見ただけでは呪いの書に見えてもおかしくないかもしれない。

　だけど。

「え、じゃねぇよ。朝から人のこと無視して気持ち悪い本読んで、何が楽しいんだよ」

　胸の奥から、突如ふつふつと熱いものが湧き上がってくる。

　気持ち悪い本、だって？　やめろ、違う。

　僕の、大事な大事な本。僕を救ってくれたライトたちの言葉。崩れそうなとき、心を包み込んでくれた庭乃先生の世界。

「バカにするな……」

内臓は熱く燃えているのに、蚊の鳴くような声しか出ない。声は、相手には届かなかった。

鳥谷部は、こちらに向かって手を伸ばしてきた。

「ちょっと」

バッと、本を奪われる。次こそ、大きな声が出た。

「返せよ！」

鳥谷部の肩に、飛びついた。その拍子にぐらっと鳥谷部の体がよろめく。こないだ階段で負傷した足に痛みが走ったらしく、その手から本がこぼれる。

そして、埃まみれの床に、パサッと落ちた。

「お前……痛ってぇんだよ！」

痛みと怒りで鬼のように顔を歪める鳥谷部を見ても、なぜか全然恐怖が湧いてこない。

多分、鳥谷部の何倍も、僕のほうが怒っていたからだ。

去り行く夏の最後の抵抗みたいな、暴力的な太陽の光が理性を奪う。

「謝れよ」

本を拾い、埃を払うと、僕は鳥谷部に向かって唾を飛ばしながら叫んだ。

「本に、謝れ！」

自分の喉から思いがけず出た、激しい怒声に戸惑う。鳥谷部は、怯んで目を見開いた。

こんなはずじゃなかった。最初は、相手の話を聞くつもりだった。僕は一体君に何をしたんだって、冷静に尋ねるはずだった。

それでも、決壊したダムのように、溜まり続けた感情が溢れて止まらなかった。

「僕の何が気に入らないんだよ。そんなに僕のことが嫌いなら、関わらなきゃいいだろ。なんでいつもいつも突っかかってくるんだよ！」

遠足の日、笑顔で話しかけてくれなければよかった。楽しい思い出なんて、いらなかった。

「毎日怒鳴って、乱暴なことして、わけわかんないんだよ」

鳥谷部なんかに憧れなきゃよかった。お前なんかと出会わなければ楽だった。

「もう限界だよ。お前のせいで生きてて楽しくない！」

自分の拳が、机に振り下ろされる。破壊音にも近い音に、自分の怒鳴り声が重なる。

汗が、飛ぶ。

「お前なんか、いないほうがいい！」

鳥谷部の鋭く、それでいて濁った目が見開かれた。直後の表情には、怒りも、悲しみも、何もない。人間の感情が、零れ落ちてしまったような顔。

我に返ると、口に手を当てた。さっき鳥谷部にぶつけた言葉が反響して脳の中を暴れまわる。

お前のせいで生きてて楽しくない。

お前なんか、いないほうがいい。

それは、死ね、って言っているのと何が違うだろう――。

「っ……お前は」

わずかに動く、鳥谷部の口。わなわなと唇が震えている。

グッと拳を握りしめる鳥谷部。もう一度、僕のことを睨みつけた。

「お前がっ」

鳥谷部が言いかけたところで、誰かが乱暴にその大きな肩を掴んだ。勢いよく振り返る鳥谷部。視線の先にいたのは、成田だった。

「お前さ……いい加減にしろよ鳥谷部」

低い声に、鳥谷部の瞳が揺れる。

「もう、見てるこっちが限界なんだよ。死ぬほど気分悪ぃ。蛯名がお前になんかしたかよ。何してんのマジ。いきなり怒鳴って人のもの取り上げたりとか、頭おかしいんじゃねぇの」

今にも鳥谷部に掴みかかりそうな成田。今までは、冗談交じりにそれとなく注意する程度だったのに。

「調子乗って好き勝手暴れやがって。みんな、お前のこと嫌いだよ」

気づいたら、成田以外のクラスメイトたちもみんな鳥谷部を睨んでいた。鳥谷部は、傷ついたというより、驚いたような顔でみんなを見ている。

成田がとどめを刺すように言った。

「次、蛯名に突っかかったら殴るぞ」

成田が僕に目線を移して優しい顔になる。僕は、ダメだと思いつつ目を逸らしてしまった。成田は大げさなため息をついて言う。

「蛯名、今までごめんな。もっと早く、鳥谷部にガツンと言えればよかったよな。俺も、他のみんなだって、蛯名の味方だよ」

そっか、と言った。本当は心配をかけてごめんとか、ありがとうとか、言えたらよかったんだと思う。

実際、成田にはすごく感謝している。助けられておいて、勝手に僕が惨めになって沈んでいるだけだ。成田も、他のみんなも、なんにも悪くない。

全部、僕が間違ってる。今鳥谷部に言った言葉も、態度も、何もかも。

一度引いた血が、また頭に集まってくる。ぐつぐつと、感情が沸騰している。

もう、耐えきれなかった。

「いい……」

「え？」

「もう、いい」

くるりと背中を向けて、僕は教室を飛び出す。すぐに、じわっと涙が滲んできた。ちゃんと前を見ないまま廊下を走り、誰かとぶつかりそうになったけれど、もう振り返りもしなかった。

なんだよ。気持ち悪いって、なんなんだよ。ふざけるなよ。あのとき、言ったじゃないか。

本を読むことはなんにも変なことじゃないって、お前が言ってくれたんじゃないか――。

「ライト！」

後ろから大きな声がかかった。誰の声かはわかっていたけれど、止まれなかった。

「待ってって、ライト！」

大きな声が、追いかけてくる。もうやめて。ほっといてくれ。もう、僕、ダメなんだ。何をやってもうまくいかないんだ。走りながら、視界がどんどん滲む。

「ライトっ！」

がっ、と肩を掴まれる。乱れた息を整えながら、僕は情けなくなる。僕、身長だけじゃなく足の速さもヒロに負けてるんだな。

顔を引き攣らせたヒロが、僕を覗き込むようにして言った。やめてよ。こんな顔、見ないでよ。

「どうした、ライト」

「なんでもない……」

「なんでもあるよ。大丈夫？」

僕は、唇を噛んで首を横に振る。涙の粒が飛んだ。

ヒロは、僕を離してくれそうにない。ちょっとずつ頭が冷えてきた僕は、ゆっくり口を開いた。

「……ちゃんと、鳥谷部に言おうとしたんだ。冷静に、話し合おうとしてた」

「うん」

「だけど、キレちゃった」

ヒロは、大げさにため息をついた。

「やっぱりか……。鳥谷部くん、二十四時間三百六十五日ブチキレて疲れないのかね」

「じゃ、なくて。僕が」

「ん？」

「僕が、キレちゃった」

きょとんとした顔になるヒロ。僕が事の顛末《てんまつ》を話すと、ヒロは優しい顔になってぽんぽんと背中を叩いてくれた。

「ライト、頑張ったじゃん。大丈夫。まずは、一歩だね」

「……」

ヒロの声は優しいけれど、違うよ。一歩でも、なんでもない。

真夜中を切り裂くどころか、一歩先がもっと見えなくなった。

第二章　夜明け

放課後、ヒロが僕を図書室に引っ張っていった。本来活動予定ではなかったけれど、ちゃんと桃子先輩と沢目先輩まで来てくれている。なんだか、図書室が僕たちの秘密基地みたいになった感じがする。

僕を定位置に座らせると、ヒロは桃子先輩と沢目先輩に言った。

「はい。ライトが、ちゃんと鳥谷部くんに、自分の気持ち、伝えたそうです！」

びっくりして顔を見合わせる二年生二人。桃子先輩の表情が、みるみる明るくなっていく。

「ライトくん、すごいじゃない！」

「いや……」

僕より先に、ヒロが桃子先輩を遮った。

「でもさ、肝心の鳥谷部くんが攻撃してくる理由はわからずじまいなんだってさ」

「なんで？」

直球の沢目先輩。僕は、うつむいたまま答えた。

「感情的になって、ブチキレちゃって……僕が」

「あー、なるほどね。それで、前よりも顔色が悪いわけね」

苦笑した後で、沢目先輩は眠そうな目をいつもよりちょっとだけ大きく開いて僕を見た。

「でもさ、すごいじゃん。ずっと逆らえなかった相手にちゃんとブチキレたんでしょ。それってデカい一歩だと思うよ」

「あたしもそう思うよ。まず思いっきり剣を振ったんだから、あとはここからどう動いていくかだよね」

ヒロも、にっこりして言ってくれる。優しい言葉に、胸がいっぱいになる。

見回せば、自分にはこんなに力強い味方がいる。だけど――。

「鳥谷部くんのほうが、明らかにクラスで孤立し始めちゃってるよねぇ……」

ヒロの言葉に、ぬくもりが広がり始めていた心が一気に冷たくなる。

そうだ。もともとみんなと群れない鳥谷部だけど、朝の一件依頼、今までよりもっともっと露骨にみんなが鳥谷部を避け始めた。半径二メートル以内に誰も近づかないのはいつものことだけど、必要なプリントを配らないとか、みんなで机をくっつけてやるグループ活動で一人だけ島から外すとか、目に見えない連携ができていた。ヒロだけは、鳥谷部が落とした筆記用具を拾う、くらいはしてあげてたけど。

ますます深くうつむく僕の後頭部に、沢目先輩の優しい声が降り注ぐ。

「いいんだよ、ライトくんが余計な心配しなくても。そのいじめっ子、自業自得でしょ」

桃子先輩が、頷く。

「逆上してきたら……って思ったら怖いかもだけど、いざというときはわたしの名前を使えばいいよ。『須藤桃子の知り合いだ』って、叫んでごらん。大体の人、逃げていくよ」

冗談だと思って苦笑いを返すけれど、桃子先輩の表情は真剣だ。一体何人ぶっ倒してきたんだろう。

ヒロが、明るい声で言った。

「ま、そういうことで、また次の活動のときゆっくり話そ！　姉ちゃんも沢目くんも忙しいのにありがとね、来てくれて」

「いいのいいの。そしたら、金曜日頑張りましょう！」

「御意でありますっ」

沢目先輩が低い声で言う。ギョッとして顔を見ると、先輩はわざとらしくため息をついた。

「なに、その冷たい目。変なやつだと思った?」

「は、はい……」

バカ正直に頷いてしまってから、血の気が引いていくのを感じた。マズい。殺されそう。

でも、沢目先輩はホッとしたようににっこり笑った。

「よかった。それが、目的だからさ」

「……え?」

ますます、わけがわからない。僕が固まっていると、先輩は当然みたいな顔で言った。

「言っとくけど、俺、本当はめちゃくちゃ普通の人間だからね。全部、自己防衛のためのキャラ作り。変な人を演じてるだけだよ」

「自己防衛……?」

思わず首を傾げる僕に、真顔で説明する沢目先輩。

「前も言ったでしょ。俺ってビジュが常に優勝してるから、知らないところで色々妬み嫉みを買って大変なの。だけど、十七歳で生首にはされたくないわけ。だから、やられる前に自分を守る手段を持っておかないとダメなんだよ。でも生憎《あいにく》桃子みたいに強くはないから、キャラで武装していくっていうね」

「へぇ……」

呆れているのがなるべく声色に表れないように気をつける。でも、それが沢目先輩なりの真夜中を切り裂く手段なのかもしれない。沢目先輩は腕組みをし、真剣な顔で続ける。

「例えば目の前にヤバいやつが現れたとき、そいつを上回るヤバいやつを演じてみると、そいつビビっていなくなったりするんだよね。だから今日も俺は、家に帰ったら真っ先に爆竹を食べるし消臭剤を飲み干すね」

「……どういう意味ですか」

そんなことしたら、多分死んでしまう。

「気にしないで、ライト。考え出したら終わりだよ」

ヒロに温かいというか温い目で言われ、どうにか頷く。沢目先輩は、真面目な顔で補足した。

「まあ、やりすぎるとヤバい人どころか普通の人もみんな離れていくから、ほどほどにね」

「はい……」

最後、桃子先輩が優しく言ってくれた。

「何かあったらいつでもわたしたちを頼って、相談するんだよ。倒そうと思えば、いつでも倒せるんだからね」

「ありがとうございます……」

弱々しい声しか、出せなかった。

用事がある中で来てくれた先輩たちは、先に図書室を出ることになる。先輩たちが廊下に出た瞬間、「うわぁ」と声が上がった。

ヒロが首を伸ばしてドアの外を覗こうとする。桃子先輩のびっくりしたような声が、廊下から届いてきた。

「ちょっと……中野渡先生、なんでここにいるんですか！」

え、中野渡先生？　思わず、ヒロと顔を見合わせる。

桃子先輩の慌てた声と、あはは、と沢目先輩のものと思しき乾いた笑い声が聞こえてくる。「先生、じゃあねー」という沢目先輩の呑気な声が届いた直後、くせっ毛メガネのお兄さんがひょっこりドアのすき間から顔を出した。

「なんなの、マジで……」

ヒロが、顔をしかめる。

「どうも。中野渡拓真です」

「知ってます！　なにしてたんですかっ！」

さらに顔をしかめるヒロ。中野渡先生はその迫力に気圧《けお》され、もじもじと小さな声で答えた。

「私ってよく、無自覚に空気読めないことを言って怒られるじゃないですか。それが怖いので……静かに、見てました。顧問なのに」

なんだか寂しそうな中野渡先生だけど、ヒロは容赦ない。

「なんで今日、活動日じゃないのにあたしたちが集まってるって知ってたの？」

後頭部をかきながら言う中野渡先生。

「いや、普通に。二年生のお二人が図書室に入っていくのが見えて、直後、蛯名来斗くんと須藤央さんも入っていくのが見えたので、なにかあるんだろうなぁと」

なんでそんなストーカーみたいな……普通に入ってきたらいいのに。ヒロが、疲れたように聞く。

「全部、聞いてたんですか？」

「まあ、一応は」

先生は、髪の毛をくるくると指でいじりながら言う。

「私も色々考えたんです、自分なりに。蛯名来斗くんは、どうすれば真夜中を切り裂き、朝を迎えられるのだろうかと」

「えっ……」

僕は、思わず中野渡先生の目を見た。

「先生、もしかして、『闇夜の国』読んでくれたんですか」

「……さあね」

先生ははぐらかすけど、「真夜中を切り裂く」とか、「朝を迎える」とか……あの本を読んでなきゃ、絶対に出てこない言葉だ。無気力そうに見えて、ちゃんと僕の話を聞いてくれていたんじゃないか。

ありがとうございます、と言いたかったけど、僕より先に先生が口を開いた。

「蛯名来斗くんは、今、どう思ってるんですか？」

僕もヒロも、首を傾げる。ヒロが、代わりに聞いた。

「鳥谷部くんが、クラスで孤立していることについて、ってことですか？」

中野渡先生は、声は出さずにただ頷く。メガネの奥の瞳は穏やかだけれど、何を考えているのかいまいち読めなかった。

なんと答えるのが正解かなんて考えるだけ無駄だと思ったから、正直に答えた。

「……辛いです」

「どうしてですか？」

疑問に思って聞いているというより、僕の中から何かを引き出そうとしている感じ。

「蛯名来斗くんは、彼のせいで長いこと辛い思いをしてきたわけですよね。いい気味だって、少しは思いませんか？」

「……思わないです」

「それは、報復が怖いからですか？」

「それも、ちょっとだけあるかもしれない、けど……」

「それだけじゃ、説明がつかないんですね」

こくっと頷く。しばらくの沈黙の後、中野渡先生はちょっと神妙な面持ちになって言った。

「確か、彼が君をいじめ始めたのは、高校に入ってからと言っていましたね」

「はい……」

「中学生のとき、なにかありましたか？」

どきっ、と心臓が跳ねる。僕が口を開くより先に、中野渡先生が続けて言った。

「私は、変だと思います。高校に入学してから今この夏休み明けまでずっといじめを受けてきて、自分の日常を『真夜中』になぞらえるほど辛い思いをしてきたのに、それがなくなって少しもさっぱりしていないのは不自然です。そんな風に思うのは、蛯名来斗くん自身に、何か後ろめたいことがあるからじゃないですか？」

瞬間、どっ、どっ、と鼓動が速くなる。ごくっと唾を飲んだ。

そんなわけない。僕は、あいつになにもしていない。でも、鳥谷部は最初からああいう人間だったわけじゃない。明るくて、優しくて、今のヒロと同じ、太陽みたいな人だった。それが、今はまるで、「夜の魔物」だ。

そしてあいつは、僕を「そんなやつ」と言った。三年生に脅されて、足を痛めたとき、泣きそうな声で僕の名前を呼んだ。

「ライト、なんで」って言った。

心のどこかで、不安に思っていた。鳥谷部が僕を攻撃する理由どうこう以前に、鳥谷部が変わってしまった原因がもし自分にあったら――。

「ちょっと、いい加減にしなって」

ヒロが低い声で、話を続けようとした中野渡先生を遮った。

「なんで、ライトが悪いみたいになってるんですか？　ライトが鳥谷部くんになんかしたって言いたいの？」

中野渡先生は、感情的になることなく、淡々と言った。

「違います。以前も言った気がしますが、悪いのは相手です。蛯名来斗くんは被害者です。それは変わりありません」

ヒロが黙ると、中野渡先生は同じペースで続ける。

「蛯名来斗くんが、人の恨みを買うようなことをしたとは思いません。でも、話を聞く限り、君自身が言うように通常のいじめとは少し違う気がします。そして、何より君のその浮かない顔。加害者の彼に同情しているようにさえ見えます。一体、何があったんでしょうか」

目の前にいる先生の、何も考えていないようで全てを見抜いているような目が、怖い。

僕のクラスでの様子を見たことがない、鳥谷部と会ったこともないはずなのに、どうしてここまでわかっているんだ。

「もし蛯名来斗くんの胸の中に何かしこりがあるのなら、それごと取り去らないときっとずっと『真夜中』です」

唇を噛む。そうだ。わかってる。そんなことは、わかってるんだけど――。

「蛯名来斗くんにとって『真夜中を切り裂く』ことは、相手に復讐することですか？今まで自分が受けてきた苦痛を、同じように相手も味わえば闇は晴れますか？」

「……いいえ」

「そうですよね。いや、それでもいいならいいんです。でも、今の君の表情からして、君にとっての『真夜中を切り裂く』は、そういうことじゃない」

中野渡先生は、一つ一つ丁寧に、語りかけるように言う。

「それでは、相手が君の前から消えたら？　彼が金輪際蛯名来斗くんの目の前に姿を現さなくなったとしたらどうですか」

「それも……違う気がします」

「じゃあ、もし相手が君に謝って、君も言いたいことがあるならしっかり伝えて、和解して、仲良くなれたとしたらどうですか」

ハッとして、中野渡先生の顔を見た。なぜか、少しだけ目の奥が熱くなるのを感じた。

嫌いだ。あいつのこと、どうしようもないくらい嫌いだ。

でも、地獄に落ちてほしいとは思わない。二度と僕の目の前に現れるな、とも思えない。

もしあいつが昔みたいに「ライト」って笑いかけてくれる朝が来るなら、今まで辛かった時間も、涙も、全部笑い飛ばせるような気がしてしまう——。

僕の顔を見て、先生はふっと優しい顔になる。

「それが、蛯名来斗くんにとってのゴールなのだとしたら、今の君の『辛い』という気持ちも説明がつきますね。現状は変わったけれど、君が目指すところと逆方向にことが運んだからしんどいんでしょう」

確かに、そうだ。そして改めて、自分が望んでいることがものすごく難しいことであると実感する。

「理不尽ですけど、どんなに平和を願ったところで相手は変わりません。自分が考えて、自分で工夫して、自分で行動するしかないんです」

そこまで言うと、中野渡先生はうーんと伸びをした。ぼりぼりと頭を掻きながら言う。

「ゴールがわかったなら、とりあえず、そこを目指してみるといいですよ。大丈夫です。だって――」

先生の顔は、笑っていた。

「だって君は、『ライト』でしょ？」

どきっ、と心臓が跳ねる。

「日が落ちた真っ暗な道で自転車や車のライトをつけたら、そこだけ真っ黒な画用紙を切り裂いたみたいに、白く光るでしょ。君が照らすんですよ、君自身の日々を」

そのまま図書室を出ていってしまう中野渡先生。ヒロが、ぽつりと言った。

「なんか、めちゃくちゃカッコいい風《ふう》のこと言い残して帰っていったね」

「『風』って……」

中野渡先生のことだから、なんとなくそれっぽいことを言ってみたかっただけかもしれない。だけど、その言葉が、どうしようもないくらい心に刻まれてしまう。

だって君は、「ライト」でしょ。

僕がしばらく黙っていると、ヒロは「うーん」と腕組みをしながら言った。

「……できる範囲で教えてほしいんだけどさ。結局中野渡先生と同じ質問になっちゃうんだけど……ライトと鳥谷部くんって、小学校から一緒なんでしょ。で、あんな風になったのが高校入ってからなんでしょ」

「うん……」

「何をきっかけにああなったか、ほんのちょっとでも心当たりないの？　小・中学生のときに何かあったとか。そこがわかれば、解決までの近道が見つかりそうな気もするんだけど」

「……うーん」

僕は迷っていた。心当たりがあるとすればあの冬の日の出来事だけど、あの日僕はどちらかというと鳥谷部を助けた立場で、「ありがとう」とも言われたし、いくら向こうを困惑させてしまったとはいえ、あそこまで怒らせる原因になったとは思えない。話すことで、ますます迷宮入りしそうだ。

それとも、僕とは全く関係ないところでなにかを誤解してああなったんだろうか。

「ライトは、なんで鳥谷部くんを心配するの？　嫌いじゃないの？」

「……嫌いだよ」

目を閉じ、続きを口にする。

「でも、友達になりたかった」

僕の口から出た言葉に、ヒロが少し目を見開く。勝手に、涙が滲んできた。

「小学校の頃からずっと、友達になりたかった……」

　ここまで言ったら、もう止められない。僕は、全部話すことにした。

「鳥谷部、昔はすごくいい人だった。明るくて、スポーツ万能で勉強もできて、人気者だった。だから、僕は友達ってわけじゃなかったけど、憧れてたし、ヒーローだと思ってた」

「え……」

　驚いて目を見開くヒロ。今の鳥谷部の姿からして、想像がつかないのは無理もない。

　そのあとのことも、全部話した。遠足で一緒に撮った写真を宝物にするくらい憧れの存在だったこと。中学二年の冬に、ベンチで凍えていた鳥谷部を家の中に入れたこと。秋頃から鳥谷部が変だという噂が立っていたこと。そのとき読んでいた小説の影響で鳥谷部が悪の組織に追われていると思い、「いつでも逃げてきていい」などと意味不明なことを言ってしまったこと。その後、だんだん鳥谷部が荒れていったこと……。

　ヒロは、終始顔をしかめながら聞いていた。言い終わったときには、眉間にしわが寄り切った顔で言った。

「なんだよそれ。ライト、鳥谷部くんのこと助けてあげたってこと？」

「……うん」

「それなのに、高校入ったら急にああなった？」

「まあ……うん」

　頷くと、ヒロは「うあー」と唸り声みたいなのをあげた。

「あぁ腹立つ！　なんなのあの恩知らずアホウドリ、一発殴っても絶対バチ当たらないよ！」

　ヒロはむしゃくしゃが収まらないようで、顔を歪めながら言った。

「あぁ……ごめん、わからん！　その状況だけじゃ、ホームズにも明智小五郎にも意味がわかんないって」

　ヒロでもわからないんだ。じゃあ、僕なんかに答えが導き出せるなんて到底思えない。思いっきりため息をついたら、「幸せ逃げるよ！」と怒られた。

　ヒロは、そのまま続ける。

「やっぱり想像だけじゃどうにもならないよ。真相を知ってる人に話を聞かなきゃ」

「そうだよね……」

　でも、真相を知っている人なんて鳥谷部しかいないし。それがこんなにうまくいかないなら、もうどうにもならないんじゃないか。

「やっぱり、もう一回鳥谷部のところに行くしかないのかな……」

「いや、全部を知ってる人はもちろん鳥谷部くんしかいないんだけど、やっぱなかなか難しいじゃん。だから多少遠回りだけど、まずは『真相に近い』人と話してみたらどうかなって。まだ荒れてなかった頃の鳥谷部くんと仲がよかった人、とかさ」

「なるほど……」

考える。この学校に誰かいたっけ、小・中学校のとき鳥谷部と仲がよかった人。

「あ……そういえば」

確か、二組に僕と同じ中学でサッカー部だった和田《わだ》くんってのがいる。もちろん僕は一回も話したことがないけれど、鳥谷部に話しかけるよりは、知らない人に話しかけるほうがまだハードルが低い。

「いることにはいるかも、鳥谷部と中学時代部活が同じだった人。ただ、鳥谷部と仲良しだったかはわかんないけど」

「それでも、部活が一緒ってことはライトよりは色々知ってんじゃない？」

「そうだね……」

僕は頷くけれど、どうしようもなく不安だった。

ビブリオバトルで、「人はどこで恨みを買っているかわからない」って言ったのは、沢目先輩だったっけか。そうだ。僕が気づかないうちに鳥谷部に何かしてしまっている可能性は十分ある。

もし、無自覚に鳥谷部にとんでもないことをしてしまっていたとしたらどうしよう。

鳥谷部に近かった人に話を聞くことで、自分が犯した罪を知ることになるかもしれない。無意識に呼吸が浅くなっていたようで、一度大きく深呼吸した。

ダメだ。負けちゃいけない。

「聞いてみる……聞いてみるけど」

言葉が出てこない僕に、ヒロは優しく言った。

「もしあれだったら、あたしもついてこうか？　あたし得意だよ、知らない人に話しかけるの」

「うーん……」

ヒロはただ哀れむんじゃなくて、いつだって一緒に考えて、行動しようとしてくれる。本気で寄り添おうとしてくれる気持ちに、救われっぱなしだ。でも……。

「今回は、平気。僕だけで頑張れる」

一人で行くのは怖い。でも、もしかしたらヒロに聞かれてはいけないような話が飛び出すかもしれない――例えば、下級生を追い詰めて階段から飛び降りさせるようなやつらのこととか。危険な人たちが絡んでいるかもしれないことだし、巻き込むわけにはいかない。

僕が無理にでも覚悟を決めた表情を作ると、ヒロは笑顔で大きく頷いてくれた。

「気を、強く持っていこう。あたし、応援してるからさ」

「ありがとう」

もう、自分はこの真夜中に一人きりじゃない。僕のことを本気で考えて、一緒に悩んでくれる人がたくさんいる。

だから、立ち向かわなきゃいけない。両頬を叩いて、前を見る。


翌日、僕は机の上にカバンを置くと、すぐに隣のクラス――一年二組に向かった。歩きながら、緊張がぴりぴりと心を痺れさせていた。

和田を見つけたとして、どう切り出せばいいんだろう。「ちょっと話したいことがある」だと、「急になんだよ」って不審に思われてしまうだろう。かと言っていきなり本題に入るのもなんだか、だし。

ええい、もうしょうがない。その場の流れに全部を任せるしかない。

二組に着き、ドアについた窓からこっそり中を覗くと、教室の奥のほうで友達数人と笑って話す和田の姿をすぐ確認できた。「すみませーん」と大声で呼ぶ勇気は出ず、僕は音を立てないようにドアを開けると、縮こまりながら教室に入って接近する。

当たり前だけど、最初和田は僕が自分に話しかけに来ているとは思わなかったみたいで、明らかに視界に入ってはいるもののスルーしていた。僕が勇気を出して「和田くん」と言うと、ようやくこっちを見た。

「え……？」

隣の友達と目を見合わせ、困惑した表情になる和田。僕は、もじもじしながらも言った。

「あの……ちょっと、話したいことがあって」

「え、人違いじゃないすか」

和田だけじゃなく、周りの友達も戸惑っている。僕は、顔に熱が集まるのを自覚しつつも、覚悟を決めて言った。

「話っていうのが……鳥谷部翔のことで」

「え？　鳥谷部？」

横の友達の顔を見た後、和田はもう一度僕に目を向けた。まだまだ怪訝そうだけど、教室の端のほうを指さして言ってくれる。

「ちょっと、離れたとこで話します？」

「あ、はい……」

和田にうながされ、二人で教室の端の掃除用具入れの近くまで来た。

どうしよう、早く切り出さないと。そう思うけど、いざ話そうとすると、どこから説明すべきか迷ってしまう。

沈黙に耐えかねて、とうとう和田のほうが先に口を開いた。

「俺ら、中学一緒っすよね」

「そう……ですね」

和田は、小さな声で言った。

「蛯名くん、ぶっちゃけ、いじめられてるでしょ。あいつに」

「そう、なんですよね。でも、理由があんまりわかんなくて」

何か知ってることはないですか。僕がそう言う前に、和田は口を開いた。

「あんま気にしないほうがいいっすよ。あいつ、もともとそういうやつだし」

和田は、ずっと秘めていた何かを吐き出すように、一気に言った。

「俺、中学のときから鳥谷部のことあんま好きじゃなかったんだよね。部活一緒だったんだけど、なんか、ダルいんだって。俺も他のやつらもなんなら先輩たちも、正直適当に楽しくやれりゃいいと思って部活やってんのに、あいつときたらちょっと練習サボっただけでガミガミ言うし、試合のあともああだこうだうるせぇし。ちょっとサッカーうまくて目立つからって、調子乗ってんだなって思ってさ。だから、荒れ始めたとき正直ちょっといい気味だと思ったわ。あー、これが俗に言う『闇堕ち』かーって思ってさ」

　ははは、と乾いた笑い声を出す和田の横顔を、黙って見つめた。何かが喉の奥につっかえたような感覚に襲われる。

違う。僕は、そんな話が聞きたくてここに来たんじゃない。

どうにか、声を絞り出す。

「僕……あの、なんで鳥谷部が僕のこと攻撃するのか、中学のとき部活が同じだった和田くんなら何か知ってるんじゃないかなと思って、来たんですけど……」

和田は、食い気味に言った。

「だからさ、それは八つ当たりみたいなもんだって。あいつ今、ヤバい上級生に目をつけられてるじゃん。パシリにされたり、殴られたりさ。だから、絶対反撃してこなさそうなやつを見つけて、ストレス発散してるんだろ。その標的が、たまたま蛯名くんだったんじゃねえの？　蛯名くんからしたら、たまったもんじゃないと思うけどさ」

和田はあくびをして目を擦った。ねみ、とダルそうな声を出す。

「そろそろ戻っていい？」

「あ……いや、その」

そうじゃないだろ。絶対、誰でもよかったから攻撃してるわけじゃない。これまでのあいつを見てたら、わかる。僕に執着する理由が、絶対何かある。

お願いだ。もっと、何か決定的なことを、教えてくれ――。

そのとき、さっき和田と一緒にいた男子たちが、遠くで天気の話でもするようにぽろっと口にしたのが耳に入った。

「そういやさ、鳥谷部の弟って、俺らが中学のとき死んだんじゃなかったっけ」

「あー、そうだ。事故で」

僕は、フリーズした。胸の奥の熱い塊が、どくどくと赤黒いものを吐き出し始める。

弟を、亡くした？

「知らない」

僕が急に言ったから、和田は少し気味悪そうな顔をした。

「え？　なに、『知らない』って」

「鳥谷部の弟が死んだって……なにそれ」

和田は眉間にしわを寄せた。そんなことも知らねぇの、と言わんばかりに。

「知らないって……新聞とかにも載っただろ。ネットニュースにも。ほら、俺らが中二のときに、交通事故でさ」

蛯名くん、大丈夫？　なあって。和田の声が、どこか、遠くから聞こえるような気がする。

ふいに、モヤヒルズでの遠足の映像が脳裏に浮かんだ。

僕と一緒にいた鳥谷部を、「こっちに来て」と呼んだ明るい声。呼ばれたほうに向かって走っていく鳥谷部は、愛おしそうな顔をしていたように思う。

「あの子が……」

鳥谷部の背中に嬉しそうにしがみついていた男の子。花の香りが舞う中で、僕はそれを、すごく微笑ましく見つめていた。

僕が黙り込んでしまったのを見て、和田は苦笑交じりに言った。

「まあ、俺は鳥谷部の弟のことはよく知らないけどね。なんか、あいつの弟、違う中学に通ってたみたいで。仲悪かったんかな。……なぁ、そろそろいい加減、戻るよ」

「う、うん。ごめん。ありがと」

ぺこっ、と首だけでお辞儀すると、和田くんは背を向けて友達のほうへ向かおうとした。一度だけ振り返り、少し優しい調子で言ってくれる。

「まあ、なんにせよ蛯名くんが同情することたないと思うけど？　だって、被害者だべ？」

「……うん」

僕も、そのままとぼとぼと教室のドアに向かって歩いていく。

後ろから、「なんか、変なやつだったわ」という和田の声が聞こえたけど、そんなことを気にしている余裕もなかった。

教室に入ると、もう、ダメだった。意思とは無関係に、視線が鳥谷部のほうに向かってしまう。ホームルームも授業中も十分休憩も、どんな瞬間を切り取っても、その目は暗かった。

和田が何かの勘違いをしている感じはなかったし、ましてやウソをついているような気配もなかった。

腹の底から不安が突き上げてきて、肺を押しつぶす。どんな体勢をとっても息苦しくて、溺れるような呼吸を繰り返した。

鳥谷部は、みんなの人気者だった。だから、勝手にみんな、僕と同じように鳥谷部のことが好きなんだと思っていた。でも、部活じゃ必ずしもそうではなかったらしい。悪い噂が立ち始めてからはきっとクラスでも孤立しただろうし、今だってつるんでいる先輩たちは悪い人ばかりのようだから、一人ぼっちみたいなものだろう。

そして、家族まで失っているのか。

あんなに怖かったあいつが、急に、少しついていたら消えてしまいそうな存在に見えてきた。

和田の言う通り、僕への攻撃は単なる八つ当たりなのか。いや、やっぱり、無自覚に何かしてしまっているんじゃないか。不安は、体の中に収まらないほどどんどん膨張していく。

昼休みになると、僕は自分からヒロのところに向かった。

こんな話、自分の中だけで留めておくべきなのかもしれないけど、ヒロにだけは打ち明けないと耐えきれなかった。

僕の顔を見ると、ヒロは緊張した面持ちで言った。

「話聞いたの？　鳥谷部くんの知り合いに」

僕は頷き、言った。

「ヒロ、今日も図書委員の当番あるよね。……ちょこっとだけ、話できない？」

「話せる話せる！　全然サボるよ！」

慌てて首を横に振った。それはさすがにマズい。ヒロが怒られる。

「じゃあ、放課後でも――」

「いや、ライトも図書室においでよ。向こうでゆっくり話そ。どうせそんなに人来ないし」

僕らは、一緒に図書室に向かう。僕は何も言わなかったし、ヒロもなんとなく僕の重い空気を感じたらしく、ほとんど話しかけてこない。

図書室に入ると、やっぱりまだ誰もいなかった。ヒロに案内されて、カウンターの中に入る。最初は遠慮したけど、「いいっていいって」と言われ、のこのこ入ってしまった。

そわそわしながらも、僕は切り出した。

「鳥谷部が僕に当たる理由はまだわからないけど……鳥谷部が荒れたきっかけは、わかったかもしれない」

ヒロは「え！」と大声を出した。身を乗り出してくるヒロ。

こんなこと、口にしたくない。怖い。それでも、もう引き返せない。深呼吸して、言った。

「家族を、事故で亡くしたらしいんだ。弟を」

自分で発した言葉の響きに、鳥肌を立てる。ヒロは口を小さく開けたまま言葉を失った。

「もしかして……それがきっかけで、壊れちゃったのかな」

「それ、いつのこと？」

「鳥谷部と部活が同じだった人が言うには……僕らが中二のときだって。でも、弟は僕や鳥谷部とは違う中学に通ってたって」

考えてみれば、ちょうど、僕が冬の公園であいつを見つけたあのときと同じ年だ。あのとき見た涙の理由も、もしかしたら――。

「ラ、ライト。一回座りな、顔真っ青だよ」

僕がよほど倒れそうな顔をしていたのか、ヒロは慌てて椅子を指さした。ゆっくり座り、とにかく何か言わなきゃと思って、正直な気持ちを吐いた。

「想像してなかった、全然。頭の中、ぐちゃぐちゃ」

「あたしもだよ。……大事な人を亡くして、自暴自棄になったってこと？　でもなんで、その矛先がライトに行くの？」

「今朝聞いた話だと……先輩にいじめられてる、八つ当たりみたいな感じじゃないかって」

「その、弟さんのこととは無関係に、ってこと？　うーん……」

ヒロは、あごに指を当てた。

「ライトは、弟さんと面識あるの？」

「ううん。話したことはない。一回だけ、遠目に見たことがあるくらい」

「なるほど……ライトのことと直接関係があるかはわからないけど、もうちょっと弟さんの情報がほしくない？　子どもが亡くなった事故、ニュースとかになってるんじゃないかな」

ちょっと待ってて、と言うと、ヒロは奥の棚に走った。

「実は図書委員で、地域に関するニュースをスクラップしてファイルにとっておくって仕事があるんだけど。あたしたちが中二のときの記事、見てみない？」

「うん……」

ヒロが、三冊のファイルを持ってきた。一緒に、一ページ一ページ確かめる。真剣な目的があるとはいえ、僕たちは今、人の悲しい過去を血眼《ちまなこ》になって掘り起こそうとしている。

なんだか、とんでもなく罰当たりなことをしている気分になった。こんなことなら、和田の口からもっと詳しいことを聞いたほうがまだよかったのかもしれない。それでも、一度始めてしまったら止まれない。

ねぇ、何があったの。どうして毎日、あんな暗い顔をしているの。

僕が憧れていたトリは、どこに行ったの。

ファイルの最後のほうに差し掛かったところで、僕は思わず手を止めた。

「これ……え？」

まずは不穏な見出しが、引き寄せられる磁石のようにペタッと目に張りつく。本文のほうを読んで、だんだん、呼吸が浅くなってくるのを感じた。

それは二年前、中学一年生の男の子が交通事故に巻き込まれて亡くなったというニュースだった。記事を見るに、その子が住んでいたのは僕らが住んでいるのと同じ地域だ。

「この事故、覚えてる……」

ニュースになったし、同じ地域の子だったから記憶にあるし、ショッキングだった。

ヒロも記事を覗き込み、顔をしかめた。

「もしかしたら……それかもしれないね」

絞り出すようなため息が漏れる。確証はないけど、僕らが中二のときに亡くなって て、小学校ではなく僕らとは違う「中学」に通ってたって情報を総合すると、鳥谷部の弟は当時中一だろう。この時期に起きた中学一年の男の子の交通事故のニュースは、これ以外ない。

「はぁ……」

今までどんな攻撃を受けても、漏らしたことがないような辛いため息が出る。

物語は物語で、現実は現実。

でも、現実は、時には物語よりも残酷なのかもしれない。

鳥谷部、ずっと辛かったんだ。大事な人がいなくなって、奈落の底に突き落とされていたんだ。

鳥谷部を階段から飛び降りさせた三年生たちは、ずっとヘラヘラしていた。鳥谷部が怯えたり、痛がったりしているところを見て楽しそうだった。だけど、鳥谷部が僕を攻撃していて楽しそうだったことなんて一度もない。僕に暴力を振るったり、何かを盗んだり、そういう一線を越えたことも、一度だってない。

それどころか、三年生が僕の名前を出したとき、自分が大けがするかもしれないのに階段から飛び降りるほうを選んで、庇ってくれた。

でも、足を痛めて倒れ込みながら、僕の名前を呼んだのは――。

「やっぱり、もう一回本人にちゃんと話を聞いたほうがいいよ」

ヒロが真剣な顔で言った。僕は力なく首を振る。

「聞けないよ。『弟さん、亡くしたの？』なんて、言えないでしょ」

ヒロは頷いたけど、引かなかった。

「わかるよ、ライトの気持ちも。実際深入りしないほうがいいのかもしれない。でも、弟さんのことも、ライトが鳥谷部くんのことを助けた日のことも、今のライトと鳥谷部くんの関係も、何のつながりがあるかはさっぱりでしょ。全部ちゃんと聞いて理解したうえで、どうするべきか考えなきゃ、前に進めないよ。ライトだけじゃなく、鳥谷部くんも」

……そうだ。今はまだ点と点がなにもつながってない。

「このまま鳥谷部くんにやられっぱなしなのがライトの人生にとっていいはずがないし、ライトをいじめっぱなしなのが鳥谷部くんの人生にとっていいはずないし。中野渡先生も言ってたけど、ライトが動くしか方法はないんだ、きっと」

ぼんやりとした頭。額に浮いた汗を拭って、夕方の光に目をやる。

夜がやってくるギリギリまで空を照らそうとする太陽を見ながら、僕は言った。

「一晩、自分で考えたい。僕は、どうするのがいいのか」

「うん。最後に決めるのは、ライトだよ」

優しい顔で言ったヒロの言葉に、大きく頷き返す。まだまだわからないことだらけだけど、一つだけ言えることがある。

ヒロや先輩たちや中野渡先生は、たくさん助けてくれるけど、僕にはなれない。だから今、この真夜中を切り裂けるのは、僕しかいないんだ。


翌日、いつも遅めに登校するヒロが、先に教室にいた。僕は、ヒロの前に立って言った。

「僕、決めた。もう一回、ちゃんと、鳥谷部に話を聞いてみる」

昨日の夜、何度も自問自答を繰り返した。そして、やっぱり、逃げちゃいけないと思った。もし、僕が無自覚に鳥谷部に何かをしてしまっていたとしても、罪と向き合う覚悟を決めた。中野渡先生の言葉を、もう一度頭の中で繰り返す。

だって君は、「ライト」でしょ？

ヒロは何秒か不安げな顔で僕を見つめていたけど、腹をくくったように大きく頷く。

「わかった」

まもなくして、鳥谷部が教室に入ってきた。途端に、心臓の動きが速くなる。音もなく席に着く鳥谷部。ヒロが、こそっと耳打ちしてくれる。

「もしなにかまたトラブルが起きるようなら、あたし、ちゃんと助ける。だから思いっきり真夜中、切り裂いてきな」

さあ行け、と背中を押される。深呼吸して、ゆっくりと近づく。

すっ、と鳥谷部の前に立つ。

「鳥谷部……」

顔を上げる鳥谷部。ゆっくりとした動きが、怖かった。

鳥谷部は何も言わない。ただ、僕のことを研ぎたてのナイフみたいな目で見てくる。

「あの……まず、こないだは感情的になって、ごめんなさい」

鳥谷部の反応を確かめる余裕はなかった。一気に、言う。

「僕、どうしても鳥谷部と話したいことが――」

「お前、今日、ライオン公園の横、通らないようにして帰れ」

「……え」

突然遮られ、間抜けな声を出してしまった。

「だからっ！」

ガタッと音を出して立ち上がる鳥谷部。おい、と成田が近づいてきた。鳥谷部は、肩を引っ張ろうとする成田を振り払い、僕を睨んで言う。

「今日、ライオン公園の横を通らなくていいような道を歩け！」

「……なんで」

「なんでもだよ！」

久しぶりに僕に牙を剝いた鳥谷部を見て、男子連中が集まってくる。鳥谷部を僕から引き離そうとする成田。みんなに守られながら、僕は鳥谷部のことをじっと見つめたまま固まっていた。

ライオン公園の横を、通るな……？

僕が考えていると、成田が鳥谷部に向かって呆れたように言った。

「お前さぁ、いい加減にしろって。なんでお前が蛯名の帰る道を決めるんだよ」

その瞬間、鳥谷部の目がカッと見開かれた。

「うるせぇな、なんでもっつってんだろ！」

「っ……」

あまりの剣幕に、成田も怯む。鳥谷部は成田の肩をどんと押すと、もう一度僕に向きなおった。

「わかったか」

「……教えてほしい」

どうあがいても声が震える。それでも、深く息を吸ってどうにか発する。

「理由を、教えてほしい」

「うるせえ。黙って言うこと聞け」

「もし僕が今日ライオン公園の横を通ったら、どうなるの」

鳥谷部は、唇を噛んだ。震えだす頬。目元が、泣きそうに潤む。

もう、鳥谷部は怒ってなんかいなかった。

「どうしたの……」

僕も、みんなも、驚いてどうしていいかわからない。鳥谷部は力尽きたように息を吐き、小さな声で言った。

「……頼むよ」

「え？」

勇気を出して鳥谷部と目を合わせようとする。が、合わなかった。

さっきまで僕を真正面から見ていた鳥谷部が、下を向いていたから。

「お願いだから、来ないでくれ……」

「……」

その声は、あのとき——階段から飛び降りたあと、僕の名前を呼んだ声に似ている気がする。

もう、それ以上何も言えなかった。

「……わかった」

もう一度「わかったよ」と言うと、鳥谷部はそのまま席に着き、伏せた。

と、ほぼ同時に、ヒロが僕の腕を掴んで廊下に引っ張り出す。その表情は険しい。

「ごめん。展開が予想外すぎて、動けなくなっちゃった。嫌な予感がするね。ピンポイントでライトにだけ見られちゃいけないことって、なんだろう」

そうだ。なんでライオン公園なんだろう。僕に見られたくないことがあるなら、もっといい場所があるはず。

「鳥谷部くんも、本意じゃないんだろうね」

「え……どういうこと？」

ヒロの表情は、ますます厳しいものになる。

「鳥谷部くんが、今日の放課後に好き好んでライオン公園でなにかするわけじゃないってことだよ。誰かになんか命令されたとか？」

誰かって……？ と聞こうとすると同時に、脳裏にあいつの顔が浮かんできた。

茶髪、鋭い目つき、意地悪く歪んだ口元。

「鎌田……」

その名を口にしたら、ぞわっと鳥肌が立った。ヒロはスマホを出して自分の予定を確認し、苦々しい顔をする。

「あぁ……今日、放課後数学の補習だ……」

ヒロは多分、全ての単元で補習に引っかかっている。

「サボって一緒に帰ろうか？　こっそりライオン公園のそば通ってみる？」

真顔で言うヒロだけど、僕は首を振った。

「いや、いいよ。大丈夫」

なんでもかんでもヒロに助けてもらうのは申し訳ないし、危険な目に遭わせるわけにはいかない。首を振るけど、やっぱりヒロは心配そうだ。

「なんかよくわかんないし危ないから、ライト一人なんだったら、本当にその公園のそばは避けたほうがいいかも」

「そうだね……」

返事はしたけれど、心の中はぼんやりしていた。

放課後までに、決めなきゃいけない。鳥谷部の言う通りライオン公園を避けて帰るのか、そうしないのか。

分かれ道な気がした。なんの根拠もない予感だけど、どちらにするかで、真夜中を切り裂けるのか、もっと深い闇の中に落ちるのか、決まるんじゃないか。

この日は一日中放課後のことばかり考えて、何にも集中できなかった。

帰りのホームルームが終わると、鳥谷部は逃げるように一人で教室を飛び出した。

僕もカバンを持ち、なんとなく早足でドアに向かう。

本当に、ライオン公園を避けるか。

『お願いだから、来ないでくれ……』

鳥谷部の消え入りそうな声が、耳の奥で揺らめいている。「来ないでくれ」ってことは、鳥谷部がライオン公園にいるってことだ。

家に向かう道を一人歩き始めても、決断できなかった。ヒロは、避けて通ったほうがいいかもと言った。いつもなら、ヒロの言う通りにしたと思う。でも、今、僕の中の誰かが、「逃げるな」って声を枯らして叫んでる。

ぴたっと、足を止めた。

岐路に立つ。一方は、ライオン公園に向かう道。もう一方は、少し遠回りの住宅街。いざとなったら。

僕は、右ポケットに手を入れる。いつものカッターが右手のひらに馴染む。ちゃんと武器はある。だから、多分、大丈夫。

深呼吸して、僕はライオン公園へ向かう道を歩き出した。近づけば近づくほど、呼吸が浅くなる。どうか、何事も起きていませんように。

僕の切なる願いはあっけなく砕かれてしまった。あの日、鳥谷部が泣きながら凍えていたベンチ。その周りに、男子高校生の集団がある。

間違いない。鳥谷部と、鎌田たち三年生だ。鎌田とほくろ男を含め、四人もいる。一発目から、僕の耳は拾いたくない言葉を拾ってしまった。

「もっかい聞くよ、トリ。蛯名は？」

発したのは多分、鎌田。自分の名前が耳に入り、心拍数がジェットコースターのように山を登っていく。心臓に肺がどんどんと激しく打たれ、呼吸が乱れる。

鳥谷部は、鎌田をまっすぐに見て言った。その表情には、わずかに恐怖の色がうかがえた。

「いません。今日は学校に来てません」

驚くほどストレートなウソをつきつつも、鳥谷部は鎌田から目を逸らさない。鎌田はハッと鼻で笑った。

「ウソつけよ。つうか来てないなら、家から引っ張り出してこいや」

他の三年生たちも、口々に言った。

「会わせてよ。気になるじゃん、トリがそんなに必死になって庇うやつがどんなやつなのか」

「そうだよ。あいさつくらいさせてよ」

あいさつ……何をされるかわからないけれど、痛い目に遭わされることだけは確かだ。

恐怖で震えだした体を、ぎゅっと両腕で抱きしめる。逃げたい。本当は、今すぐにでも逃げ出したいよ。

「まあ、いいや」

鎌田が鼻で笑った。

「どのみち蛯名くん、このあたりが通学路なんでしょ？　そのときにとっつかまえてやればいいだけの話だよな」

理解すると同時に、何かにぐおっと心臓を掴まれた。

ライオン公園のそばを避けて帰れ。鳥谷部がそう言ったのは、僕と三年生たちを接触させないため――？

「なに黙ってんのトリ。だから嫌われるんだよ」

三年生の誰かが鼻で笑い、つられた数人が声を出して笑う。笑いが収まると、息の詰まるような沈黙が降ってきた。

鎌田は再び真顔になって言う。

「なんか言えや。口ついてんだろ」

「……蛯名は、関係ないです」

「あ？」

呆《ほう》けた声を出す三年生に、鳥谷部は少しだけ裏返った声で言った。

「あいつ、なんもしてないです。あの、掃除とかも、全部、俺の問題で……」

僕が一人で固まる中、三年生たちはみるみる表情を険しくして鳥谷部に詰め寄った。

「あ？　じゃあ放課後なんで蛯名と一緒に教室に残ってたの？」

「たまたまです」

「連帯責任で掃除とか言ってたじゃん」

「……原因、俺です。蛯名マジで関係ないんです」

はあー、と大げさなため息をつく鎌田。

「なーんか、もう、しらけるわー」

ぱぁん、と近くの遊具が蹴られる。鳥谷部の肩がビクッと震えた。

このままだと鳥谷部、ボコボコにされる。今すぐ飛び出していきたい気持ちを、恐怖心が引き留めた。こうしている間にも、鎌田はどんどん声を低くして鳥谷部に詰め寄る。

「何を急にいい子ぶってんのか知らねえけど、俺はもう蛯名の顔、見てるんだよ。お前があいつの居場所を言っても言わなくても、最後は結局――」

「やめろよ！」

突然の鳥谷部の大声に、三年生たちは一瞬怯んだような顔になる。鳥谷部は勢いのままに鎌田の胸ぐらを掴んだ。

「あいつ関係ねぇっつってんだろ」

「あ？」

眉間にしわを寄せる鎌田。一拍空いた後、鎌田の拳が鳥谷部の顔面を直撃した。

思いっきり地面に倒れ込んだ鳥谷部の背中に、脇腹に、容赦ない蹴りが降り注ぐ。

転がり、歯を食いしばる鳥谷部に、鎌田が冷たい声を浴びせる。

「お前、いつからそんな口利けるほどえらくなったんだっけ」

鎌田の、怒鳴り声に近い声が響く。蹴られるたびに、鳥谷部の体がびくっと震えた。

心が、悲鳴をあげる。

やめろよ。鳥谷部、死んじゃうよ。

「今から蛯名のこと連れてくるなら許してやるよ」

「っ……」

唇を噛んで耐える鳥谷部。それでも、僕を連れてくるとは、絶対に言わない。

じれったそうにつま先で鳥谷部のお腹を突く鎌田。どんどん突き方は激しくなり、
鳥谷部の口から堪えきれない呻き声が漏れた。

鎌田は、呆れたように言う。

「なんでそう頑ななわけ？　別に友達じゃねぇんだろ？」

「あいつ、は……ライトは……っ」

鳥谷部の声は、涙声にも近かった。このままじゃ、本当に、死ぬまでやられるかもしれない。どんなに蹴られても頑なに僕を差し出そうとしない鳥谷部を見ていたら、あの頃の声が蘇ってくる。

なんにも変じゃねぇよ。一人で本を読む僕を見つけて、受け入れてくれた。

それじゃあ、ライトが寒いだろ。自分が一番辛いときにも、僕のことを気遣ってくれた。

すっげぇ、美味しい。僕が入れた失敗作のコーンポタージュを、泣きながら褒めてくれた。

憧れてた。ずっと友達になりたかった。どれだけ嫌われても、嫌いになっても、どうしても離れられなかった——。

「トリ——」

だって君は、「ライト」でしょ。

心に刻まれた言葉に背中を押され、僕の足は動いた。気づいたら、三年生たちの前に躍り出ていた。

三年生は少し驚いたような顔をしたあとで、嘲るように言う。

「は……？　蛯名？」

「自分から来てくれるパターン？」

ずっと地面と向き合っていた鳥谷部が、僕の顔を見て目を見開いた。僕は、ガクガク震える足を必死に地面に刺し、鳥谷部の前に立って三年生を睨みつけた。銃口を向けられたときは相手の目を見ていたほうが安全って、昔読んだミステリーに書いてあった気がする。だから、必死に相手の目を見た。

「ぼ、僕に何か……用ですか」

三年生は、ケラケラ笑った。

「そうだよ。ちょうどよかったわー、来てくれて」

「こないだお前のせいで鳥谷部くんが待ち合わせに遅れてきてさぁ。後の予定に遅れた上に、荷物持ちもさせられなかったんだわ」

僕は、お腹に力を入れて言った。

「……荷物くらい、自分で持てばいいじゃないですか」

三年生たちは真顔になった。鎌田だけが余裕の笑みを浮かべたまま、僕を見つめ続けている。

「大丈夫蛯名くん？　膝、震えてない？」

「震えて……ないです」

本当は、恐怖に足の骨を全部砕かれて、そのまま崩れ落ちそうだった。それでも、このままここから去るわけにはいかない。

僕が一向に退く気配がないのを見ると、鎌田はイラついたようなため息をついた。不意打ちで、思いっきり地面に突き飛ばされる。無抵抗に打ちつけた背中に、鈍い痛みが走る。

鎌田は顔を歪めている僕にへらへらしながら近寄り、鼻で笑った。

「慣れないことすんなよ。どうせ他人に逆らったこともねぇくせに。ぶち殺されたい？」

「ぶち殺す」という言葉に怯みそうになりながらも、どうにか身を起こし、立ち上がって、もう一度鎌田と向き合う。

「早く、あっち……逃げろ……」

後ろから、鳥谷部の弱々しい声。背を向けたまま、ゆっくりと首を振る。いくら強気を見せたって、まともに戦えば絶対に敵わない。でも、僕の頭は案外冷静だった。

人間というのは、なかなかすごいものだ。

脳みそが最大スピードで回転し、記憶の中からこの状況を打開する術《すべ》を探る。ぽん、と出てきたのは、いつかの沢目先輩の言葉だった。

『例えば目の前にヤバいやつが現れたとき、そいつを上回るヤバいやつを演じてみると、そいつビビっていなくなったりするんだよね』

――これだ。

僕は、右ポケットに手を入れ、深呼吸すると、ゆっくりとカッターを握った手を出した。

刃先を鎌田に向け、精いっぱいの低い声を出す。

「爆竹って食べたことあります？」

こちらに迫っていた三年生たちが、ぴたりと動きを止めた。困惑したように互いに顔を見合わせる三年生を見て、僕はカッターの刃をさらにギギギと出した。ほくろの顔に、わずかに恐れの色が浮かんだように見えた。

僕は、お腹に力を入れて言う。

「僕、あなた方をボコボコにした桃子先輩の、空手部の後輩なんですよ」

えっ、と怯むような声が上がった。

「マジかよ……」

一歩ずつ後ずさりする三年生たち。桃子先輩、どんだけ強いんだよ……。

この状況で人の名前を出すなんて最高にカッコ悪い。

でも、真夜中を切り裂くのに手段なんか選んでられないんだ。どんなにみっともなくても、今僕は、自分自身と鳥谷部を助けなければいけない。

ものの試しに、片頬を上げて笑ってみる。

「だからさ。僕も、こう見えて、本気にさせたらまあまあヤバいわけだ」

言ってしまってから、考える。どうする。どうしたらハッタリじゃなく、本当にヤバいやつに見える？

そう何秒も考え込んでいられない。僕は左手の甲を三年生たちに見せながら、カッターの刃を皮膚の上に滑らせた。鋭い痛みに顔が歪みそうになるのを堪え、流れる血を舐めた。

そして、にんまり笑う。

「お前……何やってんだよ」

後ろから聞こえる鳥谷部の声。こっちが聞きたいくらいだよ、と思いつつ、三年生から目を逸らさない。

「誰の血が、一番美味しいのかなぁ」

誰かの喉が、ひっ、と鳴った。

「なぁ」

血がついたカッターの刃を正面に向け、笑みを顔に貼りつけながら、一歩ずつ三年生に近づいていく。自分でもゴールがわからなくて内心ドキドキしているけど、まあまあ効いているらしい。三年生たちはじりじりと後退し、一人が石につまずいてよろめいた。

今だ。僕は、カッと目を見開いた。

「二度と僕や鳥谷部に近づくな！」

さっきまであれだけ威勢のよかった三年生たちが、青ざめた顔を見合わせておどおどしだす。そのまま野生の熊から離れるような慎重さで僕から遠ざかり、やがて公園の外へと消えていった。

やった……やっつけた……。

抜け殻のようになった僕と鳥谷部だけが、ライオン公園の真ん中に残っている。地面に膝をついていた鳥谷部は、力尽きたようにその場にドサッと倒れ込んだ。


「トリ！」

トリは、地面に頬をつけたまましばらく荒い呼吸を繰り返していたけど、やがてほとんど独り言みたいに呟いた。

「もう、ガチで殺されるかと思った」

はぁ……とため息をつき、ゆっくり起き上がると、傷がついて血が出た手足を見つめる。

そして、僕の左手に目を移した。

「何やってんだよ」

僕も、恐る恐る自分の手を直視する。血はまだまだ止まらない。さっきは必死で、痛みを感じているひまがなかったけれど、今になって傷が疼《うず》き始めた。

「水で流すぞ」

公園の端のほうにある水道を指さすトリ。僕は、首を横に振った。

「痛そうだしいいよ……」

「よくねぇよ。こっち来い」

トリに腕を引っ張られるようにして水道に向かう。トリの足取りはふらふらだったけど、立ち止まらないで水道の前まで連れてきてくれた。

トリが思いっきり蛇口をひねって僕を見た。仕方なく傷がついた手を伸ばす。傷口に水が触れると、切ったとき以上の激痛が走って涙目になる。

「いっ……」

「我慢しろ」

血が水で流れると、トリは手をうちわのようにパタパタと動かして乾かしてくれる。自分のほうが手当てしなきゃいけない部分がたくさんあるのに。

「トリ……ありがとう」

トリは答えない。地面に吐いた唾に血が混じっているのを見て顔をしかめる。

「公園のそば通るなってあれだけ言ったよな」

「ごめん……」

しょんぼりと謝るけど、相手はますます表情を険しくしてぎろっと睨みつけてくる。

「お前……なに考えてるかわかんねぇんだよ」

イラついたように地面に爪を立て、その手で頭を掻きむしる。僕は、小さくなって言った。

「いや……爆竹のくだりは、演技っていうか」

「そっちじゃねぇ！」

急な怒鳴り声に、心臓が跳ねる。僕を睨むトリの顔は、教室で僕を怒鳴りつけるときより、さっき三年生たちと向き合っていたときより、ずっとずっと怖かった。

「中途半端に助けるなよ。そうやって期待だけさせて、どうせ明日になったら俺のこと無視すんだろ！」

戸惑い、フリーズする。トリは、傷だらけの手で僕の胸ぐらを掴んだ。

「ふざけんなよ。俺のこと避けて、ゴミを見るみたいな目で見て、そのくせずっと被害者面して、ムカつくんだよ！」

今までで一番の至近距離から怒声と唾を浴びる。頭に血が上った。負けじと、相手の胸ぐらを掴む。

「こっちだって、何言ってるのかわかんないよ！」

被害者面とか、意味がわからない。どの口が言ってんだよ。

喉を熱がほとばしり、ありったけの声で怒鳴り返す。

「言ってくれなきゃわかんねぇよ。理由もなく毎日怒鳴ってくるやつなんか、避けるに決まってるだろ！　ただ怒ってばっかりで、怒ってる理由なんて一回も教えてくれたことないじゃないか！　文句があるなら態度じゃなく言葉で教えろよ！」

トリの顔を精いっぱい睨みながらも、目が熱くなる。

やっとだ。やっと、言えた――。

急に、僕のシャツを掴む手の力が緩んだ。メラメラ燃えていたトリの目が、急に潤む。何か言うより先に、大粒の涙が落ちた。

「教えてほしいのはこっちだよ……」

トリの両手が、力なく地面に落ちる。湿った砂に手をつき、涙声で叫んだ。

「なんで急に見捨てたんだよ……助けてくれるって言っただろ！」

グッと唇を噛むトリ。爪に入った砂を見ながら、押し殺すような低い声で言う。

「死にたいくらい絶望してるときに声かけてくれて、家に入れてくれて、あったかい飲み物も出してくれて、助けるからねって言われて、俺がどれだけ救われた気持ちになったと思ってる。その次の日から急に避けられて、どれだけ苦しかったかわかってんのかよ！」

僕の手も、トリの襟から離れた。胸の真ん中に黒いものが落ちて、どす黒い波紋が広がっていく。まさか、そんな。

「あのとき俺、心細くて、寒くて、もうこのまま死んでもいい、って思ってた。蛯名がいたから、無事に家に帰れた。それなのに――」

トリは、キッと僕を睨んだ。

「次の日から話しかけようとして近づいたら逃げるし。目は逸らすし、背中向けるし。前の日優しかったのがウソみたいに冷たくなったよな。どうせ、サッカー部の連中が言ってる俺の悪口でも真に受けて、距離置くことにしたんだろ。俺たち友達じゃなかったのかよ」

目の前が、どんどん暗くなっていく。じゃあ、トリは――。

「トリは、ずっと僕のこと、友達だって思ってた？」

「なんだよ。そうだろ……」

ぐす、ぐすと洟を啜りながら子どもみたいに涙をぬぐい続けるトリ。

「それなのにお前……散々無視したあげく、高校入ってすぐのとき、クラスのやつに、『あいつなんか友達じゃない』って」

「え……」

「はっきり言ったよ、『全然友達とかじゃなかった』って！　まるで一回も話したことない赤の他人でしたみたいな言い方で、なんにもなかったことにして――」

堪えきれずに、嗚咽を漏らすトリ。僕は、気を失いそうになった。

いつか、ヒロと「友達の定義」って話をしたことを思い出した。一回話せば友達だってヒロは言ったけど、正直そんなわけないだろって今も思ってる。言葉を交わしても、雲の上の人は、おこがましくて友達だなんて思えない。卑屈になっているつもりはなかった。

だけど、僕が憧れのクラスメイトに余計なことをしてしまって恥ずかしいと泣いていたあの日、トリは友達に手を差し伸べられた安心で涙を流していたんだとしたら。

次の日、僕が前日のことを引きずってトリから遠ざかっていたとき、トリは助けてくれるはずの友達に突然突き放されたと絶望していたんだとしたら。

そして、僕が高校のクラスメイトに「鳥谷部は友達ではなかった」と言ったあの日、それを聞いていたトリが決定的な傷を負っていたんだとしたら――。

「どうなんだよ」

縋るような目。僕は、何も言えなかった。

僕は自分の卑屈さで、自分を「友達」と思ってくれていた人を傷つけていたのか。

「なんとか言えよ！」

怒鳴られ、僕は覚悟を決めた。深呼吸して、口にする。

「トリのこと、一回も友達だって思ったことなかった」

トリの体が、固まった。真っ赤に充血した目に、絶望が浮かんでいる。

僕は、一つ一つ言葉を選んで、確かめるように言った。

「だって、ヒーローみたいに思ってたから。明るくて、カッコよくて、なんでも器用にこなせて。本当は仲良くなりたかったけど、僕なんかが友達になれるような人じゃないし。まさかトリが僕のこと『友達』って思ってくれてるなんて、夢にも思わなかった」

そんなのさ、小学生時代の自分に伝えたって、絶対信じてもらえないよ。

「トリのこと家に入れたとき、うっすいコーンポタージュ入れたり、調子に乗って色々言っちゃってさ。我に返ったときどうしようもなく恥ずかしくなって、トリのこと避けちゃったんだ。でも、無視しようとしたわけでも、意地悪しようとしたわけでもなかった」

「なんだよそれ……」

片手で涙を拭いながら、力が抜けたように言うトリ。

今までトリにしてきたことが、ぶつけた言葉が、一気に押し寄せてくる。辛くて、搾り出すように言う。

「辛い思いさせて、本当にごめんなさい」

頭を下げると、沈黙に耳鳴りがする。もう一回ごめん、と言おうとすると、トリのほうが先に口を開いた。

「謝るの、俺のほうだ……」

トリは、震える声で続ける。

「あの日……蛯名が俺のこと助けてくれた日、俺、頭おかしくなってたんだ、多分。秋ごろすごく辛いことがあって……ずっとそれを受け入れられなくて、吹雪の中歩いてた」

詳しいことは、聞けなかった。でも、なんのことか、想像はついた。

「だけど、雪も風も強くなって……歩く気力なくなってあのベンチに座ったら、周りがどんどん暗くなっていって。俺、何やってるんだろって。なに狂ったことしてんだろ、って。もう、あいつがいない家に帰るくらいなら、ここで凍えて死んだほうがいいんじゃないかって――そこに、蛯名が来たんだ」

僕を見る目は、赤くて、濡れていたけど、優しかった。

「俺にとって蛯名は『友達』だったんだ、ずっと。しょっちゅう話すわけじゃないけど、たまに話せば優しいいし。人のこと悪く言わないいし。いつも難しそうな本を読んでて、ちゃんと自分の世界を持ってるとこ、尊敬もしてた。だから、お前の顔見て、俺、なんかわかんねぇけど……『助かった』って思った」

そのとき、僕はなにを考えていただろう。友達でもないのに話しかけたら変かな、でもあのままだと風邪引いちゃうかな、とか……いざこうやってトリと答え合わせをしてみると、卑屈すぎて笑えない。

「あったかいコーンポタージュ飲んだときに、何か現状が変わったわけじゃないのに、なぜかすごくホッとした気持ちになった。家に帰ってから、『一人で抱え込むな』って言葉思い出して、死ぬほど泣いて。これからは蛯名がいてくれるから大丈夫かもしれないって思って。でも、次の日から蛯名は……」

ごめん、じゃどうしたって足りない。僕は、なんてことをしてしまったんだろう。

「いつでも逃げていい」って言った後、トリが戸惑ったような顔をして背を向けたことを思い出す。あのときは変なことを言った僕に困惑したんだと思ってたけど、そうじゃなかったのかもしれない。胸がいっぱいで、今にも大きな声を上げて泣きそうで、それでも僕を困らせないために、必死に自分を保とうとしていたんじゃないか。

「あのあと、自分の進路とか成績とかなにもかもどうでもよくなって……でも、蛯名のことだけ、どうしても納得できなかった。なんで、なんで、って思ってるうちに腹が立ってきて、どれだけ時間が経っても気持ちが収まらなかった」

ふー、と息を吐くトリ。涙がいっぱい溜まった目で、僕をまっすぐ見てくれる。

「もっとちゃんと、『助けて』って言えばよかったんだよな、俺。言葉がなくても通じ合えるような気になってたけど、ちゃんとはっきり話さなきゃいけなかったんだよな。泣いて縋れば、蛯名は絶対助けてくれたもんな」

　ごめんな――。

　嗚咽を漏らしながら、トリはまた謝り始めた。ごめん、ごめん、と何度も繰り返す。だけど、「ごめん」が一つ積み重なるたびに、僕の心は痛くなっていく。

「トリ、もう、大丈夫だよ。謝らないで」

　僕は、頼りない自分の手のひらをトリの肩に伸ばす。ちょっとでも楽になってほしくて、できる限りの優しい目でトリのことを見る。

「……蛯名」

　トリは、あの日と同じようなぐしゃぐしゃの顔で、絞り出すように言った。

「助けて……」

　トリの体が、どんどんこっちに傾いてくる。

　恐る恐る背中に手をまわして、さする。さっき必死で僕を守ろうとしてくれた背中は震えて、頼りない。

「毎日辛くて、自分が何したいのかわかんねぇよ。もう、自分で何が悲しいのかも、自分が何に怒ってるのかもわかんねえんだよ。もう、どうしていいかわかんないよ。助けて――」

　あの日、吹雪の公園で、トリは本当はこんなことが言いたかったんだ。できるなら、あの日に戻って、中学生の頃のトリを抱きしめてあげたいと思った。

「友達だって思ってくれて、ありがとう」

声に出したら、トリの嗚咽がもっと大きくなった。小さいときお父さんにしてもらったみたいに、とん、とんと優しく背中を叩く。

「もう、こっちにおいで。あんな先輩たちに、もう流されないで」

「ありがとう……」

トリはしばらく僕から離れようとしなかったけど、ゆっくりと姿勢を正すと、真っ赤な目で僕をちゃんと見てくれた。

そして、ちょっとだけ微笑んでくれた。トリの笑顔を見るの、いつぶりだろうか。

この笑顔が、本当に好きだったんだよな。

二人で地面に座り込んでいると、向こうの道路から悲鳴みたいな声が聞こえた。

「ライト、鳥谷部くん！」

「ヒロ……」

横断歩道を飛び越える勢いでこっちに走ってくるヒロ。その顔を見たら、ホッとして全身から力が抜けた。

「結局心配で補習サボっちゃったけどさ、サボった甲斐あるわ！　何があったの⁉」

ヒロに怒鳴るように言われ、トリは自分の腕や足を改めて見る。どこから手をつけたらいいかわかんないほどボロボロだ。

「トリ、家まで歩けそう……？」

「……まあ、どうにか」

蹴られたお腹をさすって顔をしかめるトリ。ヒロは、肩をすくめた。

「ライトは大丈夫なの？」

「う……うん」

「いや、ケガしてるじゃん！　どうしたのその手！」

ヒロに左手の甲を指さされ、苦笑いする。

「あ、いや……これは、自分でやった」

「はぁ⁉」

ヒロは両手で頭を抱えた。もう、パニックって感じだ。

「ほんとに、なにがあったの？　大丈夫なの？」

どこから説明したらいいだろう。困っていると、トリがため息交じりに言った。

「あいつら、下級生をおもちゃにして遊ぶクズだから。蛯名のことターゲットにしようとしてた……俺のせいだ」

「え……？」

「あのとき――掃除しろって言われて残った放課後、脅されて耐えきれなくて俺、あいつらの前で蛯名の名前を口走ったんだ」

なるほど。だからあいつら、僕の名前を知っていたんだ。あの放課後清掃の翌日、階段のところで三年生に追い詰められているトリが、顔に絆創膏を貼っていたことを思い出す。殴られたり、脅されたりして、つい僕の名前を口にしてしまったんだろう。

でも、それからずっと体を張って庇ってくれたんだから、あんまり自分を責めないで。

「もう二度と俺、あいつらと関わらない。蛯名にも近づかせない」

僕の顔を力強い瞳で見つめてくるトリ。精いっぱい頷き返す。

「僕も、トリがもう二度とあんなやつらのところに行かなくてすむようにする」

僕には寄り添うことしかできないかもしれないけれど、それでも、一緒に朝を迎えにいきたい。

僕たちを見て、ヒロが安心したような声を出す。

「なんかわかんないけど……もう、完璧仲直りしてんじゃん」

「ヒロがいなきゃ、無理だった」

ほとんど勝手に口から出た言葉。ヒロは、ゆっくり首を横に振る。

「全部、ライトが頑張ったからだよ」

優しい笑顔に、胸がきゅうっとする。

もちろん、僕なりに全力は尽くした。でも、頑張れたのは、ヒロがいつもそばにいてくれたからだよ。

「ありがとう」

少し顔が赤くなったけど、しっかりと目を見て言う。ヒロは、「照れちゃうな」と笑いながらも、嬉しそうだ。

見上げたら、ヒロに初めて「友達」と言われたあの床磨きの放課後と似た、淡い暖色が広がる空だった。遠くて、届きそうになかった夕空が、今はやけに近く感じる。

今ならあの煌めきにも手が届くような気がした。


翌朝は、空いっぱいに水色が広がる快晴だった。窓を開けた瞬間、胸になだれ込んできた空気が気持ちよくて、思いっきり伸びをする。

着替えのときふと右ポッケに手を入れ、指に触れたプラスチックの感触。そっと取り出し、血や土をきれいに拭いて、机の中にしまい込んだ。

君には随分お世話になったし、昨日も助けてもらったけど、今度はちゃんとしたことに使いたい。制服が、カッター一個分だけ軽くなった。

朝ごはんを食べながらなんとなくテレビに目をやったら、偶然にもモヤヒルズの中継をしていた。今、ちょうどコスモスが満開に近い状態。それを聞いて、もうすっかり秋であることを思い出す。

カバンを持って家から飛び出し、いつもは息を切らしながら登る坂を、軽い足取りで登っていく。生い茂る木々の果実みたいな香りが、爽やかに鼻の間を抜けていった。青と緑しかなくてつまらないと思っていた景色が、今日は輝いて見える。

僕、トリと仲直りしたんだ——。

昨日僕は、ラインを通じて文芸部の部員にトリとの出来事を全部報告した。みんな、びっくりしながらも喜んでくれた。

もう、友達ってことでいいんだよな。昔みたいに「ライト」って呼んでもらうことも、今日の放課後モヤヒルズに誘って、一緒にコスモスを見ながらあの遠足の話の続きをすることだって、しようと思ったらできるんだよな——。

昇降口をくぐり、教室に入ると、既にクラスメイトが半分くらい登校していた。その中にはトリの姿もあって、僕は無意識に深く息を吸う。

学校に来るときは「トリと話せるかな」ってあれほどワクワクしていたのに、いざ目の前にすると緊張してしまう。

僕は、ゆっくり自分の席に着いてカバンから教科書を出し始めた。なぜか、遠くのほうから成田が手を振ってくれる。

「蛯名、おはよ！」

「……あ、おはよ」

顔を上げて成田を見ると、小さく頷いたような気がした。「味方だから、大丈夫」と言われているみたい。僕は、なんとも言えない気持ちになる。

クラスのみんな、きっと僕とトリが話しているところを見たらびっくりするよな……。

教科書を机の中にしまい終えたところでトリの席のほうを見ると、ばっちり目が合った。トリは、何やら紙袋を持って早足でこっちに来る。

なんだか、ホッとした。トリのほうから来てくれるなんて。

「……蛯名」

「トリ、おはよ」

まだ、「ライト」とは呼んでくれないんだな。少し寂しくなったけど、目の前に立ったトリの顔中に絆創膏が貼られているのを見て、それどころじゃなくなる。声を潜めて聞いた。

「顔、痛そう……ケガ大丈夫だった？」

「うん、デカいケガはしてないから大丈夫」

「そっか……よかった」

鎌田たちのあの後はなんにも聞いてないけど、もう、停学は免れないんじゃないか。

下手すれば退学。こんな短期間で下級生に何回もケガさせて、ただですむはずがない。

「あ、あのさ」

トリは、紙袋の中から何やら厚手の服を取り出して渡してきた。しわもなく、きれいに畳んである。

「これ、なに？」

「これ、前に蛯名ん家《ち》で貸してもらったやつ……ほんとはもっと早く返そうと思ってたんだけど、ごめんな」

「あっ！」

そうだ。あのとき僕、トリにお父さんの服を貸してあげたんだった。ずっと、取っておいてくれてたんだ。

「わざわざありがとうね」

「ううん……」

トリは、うつむいて黙った。まだどこか痛いのか、軽く唇を噛んで顔を歪めている。うつむいたその顔は、僕のほうを見ようとはしない。曇った表情を見ていたら、僕も何を言っていいかわからなくなる。

気づいたら、いつも騒がしい教室のノイズが、少しだけボリュームを落としていた。チラッと周りを見て、みんなの視線が僕たちのところに集中しているのに気づく。

トリは、しばらく黙った後、少し寂しそうな笑顔で言った。

「じゃあ」

「あ……うん」

トリはそのまま背を向け、自分の席に戻ってしまった。机に伏すトリの背中をぼうっと見つめ、唇を噛む。

もっと、普通の友達同士みたいな会話ができるイメージだったんだけどな……。

僕がぼんやりしていると、知らない間に成田がそばまで来ていた。小声で聞いてくる成田。

「大丈夫か。またなんか、変なこと言われてる?」

僕は、慌てて首を横に振った。そんな、変なこと言われてるような雰囲気じゃなかったと思うけど。

「もう、仲直りしたんだ。だからもう、大丈夫だよ」

成田は、「あぁ……」と少し戸惑ったような顔をしたあと、早足で戻っていった。

「よかったな!」って言葉を勝手に期待してしまっていたから、少しだけ悲しくなる。

なんか、全然、思い描いてたのと違う。

僕とトリは仲直りしたから普通に話すようになって、僕らが仲良く話しているところを見たクラスのみんなも、「案外鳥谷部って悪いやつじゃないんじゃね?」と思ってくれて、トリは昔みたいな人気者になって――そんな風に、なると思ってた。でも、あれだけのことがあったんだもんな。そんなに、甘くないよな。

「現実は、現実か」

口にしたら、なんだか気だるくなってすとんと椅子に座った。仲直りできたことは再確認できたけど、朝の爽やかな気分はどこかに行ってしまった。

昼休み、終了十分前、新たな悲劇が僕を襲う。

こんなギリギリに次の授業の準備を始めようとする僕が悪い。五時間目の美術の教科書を取りに行こうとロッカーに向かい、中を確かめて、首を傾げた。

教科書を全て出し、一冊一冊確認して、顔を引き攣らせる。嫌な予感が心臓を撫でた。

なんで。どうして、教科書、ないんだ。

「蛯名……」

後ろからからかった声に、ハッとして振り向く。トリが、少し迷いのある表情で僕を見つめていた。しばらく落ち着きなく黒目を動かしていたけど、意を決したように言った。

「どうした。なんか、困ってる?」

僕は朝のことを忘れて、食い気味に言った。

「美術の教科書、なくて。入れておいたはずなのに」

「え……？」

トリは僕の隣にしゃがんで、一緒にもう一回教科書を探してくれた。机の中や、僕のカバンの中も一応見るけど、入っていない。でも、家に持ち帰った記憶もないし。まずいよ。美術の先生、めちゃくちゃ怖いのに。体がこわばる僕に、トリは優しく言う。

「待て、一回落ち着けって。他のクラスのやつに借りたらいいだろ。隣のクラスとかに、美術選択の知り合いいいる？」

「いない……」

「俺もいねぇけど……しょうがねぇから、知らない人にダメ元で聞いてみるか。『美術の教科書貸してもらえませんか』って」

「えー……いいのかな」

借りるなら、この昼休みのうちに借りなきゃ間に合わない。だから迷っている場合ではないとわかっていたけど、どうしても躊躇してしまう。だけど、トリは真剣な顔で言う。

「大丈夫だって。俺も一緒に貸してくれる人探すから」

「ありがとう……」

胸がいっぱいになる。でも、こんなことに巻き込んだら、トリが自分の授業に遅れてしまうかもしれない。

そわそわしていたら、成田が話しかけてきた。

「どした、蛯名」

困っている様子を察して、わざわざ来てくれたらしい。いつも心配して助けに来てくれる成田の顔を見たらホッとして、打ち明けた。

「えっと、なんか、美術の教科書なくしちゃったみたいで……」

成田はのんびりとした口調で「あぁ、そんなことか」と言った。

「大丈夫大丈夫。ちょっと待ってろ」

言って、すぐに教室を出る成田。一分も経たずに戻ってくると、美術の教科書を僕に渡す。

「はい！　隣のクラスの友達から借りてきたから、とりあえずこれ使えばいいよ」

「え？　あ、ありがと……」

すごいスピードで解決してしまった。トリは、横で目をぱちぱちさせている。

「美術終わったあと、俺に渡して。そしたら、俺のほうで持ち主に返しとく！」

「ごめん……ありがとう」

ほんとに、なんて頼もしくていい人なんだろう。

成田の登場でどうにか事なきを得たけど、いざ美術の授業を迎えたら、教科書を忘れた生徒が思いっきり怒鳴られて肝が冷えた。


五時間目が終わって教室に戻ると、先に書道が終わって戻っていたトリがやけに不機嫌そうな顔で黒板を睨みつけていた。もう何もされないとわかっていても、トリの険しい顔を見るとドキッとしてしまう。安心したくて、僕は恐る恐る声をかけた。

「トリ、ただいま」

「……おかえり」

ぶっきらぼうに言うと、トリは浅く息を吐いた。これ以上突っ込んで話す勇気がなくて、僕はとことこと自分の席に戻る。なんだろう。授業でなんか、あったのかな。

そのまま何事もなかったかのように授業は進んでいったけれど、帰りのホームルームが終わって先生がいなくなった直後、トリは乱暴な音を立てて椅子から立ち上がると、まっすぐに前のほうの席に向かった。

トリがガッと掴んだのは、友達と談笑している成田の肩だった。

「お前、ちょっと来い」

低い声。「は?」と眉間にしわを寄せて顔を上げる成田。トリは、成田の肩を掴む力を強めると、怒鳴った。

「いいから来いよ！」

一瞬静かになる教室。「またか」という感じのため息がどこからか聞こえる。成田は、ものすごく嫌そうな顔をしながらもゆっくりと立ち上がった。二人は、早足で廊下に出ていく。

教室がざわざわし始めるけど、みんなの声が耳に入るのがなんとなく怖くて、僕も二人を追うようにして教室を出た。教室の横にある教材室を覗くと、二人が向かい合っていた。隙間から、こっそり様子を見る。

成田は、うんざりした顔でトリを見て、これまたうんざりしたような声で言った。

「なんなんだよ。今度は俺がターゲットですか」

トリは何も言わずに、成田を睨みつけている。成田は、はぁっと大げさにため息をついた。

「俺のことといじめるのはいいけど、俺、お前より味方多いからね。お前が損するだけだよ」

僕は、はらはらして呼吸が浅くなる。トリは一体、何を考えてるんだろう。

不安になったそのとき、黙っていたトリが、初めて口を開いた。

「それ以外に言うことねぇのか、お前」

地を這うような声だった。トリは、刺すような目で成田を睨みつけたまま言った。

「なんで、お前の机に蛯名の教科書が入ってんだよ」

……え？

理解が追いつかず、僕は固まる。どういうこと？

成田を見ると、僕と同じくらい固まっていた。体をぴたりとも動かさず、指先だけを落ち着きなく動かしている。

「なに。俺の机勝手に漁ったの」

「漁ってねぇよ。お前、俺と同じ書道選択だよな。なのに、お前の机から美術の教科書がはみ出てたから見てみたら、名前のとこ『蛯名来斗』って書いてあったんだけど」

「誰が、そんな……えぇ？」

首の後ろを軽く触って、口元に薄ら笑いを浮かべる成田。明らかに、目が泳いでいる。

ウソだろ。なんで僕の教科書が成田の机から出てくるんだよ。

トリは、声を低くしたまま言った。

「誰がそんな、じゃねぇんだよ。盗ったんだろ。見たからな、お前が蛯名の教科書ロッカーから出して、自分の机に入れるところ」

成田は、言葉を失った。僕も、寒気がして何も言葉が出てこない。

「どうなんだよ」

トリは成田から目を逸らさない。成田は、目線を下に落としながらきょろきょろしている。

「お、俺は……」

もごもごとわかりやすく口を動かしていた成田は、突然床に膝をついた。そのまま両手をつき、額もつけ、大きな声で言う。

「っ……すみませんでした！」

「おい」

急に土下座した成田を見て、さっきまでずっと険しい表情をしていたトリが若干引いた顔になる。

「急にデカい声出すなよ。怖ぇんだよ」

「本当にごめんなさい。俺がやりました」

「謝る相手、俺じゃねぇんだけど」

トリはひたすら冷静に言葉を返すけれど、僕は頭が真っ白になった。

成田、僕のこと何回も助けてくれたじゃん。なんで、こんなひどいことしたんだ。せっかくトリと仲直りして、これからは平穏な学校生活が送れると思ったのに——。

「なんでこんなことするんだよ。お前、蛯名のこと今まで何回も助けてたよな」

成田は、土下座の体勢のまま石のように固まってなにも言わない。僕は、ショックでその場にへたり込みそうになった。成田……ひどいよ。信じてたのに。まさか、僕、成田にも無自覚に恨まれるようなことをしてたんだろうか。だったら、どうしよう。

「蛯名のこと、嫌いなのかよ」

トリが聞くと、成田は顔を上げて叫ぶように言った。

「嫌いなわけないだろ！　お前のことは嫌いだけどな！」

「じゃあなんでこんなことするんだよ！」

再び声を荒らげたトリに、成田は泣きそうな声で言った。

「俺、なんにも悪くないのにお前に散々嫌がらせされてる蛯名のこと、本当に心配で、可哀そうで。最初はお前のことだって怖かったけど、何があっても一年間ずっと蛯名の味方でいてやろうって決めたんだよ。それなのに俺がいないところであっさり全部解決して、それで……なんか、今まで俺が勇気出してやってきたことってなんだったんだって思ったら、悔しくて」

ますます小さくなる成田。

「でも、ちょっと困らせてやろうと思っただけで、すぐ返すつもりだった。本当に」

少し、切なくなった。僕のこと、守ろうとしてくれた気持ちは、ウソじゃないみたいだ。

トリは、何度か自分を納得させるように頷くと、口を開いた。

「……まあ、全部、俺が悪い。でも、二度とこんなことすんなよ」

「ごめん。もう、しません。つうか、なんでもします。だからあの……クラスのみんなには、黙っててくれると嬉しいかな……」

「言わねぇよ、別に」

言って、トリは「ほら」と成田に手を差し出した。半分涙目になりながらトリの手をとって立ち上がる成田。

二人が出口に向かってくるのが見えて、慌てて背中を向ける。でも、教室に戻ろうと三歩ほど踏み出したところでガラッと扉が開いてしまった。銃口を突き付けられたように固まる僕。振り向くと、二人も気まずそうに固まっていた。

「……見てた?」

トリが恐る恐る聞く。僕は、こういうときにとっさにウソをつくスキルを持ち合わせていない。小さく、頷いた。成田は、虚ろな目をして今にもぶっ倒れそうだ。

「すみませんでした……」

消え入りそうな声で言う成田。根から悪いやつじゃないことはわかっている。僕は、僕を助けるとき、いつも成田が向けてくれていたみたいな笑顔を見せた。

「いいんだよ。助けてもらってたことは事実だから。味方になってくれて、心強かったよ。ありがとう成田くん」

　成田は一瞬びっくりしたような顔をした後、ちょっとだけ口元を歪めて、半べそをかきながら言った。

「……蛯名、本当にいい人すぎるんだよぉ」

「そ、そんなことないよ。今だって、こそこそ覗き見してたし……むしろ変態かも」

　僕たちのやり取りを見ていたトリが、ぷっと噴き出した。

「もういいって成田。友達のところ行けよ」

　トリにグッと背中を押され、成田は早足で教室に戻っていく。その後ろ姿を見届けると、僕らはなんとなく一緒に廊下の窓際に立って、外を見た。よく晴れた空を眺めながら、僕は聞く。

「トリ、成田くんの机の中見たの？」

　こく、と頷くトリ。

「成田くんが僕の教科書を盗むところも見たって――」

「いや、それは見てない。カマかけただけ」

「うおぉ……怖っ」

　トリは勝手に怖がられて不満そうだけど、自分が成田の立場だと思ったらゾワッとする。

「なんで、成田くんが怪しいと思ったの？」

「いや……んー。俺も最初蛯名の教科書がはみ出てるの見えたとき、『いやまさかな』とは思ったけど。でも考えてみたら、あまりにもタイミングよく登場したし、解決までの段取りもよすぎたから。……なんか、こいつ、やってんじゃねぇかと思って」

すごいな……ものすごい、推理力。

「ホームズだ、トリ」

「え？」と首を傾げ、きょとんとするトリ。そんな、謙遜しなくてもいいのに。

「完全にホームズだよ、その推理力は」

「いや、誰だよそれ」

「ええっ」

思わず、露骨に驚いた声を出してしまった。ホームズを知らない人、いるんだ。

「知らない？　シャーロック・ホームズ。コナン・ドイルが書いた、探偵小説の主人公だよ」

「コナン？　あの、メガネの……」

「そっちじゃなくて。小説家だよ、イギリスの」

「知らねぇよ、日本の作家もそんな知らねぇのに。でも、蛯名は本好きだもんな」

思わず、僕は身を乗り出した。

「トリ、僕が本好きなの覚えててくれたんだ」

「そりゃ、覚えてるよ。いつも読んでたじゃん、お前。なんなら、遠足でも本読んでたろ」

自然と笑顔が溢れた。僕だけの思い出だと思ってたのに、トリもちゃんと、覚えてるんだ。

少し……いや、かなり迷ったけど、勇気を出して言った。

「ねぇ、放課後さ、一緒にモヤヒルズ行かない？」

言った瞬間、緊張が解けたのか顔から耳にかけてふわぁっと熱が走り抜けた。人を誘うのなんて、初めてだから。

でも、今日の朝思ったんだ。こんないい天気の日に、一緒にあの場所に行ったら、絶対気持ちいいよな、って。

「コスモス、見に行こう」

トリは、すぐに返事をしなかった。少しうつむいて、恐る恐るって感じで言う。

「……蛯名は、嫌じゃないの？　俺と一緒にいるの」

「え……嫌？　なんで？」

びっくりして、聞き返す。トリは、消え入りそうな声で言った。

「だって……俺が蛯名だったら、そんな簡単に許せないよ」

胸が締めつけられて、顔が歪む。でも、震える声で続けようとするトリを、遮らない。

昨日、ライオン公園で全部解決した気持ちになっていたけど、まだ、たくさん抱えてる思いがあるよね。

「ごめん。すれ違いざまにいきなり暴言吐かれて、怖かったよな。授業で発表してるときに邪魔されて、嫌だったよな。土下座させられて、辛かっただろ……」

声を震わせながら、トリは何度も謝った。

「一生許さなくていい。やり返してもいい。無視されても、避けられても俺、もう二度とひどいことしないから。絶対に」

充血していく目は、言葉とは裏腹に突き放されることに怯えているようだった。

「……そんなこと言わないでよ」

目に涙をいっぱい溜めたまま、僕の顔を見るトリ。僕も泣きそうになったけど、グッと堪えて言った。

「せっかく仲直りしたのに、そんなこと言うなよ。大丈夫だから」

トリは、ぐすっと洟を啜ってまた「ごめん」と何回も言った。

うーん……これは、あの頃に戻るのはまだちょっと時間がかかりそうだ。

でも、だからこそ、ちゃんとあの日の話の続きがしたい。

覚えてる？　トリ、僕に聞いたんだよ。

おすすめの本はあるか、って。

「トリ、あのさ」

僕は、うつむいているトリの腕をぱしっと掴み、言った。

「聞いてほしいことがある。やっぱり、一緒に行こう」

真剣な顔で言うと、トリは少し怪訝そうに、でも鼻水を思いっきり啜って頷いてくれた。


放課後、僕たちは二人でモヤヒルズに向かうバスに乗る。バス通学の生徒のほとんどは山を下る路線に乗るから、逆方向のバスに乗った僕たちを不思議そうに見ていた。

トリは、苦笑しながら言った。

「平日のこの時間帯にこの路線使う高校生、絶対俺らしかいないよな」

「乗るバス間違えてると思われてそうだね」

バスは、木々が茂る山道を登っていく。果てしない緑色の中に、茶屋や小さな喫茶店がちらほらある。赤い鳥居の下に猫が見えたときは、ちょっと異世界に迷い込んだ気分になった。

モヤヒルズに着くと、濃い桃色の花が揺れていた。秋風に揺られ、葉がさわさわと音を立てる。夕方の温かい光が、僕らを包み込んでいた。

「これ、ほぼ満開じゃね？」

トリは、嬉しそうに言った。僕も、隣を並んで歩きながらワクワクしてくる。

なんか——あの日に、タイムスリップしたみたいだ。

今、トリは何を思いながらこの景色を見ているんだろう。

「全然、人いないな」

「平日だしね」

なんだか、この優しい大自然の風景が僕たちだけのものになったように思える。胸いっぱいに深呼吸をすると、心地よくてこのまま寝転がりたくなった。

僕たちは、コスモスが一番きれいに見えるところで立ち止まる。多分この辺だよな
……あの日僕たちが一緒に写真を撮った場所。しみじみと景色を見ていると、トリはその場にあぐらをかいた。僕も、隣に体育座りする。トリは、少し緊張気味に切り出した。

「あのさ、蛯名。『聞いてほしいこと』っていうのは……」

「あ、それなんだけど」

僕は、ちょっとドキドキしながら言う。

「トリ、遠足のとき、一緒に写真撮ってもらったの覚えてる？　そのちょっと前に、

僕に『おすすめの本はない？』って、聞いてきたんだ」

「あ……そうだっけ」

トリは一生懸命思い出そうとしてくれているけど、いい。大事なのは、これから。

「だから、今日、ちゃんと答えようと思って」

僕は、カバンから出した。この世で一番大切な、あの本を。少し緊張しながら、言う。

「『闇夜の国』っていう本。すごく、面白いんだ」

トリは、黙って真っ黒の表紙を見つめた。少しずつ、その表情が曇っていく。

「ごめん……俺、その本のこと『気持ち悪い』って」

そういえば、そうだった。あんなにブチキレておいて、すっかり頭から抜け落ちてた。

「それは、もういいんだって。僕こそ、感情的になってごめんね。この本のこと、ちょっと紹介してもいい？」

トリの顔は、少し戸惑っていた。表紙をしばらく見つめたあと、僕の顔を見てきた。

「なに。俺が小学生のとき『おすすめの本は？』って聞いて、答えそびれたから、話の続きを今しようって？」

「うん。だって、トリも時間かかったけど返してくれたし、お父さんの服……」

やろうとしていたことをそこまで丁寧に言葉にされると、なんか恥ずかしくなってくる。僕が赤くなってうつむくと、トリは笑った。

「蛯名、やっぱなに考えてんのかよくわかんねぇわ」

「……ごめん」

「怒ってるんじゃないよ。ただ、思考回路が独特で、面白くて。それも本、いっぱい読むからかな」

トリは、少し照れくさそうに言った。

「教えて。ライトが、好きな本」

「わ、わかった。ありがとう」

ああ——やっと、「ライト」って呼んでくれた。

嬉しさに顔を緩ませて、僕は本の表紙を見せた。

「トリは、パッと見、これどんな話に見える？」

「うーん……ホラー系？　でもライト、ホラー無理そうだしな」

「なんだよそれ」

思わず顔を見合わせて笑った。まあ、実際ホラーは苦手なんだけど。

「ホラーじゃなかったら……殺される系のやつ。なんつうんだっけ」

「ミステリー？」

「そうそう。それ？」

僕は首を横に振る。まあ、ちょっとミステリーっぽい要素もあるし、ホラー顔負けの怖いシーンもあるんだけど。僕は、トリの顔を見ながら言う。

「この世界では、当たり前に、朝、昼、夜、朝、って、時間が巡るでしょ。毎日その繰り返しで、それが、普通じゃん」

「うん」

「それが、ずっと夜──真夜中だけってなったら、どうする？」

トリは、きょとんとした顔になる。僕は、付け足した。

「日が昇らない、一切。それで、ずっと暗いまま」

「それは、体に悪そうだな。心にも悪いかも」

「そういう感じなんだ、この本に書かれてるのは。ずーっと朝が来ない、光のない世界」

改めて、真っ黒の表紙を見せる。トリは、黙って表紙を見つめた。何を考えているか読めなくてちょっと怖いけど、続ける。

「『夜の魔物』っていう怪物の仕業なんだけどね。その魔物のせいで、主人公たちの街は朝が来ない、太陽が昇らない世界になるんだ。だから、ずっと真夜中。日が出ないってことは、今トリが言った通り心身に影響があるし、外を歩くと危ないから人も街に出なくなる。で、暗いから泥棒とか人殺しとか、悪いことをしてもあんまり目立たなくなる。だから、ものすごく、街の治安が悪くなるんだ。そして、どんどん人の心が蝕まれていく」

トリは、一生懸命イメージしようとしながら聞いてくれる。そして、何度も頷きながら言った。

「ずっと暗いままで日も浴びれなくて治安悪いって、なんか、地球がデカい刑務所みたいになった感じだな」

「うわぁ、すごいその言い方！　すごい的を射てる。そんな感じ！」

思わず身を乗り出す。トリの顔に、自然な笑顔が見えた。

これを言ったら、せっかくのトリの笑顔を曇らせてしまうかもしれない。そう思って少し迷ったけれど、もう、いいんだ。今は、伝えたいことを全部口にするって決めた。

「そういう意味ではさ、僕たちも、ずっと、そういう感じだったよなって。毎日真夜中で、暗闇の中でずっと光を探してたっていうか」

やっぱり、トリの表情は辛そうになった。口元にさっきの笑顔を残したまま、瞳だけ泣きそうになったのが余計悲しい。でも、やっぱり、言葉は止めない。

「最初は僕ね、トリのせいだと思ってた。トリがいなくなれば、自分は楽になれるんじゃないかって」

トリは何も言わないけど、唾を飲む音が小さく聞こえた。今にも、目が潤みだしそうだ。僕は、できる限りの柔らかい声で言った。

「でも、今は、トリのせいじゃないって思う。だって、トリがもし真夜中の原因だとしたら、トリがいなくなれば僕の世界は明るくなるってことでしょ。でも、そうじゃなかった。そもそも、僕がトリのことを避けるようになった原因ってなんだっけって考えたらさ……もう、原因は一つで」

思わず、苦笑いが溢れた。少し前の自分自身への苦笑い。

「僕が、卑屈過ぎたからなんだよね」

中学二年のあのとき、もっと自分に自信があれば、トリに、「気持ち悪がられたんじゃないか」なんて、思うこともなかった。高校生になってからだって、「どうせ自分なんか」って卑屈になるばかりで、目の前にある暗闇と本気で向き合おうとしなかった。

「そのとき、思ったんだよね。夜の魔物は、自分の心の中にいるんじゃないかって」

裏を返せば、自分次第で真夜中は切り裂けるんじゃないかって。本の中にあった、『夜の闇も、眩しい朝焼けも全部、人の心に宿る』っていうフレーズの意味が、今、改めて身に染みるようになった。

「一番好きなシーンがあって……それが、夜の魔物から主人公のライトたちが逃げるところなんだ。ここで、初めてライトは魔物と向き合う。そして、ちゃんと最後まで戦い続ける」

「すごっ。主人公の名前がライトなのか」

「そう。そうなんだよ！」

自分の声に、今までにないくらい熱がこもっているのに気づいていた。でも、もうそれを恥ずかしいだなんて思わない。

「僕もね……自分自身と向き合って、仲間に支えられて、気づいたんだ。僕はトリにいなくなってほしいわけじゃない、復讐したいわけでもない、仲直りしたかったんだって。そして、あわよくば、友達になりたかった」

僕は一度本を置いて、姿勢を正す。トリをまっすぐに見て、言った。

「お互い色々あったけど……できれば、これから、友達として一緒にいてくれないかな」

我慢できずに一粒だけ流れた涙を拭って、言った。

「トリがいないと、朝じゃないんだ」

「ライト……」

ありがとう、と顔を歪ませながらもはっきり言うトリ。僕はゆっくり息を吐いて、本をカバンの上に載せた。

言い切った。一応、ちゃんと自分の言葉で言いきれた。でも……。

「なんか……本の話半分、自分たちの話半分って感じになっちゃったな」

僕は思わず苦笑するけど、トリは赤い目をこすりながら言ってくれた。

「でも、ただ本のあらすじを言われるより、迫力あったわ。なんか、読んでみたくなった」

「ほんと⁉　読んでみたくなった⁉」

突然大声を出した僕に、びっくりするトリ。僕は「ごめん」と謝りつつも、嬉しさを隠し切れなかった。

「実は僕さ……今、本を紹介する部活に入ってて」

「本を紹介する部活？」

首を傾げるトリ。僕は、丁寧に説明する。

ヒロの誘いで、文芸部に入部したこと。うちの文芸部は、小説を書く部活じゃなくて、知的書評合戦「ビブリオバトル」を楽しむ部活であること。ビブリオバトルの簡単なルールと合わせて、丁寧に話した。

「もっともっと、実力つけたいと思ってるんだけど。ビブリオバトルで勝つ基準がね、『読みたい！』って思わせることなんだ。話の上手い下手関係なく。だから、今トリが、

『読みたい』って思ってくれたってことは、勝てるってこと」

「なるほどな」

トリは、うんうんと頷いてくれる。飲み込み早いな。

「じゃあ、今のいい練習になった?」

「うん! 聞いてくれてありがとう」

トリに聞いてもらってよかった。改めて思った。自分の好きなもののことを大切な人に向けて語るって、本当に楽しいことだよな。

今の気持ち、忘れないようにしよう。

「ライト、そういうのに入ってたんだな。何人くらいいるの?」

「最近ちゃんと部として承認されたばかりなんだけど……僕入れて四人。僕とヒロと、二年生の先輩二人。先輩たちは片方がヒロのお姉さんで、片方がその彼氏さん」

「なんでそのメンツの中にライトがいるんだ」

噴き出して言うトリ。そんなの、こっちが聞きたい。

「最初はキツいだろ……って思ったけど、案外馴染んできた。みんな優しいからさ」

「そっか。きっとライトが優しくていいやつだから、他のみんなも自然と優しくなるんだよ」

トリは、もう一度コスモスを見ながら言った。

「なんか、だんだん思い出してきたわ。俺、遠足のとき、ライトともっと仲良くなりたくて話しかけたんだと思う。本読んでるの邪魔したらダメかなと思ったけど、クラスにいるとなかなか話すきっかけもないしさ……だから、遠足で喋って、『友達になれた』って思ったんだよな」

　顔が緩むのを、隠し切れない。トリが僕と仲良くなりたいって思ってくれてたこと、あの日の僕に教えてあげたいな。

「あのとき、なんで俺、ライトのおすすめの本、最後まで聞かなかったんだっけ」

「……えーっと」

　あの日の全てがあまりにも大きな出来事だったから、ちゃんと鮮明に覚えてる。でも、口にするのは、勇気がいった。

　あまり、重い雰囲気を出さないように言う。

「弟さんが、トリを呼びに来たから」

　トリは、思ったよりケロッとして言った。

「え？　薫《かおる》が？」

　しばらく考えた後で、トリは「あぁ」と頷いた。

「そうだ。遠足くらい同級生と遊んでりゃいいのに、俺のとこ来たんだ」

　甘えん坊かよ、と笑う口元は、愛おしそうだった。僕はまだ、恐る恐るで聞く。

「……薫くんっていうの？」

「そうだよ。あれ、知らないっけ？　薫とはまだ仲良かったときたまにライトの話してたから、ライトも薫のこと知ってるつもりになってた」

そこまで言って、トリは「あ」と声を出した。

「……ライト、もしかして、薫のことも知らなかった？」

薫のこと、というのは、薫くんの存在そのもののことじゃなくて、薫くんがもう亡くなっているという事実のことだろう。

僕は、小さく頷く。

「トリとどうやったら仲直りできるかな、って考えて、色々調べてるうちに、弟さんが亡くなってることを知ったんだけど。でも、知ったのは本当にここ最近のことで」

そっか、と呟いて、トリはしばらく黙った。少し迷ってから、僕の顔を見て言う。

「薫のこと、話していい？」

「いいけど……無理しなくて、いいんだよ」

もしトリが、僕に対して薫くんのことも説明する責任があると思って無理をして話そうとしているなら、頑張らないでほしい。でも、トリは首を横に振った。

「ううん。本当は今までずっと誰かに聞いてほしかったけど、みんな腫れ物に触るような感じで話そうにも話せなくて、ずっと心ん中に溜めてきたから」

「そっか……」

ずっと、一人で抱えてたんだね。そういうことだったら、いくらでも聞く。

でも、トリはしばらく「うーん」と悩んでいて、なかなか本題に入ろうとしなかった。だから、僕のほうから少し引っかかったことを聞いてみる。

「さっきさ、『まだ仲良かったとき』って言ったじゃん。仲違いしたの？」

トリは、頷いてぽつりぽつりと話し始めた。

「もとは、『年子でこんなに仲がいいなんて珍しいね』って言われるくらい仲良かった。もう、兄弟っていうより、親友みたいな感じだったから。だけど……」

トリは、足元の草を見つめながらちょっとだけ黙った。次に口を開いたとき、声色は明らかにさっきより暗くなっていた。

「あいつ、小学校の終わりくらいに急に反抗期って感じになってさ。親とぶつかることが増えて、俺を避けるようになって、勝手に家出て夜遅い時間まで帰らなかったりで」

親に「翔の言うことなら聞くだろうから、一度やんわりとでも注意してやってくれ」と言われたトリは、薫くんと真剣に話したそうだ。だけど、うまくいかなかった。

「『お前のことが一番嫌い。俺の気持ちなんて絶対わかんねぇ』とか言われてさ。なんでだよって、びっくりして。俺、なんかしちゃったのかなって必死に考えたけど、俺結局わからずじまいで」

薫くんは、トリと同じ中学に通うことさえ嫌だ、絶対に別の中学校に通うと言って聞かなかった。彼はトリと同じ学校になるくらいなら学校に行かないと言い張り、親も仕方なく学区変更を認めたそうだ。

「それで……俺が中二の秋に、初めて、大ゲンカしたんだ」

きっかけは些細なことだった。家に遊びに来た親戚に、両親はトリの話ばっかりしたらしい。親戚に、「薫はいい兄ちゃんを持ったなぁ」と言われ、薫くんは突然不機嫌になって二階の部屋に籠った。

部屋から物を投げる音が聞こえてリビングが騒然となり、トリの中で何かがキレた。

「俺、薫の部屋に怒鳴り込んだんだ。『何が、俺の気持ちがわかるか、だよ。お前みたいな甘ったれのクソガキの気持ちなんかわかるわけねぇだろ』って言って。そしたらあいつ、泣きながら、全部話したんだ」

トリの唇が、少しだけ震えた。

「『ずっとずっとプレッシャーだった』って。『小学校卒業間際くらいから、家でも学校でも翔となんでもかんでも比べられて、翔に比べて努力が足りないって言われて、もう俺のこと見てくれる人なんて誰もいない、みんな俺のこと嫌いなんだ』って。初めて、薫が急に反抗するようになった理由がわかった。……俺のせいだった」

「そんな……」

トリの気持ちを考えると辛いけど、薫くんの気持ちもわかる。

トリは、誰が見ても完璧な優等生だった。運動も、勉強も、人望も、トリに敵う人なんていなかったと思う。もしトリが自分の兄貴で、毎日のように親と比較されたら、僕だっていい子ではいられなくなってしまうかもしれない。

「そのまま、薫は家を走って飛び出して」

追いかけようとしたトリは、お父さんに、「あいつが自分で頭を冷やして帰ってくるまで追わなくていい」と言われた。それで一度は留まったが、トリはどうしても薫くんのことが心配で、薫くんが出ていった三十分後くらいに探しにいった。でも、薫くんはいない。暗くなっても見つからない。もう家に帰っているのかと思って戻っても、その姿はない。

「さすがに親も不安になって警察に連絡して。そしたら……」

トリは、膝に顔を埋《うず》め、くぐもった声で言った。

「ごめん……もう、言えない」

「……いいよ。大丈夫」

その先は、全部新聞で読んだ通りだろう。

薫くんの話題が出た最初はケロッとしていたのに、トリはどんどん辛そうになっていった。暗い雰囲気にならないように無理をしていたのがわかり、心が痛くなる。

「でも、死んだって知っても信じられなくて。見つかった後の薫の姿、怖くて一回も見てないから。今は引くに引けなくて帰ってこれないだけで、またどこかの陰から出てきて、お互いに謝って、仲直りできるんじゃないかって思って」

潤んだ目に、暗い影が宿る。

「だから、探さなきゃと思った」

「……」

トリの瞳には、ひとさじの狂気が浮かんでいるように思えた。

トリは、一人で薫くんのことを探すようになった。親が、「正気になれ」って泣いても、諦めなかった。名前を呼び続けた。遠くまで、探した。

「あの吹雪の日も、薫のこと探してた。でも……どうしても、いなくて。ライトに見つけてもらえなかったら、俺、正気に戻れないまま凍え死んでた。きっと」

トリは涙を拭って、続けた。

「俺……誰かに憧れられるような人じゃないんだ。完璧なんかじゃない。すぐ頭に血がのぼるし、すぐ言葉がキツくなるし。薫が生きてるときだって、部活とか、生徒会とか、人間関係で失敗すること、いっぱいあったし。だけど、一番大事な人と向き合うときの言葉くらい、もっとちゃんと、選びたかった。選ばなきゃ、いけなかったのに」

　トリは、自分の腕に爪を食い込ませていた。血が出るんじゃないかと、心配になるほど。

「自業自得なのに、不安になるんだ。俺、これからどうなるんだろう、って。薫のこと守れなくて、悪いほうに流され続けて、学校中の人から悪い意味で注目浴びて、今まで俺を大事にしてくれてた人、みんなを裏切るような生き方してきて、なんつうか……」

　真っ暗だな――。

　ほとんど独り言みたいに発せられた言葉が、胸に突き刺さる。

「でも……大丈夫。これからは、もう、道踏み外さねぇから」

　トリは、無理やり前向きに話を締めくくった。きっと、僕を困らせないために。

　まだトリは、真っ暗闇から抜け出しきれていない。こんな重いものを抱えた友達を、僕は自分だけで支え切れるんだろうか。一人で考え出すと不安になって、僕まで夜に引きずり込まれそうになる。できることなら、そうだ。みんなで――。

　僕は、喉元まで出かかるも迷っていた言葉を、思い切って口にした。

「ねぇ。文芸部、来ない？」

　トリは、首を小さく傾げて言った。

「え……その、本を紹介するやつ？」

「そう。活動日は毎週金曜日だから、明日もやるんだ。最初は見学するだけでも大丈夫だし」

文芸部のメンバー、本当に、色々な意味で強い人ばっかりだからさ。きっと、あの人たちが味方になれば、心強いと思うんだ。僕だって、みんなと出会ってなかったら、どうなってたかわからないし。

そして、ビブリオバトルを通じてお互いのことを知る中で、まだそれぞれの心に僅かに残っている罪悪感やわだかまりを、完全に消し去ることができたら――。

「……ほんとに、いいの？」

「うん。一緒に、行こう」

その目の中に、小さな光が宿る。僕は、続けて言った。

「あと、明日からも、クラスで普通に話しかけていい？」

トリは泣き笑いみたいな顔で頷いた。潤んだ目で、もう一度コスモス畑を見るトリ。

顔を上げたら、あの日と同じような飛行機雲が、柔らかなオレンジ色に染まった空に白線を引いていた。どれだけ僕たちの世界が変わっても、風景だけは昔のままで、僕たちを包んでくれている。

また、最初からやり直せばいいんだ。世界は、ちゃんと待ってくれている。

その夜、僕はヒロに電話をかけた。トリを文芸部に誘ったことを、伝えておきたかった。別にラインでもよかったけど、大事なことは声で伝えたいと思うようになった。

ヒロはすぐに電話に出たけれど、少し慌てているようだった。どうしよう。忙しいときにかけちゃったかな。

『あっ、ライト？』

「うん……ごめんね、急に」

『ううん！　全然。どした？』

ちょっと、違和感を覚えた。なんというか、鼻が詰まっているような声だったから。

「ヒロ、風邪？」

『あー、いや、ちょっとハウスダストがねー』

笑って、ぐすんと洟を啜るヒロ。ハウスダストのアレルギーなのかな。だとしたら、図書室にいるのも大分辛いんじゃないだろうか。かなり埃っぽいし。

『ん、どうした？』

「あ、えっと……今日、トリを部活に誘った」

『えー、ほんとー！　いいじゃん』

嬉しそうな声が響いてくる。でも、それ以上言葉はなかった。もっとすごい勢いで、「どこでいつ誘ったの！」とか、「なんて言って誘ったの！」って、質問攻めにされる覚悟をしていたから、拍子抜けした。

そして、ちょっと変だと思った。

「桃子先輩にも、伝えてもらっていい？」

僕が言うと、なぜか一瞬間があった。でも、すぐに明るい声がした。

『りょーかい！　今姉ちゃん風呂入ってるから、あがったらすぐ伝えるわ』

「うん、あのさ、ヒロ……大丈夫？」

思わず聞くと、ヒロは笑って言った。

『うん！　薬飲めばちょっとはよくなるだろう！』

元気に言うと、ヒロは、「じゃあまた明日！」と電話を切った。僕は、しばらく真っ暗なスマホ画面を見ながら、動かずにいた。

ヒロの声が変だったのは、本当にアレルギーのせいだろうか。トリが入部することが嫌だった……？　と、ちょっと思ったけれど、声がおかしかったのはその話をする前からだし。

「なんか、あった……？」

妙な胸騒ぎがした。でも、どうすればいいかわからなかった。

こういうとき、『闇夜の国』のライトならどうするんだろうか。

次の日の朝、教室でいつも通りのヒロの姿を見たとき、安心して泣きそうになった。真っ先にヒロのところに向かうと、「やっほー」と向こうから手を振られた。

「ライトおはよ！　鳥谷部くんのこと、姉ちゃんにも伝えたよ！」

「あ、ありがと！」

「それでね、鳥谷部くん、今日からいきなり参加してもらっても構わないって」

それはよかった！　じゃあ、今日先輩たちにトリのこと紹介できる。

「トリに話してみるね」

「うん！　お願い！」

ぱちん、と両手を合わせてお願いポーズをとるヒロ。普段から明るいけど、いつもよりテンションが高いような気がする。それと、いつも以上に早口だ。

パッと見は普段と変わらないけど、やっぱりちょっと変なような気もする。モヤモヤを抱えながら、僕はトリのところに向かった。

「トリ、おはよう」

「おはよ、ライト」

昨日よりもちょっと自然な笑顔になって、トリが言う。やっぱり不思議そうな目で僕らを見てくる人はいたけれど、もうそんなに気にならない。ちょっとずつ、みんなの中でも僕とトリが一緒にいるのが日常になってくるだろう。

「昨日話した文芸部のことなんだけど、今日いきなり参加しても大丈夫だって。放課後一緒に行かない？　先輩たちにも、話はしてあるって」

「え、行く！　ありがとう」

嬉しそうに言うトリ。ひとまず、ホッとした。僕は声を潜めて聞く。

「あのさ……なんか、ヒロ元気ない気がするんだけど、気のせいかな」

「え？　須藤が？」

トリは、首を伸ばしてヒロの後ろ姿を見た。女子の友達ときゃっきゃと騒ぎだしたヒロを見て、首を傾げながら言うトリ。

「相も変わらず目覚まし時計みたいにうるせぇぞ、あいつ。元気なく見える？」

ヒロは、ガハハハとマンガでしか見ないような笑い方をしながらはしゃいでいる。

不覚にも、笑ってしまった。目覚まし時計って。

トリはもう一度ヒロに目をやったあと、僕を見て言った。

「じゃあちょっと、今日俺も須藤のこと気にして見てみるよ」

「うん。ありがとう」

僕はお礼を言ってヒロのところに戻ろうとしたけれど、女の子に囲まれてとてもじゃないけど近づける雰囲気じゃなかった。

また、放課後話せばいいか。

なんとなくモヤモヤとしつつも、僕は退屈な授業に耐えてひたすら放課後を待った。

ホームルームが終わると、僕たちは三人で集まった。みんなで一緒に図書室に向かう。

朝はちょっと調子が変な気がしたヒロだったけれど、もういつも通りに見えた。

白い廊下は、秋の午後の光に溢れている。まだたまに暑い日はあるけど、夏休み明けすぐの気持ち悪い熱気を感じる日はなくなった。三人で並んで歩いているのが不思議で、どうしようもなく嬉しい。

図書室に入ると、もう既に桃子先輩と沢目先輩がいた。

桃子先輩は、トリの顔を見ると軽く微笑んだ。

「入部希望の子、あなたね。こんにちは！」

「あ、こんにちは……」

トリは、桃子先輩に向かって深々と頭を下げた。

「至らないところばっかりだと思いますが、一生懸命頑張るのでよろしくお願いします」

「よろしくね。部員が増えるの、嬉しい」

にっこりしている桃子先輩だけど、心なしかまだちょっと警戒の色が見える。まあ、無理もないけど。

沢目先輩は、トリの顔をじっと見ながら言った。

「もしかしてぇ、君が、俺の可愛いライトくんをいじめてた子？」

大股で歩いてトリの前に立ち、グッと顔を近づける沢目先輩。先輩のほうが、ちょっとだけ背が高い。

「っ……」

突然のことに呼吸を止めるトリ。沢目先輩は暗い目でトリを見た。

「ないとは思うけど、もしライトくんに変なことしたら、どうなるかわかってんだろうね」

静かだけど低い声に、トリの表情が引き攣る。僕は、慌てて二人の間に割って入った。

「先輩、トリは僕が誘ったんです。絶対大丈夫だから、優しくしてあげてください」

「そうだよ。姉ちゃんも沢目くんも、鳥谷部くんのことちゃんと受け入れてあげて！」

ヒロが言うと、桃子先輩と沢目先輩は顔を見合わせて小さく頷いた。

うーん。本当の意味で受け入れてもらうまでには、時間がかかるかもしれないなぁ……。

桃子先輩は、ヒロが僕にしてくれたのと同じように、トリに丁寧にビブリオバトルのルールを説明してくれる。トリは、真剣に頷きながら聞いたあとで、気まずそうに言った。

「あの……俺、あんま本読まないんですけど、大丈夫ですか？」

「それは、大丈夫よ。きっと活動するうちに好きな本が見つかるし。今日は、よければ聴講参加者として参加してみて。みんなの発表を聞いて、読んでみたいと思った本に投票してくれるだけでオッケーね」

「は、はい。わかりました」

「それじゃあ、まあ、いつも通り始めちゃいましょっか」

桃子先輩が言ったそのとき、音もなく中野渡先生が図書室に入ってきた。先生の姿を見て、「もー！」と声を出すヒロ。

「遅刻厳禁！　もう始まりますよ！」

「ごめんなさい〜、学年主任に絡まれちゃって。でも、なんだかんだ毎回来てませんか、私。偉すぎ」

言うと、先生は突然きょとんとした顔になって首を傾げた。

「あのぉ……どなたですか」

中野渡先生が見ているのは、トリだ。

「あ、俺、ですよね」

トリが自分を指さして言うと、中野渡先生は大きく頷く。トリは立ち上がって頭を下げた。

「一年の、鳥谷部翔です。よろしくお願いします」

「あぁ……そうですか。……え、誰ですか?」

全然ピンと来ていない表情で、助けを求めるように僕を見てくる中野渡先生。そうだ。そういえば、先生にはトリと和解したこと、話してなかった。

「あの……前々から話してた、なんというか、僕と長いことすれ違ってた人です。こないだ、仲直りしたんです」

「なるほど……えぇ⁉」

中野渡先生は、意外なくらいびっくりした顔をした。

「マジで、和解したんです?」

「はい……先生が背中を押してくれなかったら、きっと今、こんな風に部活に誘って一緒に来るなんてこと、一生できなかったと思います。本当に、ありがとうございます」

頭を下げると、先生は静かに首を横に振った。

「何を言いますか。全部、蛯名来斗くんの努力の賜物ですよ」

優しい笑顔で言う先生。なんだか、じんとする。

中野渡先生はトリをもう一度ちゃんと見ると、同じような柔らかい声で言った。

「君も、よく心を入れ替えてくれましたね。自分がしてきたことと向き合って、ものすごくしんどいことですから、大変だったでしょう。よく頑張りました」

トリは一瞬驚いたような顔をしたけれど、下唇を噛んで小さく頷く。今にも泣きだしそうなトリを見て、中野渡先生は慌てたように言った。

「あ、泣かないでくださいね。『泣かせたー！』とか言われて、ボコられそうなので」

わざとらしく怯えたような表情で、ヒロを見る中野渡先生。ヒロは、「なんであたし、暴力キャラみたいになってんの⁉」とわめく。

「申し遅れましたが、顧問の中野渡拓真です。一番好きな食べ物は、エビチリです。よろしくお願いいたします、鳥谷部翔くん」

「よろしくお願いします」

トリは、改めて九十度のお辞儀をした。中野渡先生は、感心したような声で言った。

「誰よりも礼儀正しいじゃないですか。皆さんも見習ってくださいね、特に須藤央さん」

「だから、なんであたし⁉」

ヒロが前のめりになるのを、沢目先輩が「まあまあ」となだめる。

「じゃ、先生も来たことだし始めましょう！」

気を取り直したように桃子先輩が言い、僕たちはじゃんけんする。トップバッターは、ヒロ。ちなみに僕は、二番手だ。

ヒロは、文庫本を掲げて笑顔を見せる。

「えへへー！　今日は最強にワクワクする小説持ってきちゃったよ！　はやみねかおるさんの、『モナミは世界を終わらせる？』です！」

ハンバーガーを頬張りながら笑顔を見せる女の子が描かれたカバーイラスト。この子が、世界を終わらせる……のか？

「普通のドジっ娘女子高生の一挙手一投足が、世界の大事件とシンクロしてる⁉　どうですかね、皆さん。たまたま自分のところに転がってきたボールを思いっきり蹴っ飛ばした結果、世界情勢を変えちゃったら！」

それは……嫌すぎる。ていうか、怖すぎるよ。

「こんな感じで、普通に生活していたモナミちゃんには世界を変える力があって、それゆえ命を狙われてます。そんなモナミの警護にあたるのは、謎の可愛い系イケメン・丸男《まるお》。丸男は、モナミに彼女自身の行動が世界を変えることを一生懸命説明するんだけど――」

いきいきと、楽しそうに語るヒロ。プレゼンをしているっていうよりは、本当に友達に好きな本を紹介している感じ。だけど……やっぱりちょっと、いつもよりテンションが高すぎるような気がしないでもない。

「はい、ということで、モナミンの活躍をみんなで見届けましょう！」

タイマーが鳴り、ヒロの質問タイムが終わると、僕は立ち上がった。トリがいると、なんとなくいつもよりドキドキ感がある。でも、ちゃんと準備してきたんだし、いつも通り頑張ろう。

今日僕が紹介するのは、最近読んだ文庫本だ。この作品で新人賞を獲ってデビューした作家さんの小説。タイマーの音と共に、僕は本の表紙をみんなに見せた。

「今日僕が紹介するのは、こちら……新馬場新《しんばんばあらた》さんの、『月曜日が、死んだ。』です」

僕は、先輩たちやヒロの話し方を思い出しながら、語る。

「皆さん、月曜日は、好きですか？」

みんな、首を横に振る。だよね。

最初に聴衆に問いかけるのは、沢目先輩のマネだ。月曜日が好きか嫌いかは、そんなに重要じゃない。考えることで、僕の話に引き込ませることが目的だ。

「僕も、月曜日が嫌いです。だって、『これから五日間学校だー』って思うし。社会人にとっては、もっと憂鬱なのかもしれません。この物語の主人公である、サラリーマンのナカガキも月曜日が大嫌いです。月曜日のことを『サイコパス』とまで言っています。でも、どうでしょう。その月曜日が、死んでしまったとしたら」

少し間をとり、細かいストーリーを話す。焦らないように、順を追って、ゆっくり。時間はまだある。存分に、語ろう。

「僕たちって、多分青春真っ盛りの時期だと思うんです……青春できてるかは別として、年齢的に。でも、この本を読んでみて、青春とか冒険に年齢って関係ないのかなと思いました。冒険は、待つものじゃなく、追っかけるものだな、って。何歳になっても自分次第で人生は冒険に、そして青春になるって思うことができました。この作品に学生のうちに出会えたことは、幸福以外の何物でもないって思うんです！」

伝えたいところを力を込めて語る技は、桃子先輩から盗んだ。

「この小説の面白いところって、ストーリー以上に文章だと思います。なんというか、近代文学みたいな硬めの文体で、ずっとギャグみたいなことを言ってるんです。普通に言ったらただの愚痴や悪態になるようなことを、独特の比喩や言い回しで面白く魅せ続けてるんです。でも、独特な文章の中に時折まっすぐに胸を打つフレーズもちりばめられていて……とりわけ、『情けなくて、潰れそうで、目をそむけたくなるような今までを乗り越えていくからこそ、味わえる喜びがあるんだろうが』ってナカガキまずい、口にしたら涙腺が緩む。でも、最後までちゃんとはきはきと語り切りたいから、涙は零さない。

なんとなくヒロの顔を見たら、心なしか、少しだけ目がうるうるしているように見えた。もしかして、今の言葉が、刺さった？

「一番好きなキャラクターは、『ロック』です。とにかく熱くて、熱すぎるがゆえにめちゃくちゃなんですけど、それが魅力的で……爪の垢を煎じた液を、〇・五滴くらいなら飲んでみたいかなと思いました」

好きな登場人物について熱く語るのは、ヒロの真似だよ。

あっという間に、あと十五秒になってしまった。

「……というわけで、とても面白いので『月曜日が、死んだ。』、読んでみてください」

すぐに、タイマーが鳴った。みんな、前のめりにぱちぱち拍手してくれる。

「ライト、すげぇ話すのうまいじゃん……」

トリがぼろっと独り言みたいに言う。話の上手い下手が勝敗を決めるわけじゃないってわかってても、嬉しさがこみ上げる。

「じゃあ、ディスカッションに入ります！」

桃子先輩が言った瞬間、ヒロがガタッと音を立てて席を立った。

「ちょっと、ごめんね」

そのまま誰の顔も見ずに、早足で出口に向かって歩いていく。

「え……？」

出ていったヒロを見て、みんなきょとんとした。一体、どうしたんだろう……。桃子先輩が少し腰を浮かせて心配そうに廊下のほうを見たけれど、ヒロは戻ってこない。

「トイレかな？　ちょっと待ちましょうか」

桃子先輩が言うと、みんな頷く。ビブリオバトルのルール上、最初から最後まで発表を聞いていないと投票には参加できない。このままヒロが戻ってこなかったら、棄権になる。

だけど、三分くらい経ってから、ヒロは何事もなかったかのように戻ってきた。

「ごめんねー！　英語の先生に呼び出されてたの、急に思い出しちゃってさぁ」

「えぇ……また、テストでまずい点数とったの？」

桃子先輩が心配そうに聞くと、ヒロは、「まあまあ」と曖昧に濁して席に着く。みんなそれ以上詮索はしなかったし、それほど気にしている様子もないけど、僕はやっぱり気になってる。

「それじゃあ、気を取り直してディスカッションといきましょうか」

桃子先輩が言うけど、全然気を取り直せない。

だって……僕の発表を聞きながらヒロ、ちょっと、泣いてたよね。

僕の考えすぎなのかな。まあ、考えすぎて失敗することもしばしばだしな——。

「ライト？」

突然声がかかり、ハッとしてトリの顔を見た。遠慮がちな瞳がそこにあった。

「質問、いい？」

「あ、ごめん」

そうだ、ディスカッション。ぼーっとしてた。トリはちょっと心配そうな顔になったけど、優しい声で聞いてくれた。

「『ロック』って人が熱くて好きって言ってたけど……例えば、どんなところが熱いんですか？」

「あ、えっと」

僕は、咳払いして言う。

「色々ありますけど、例えば……失恋した後、『おれを振った女を空から見下ろす』と言って、本当にパイロットになったところとか」

「おぉ……えぇ？　あはは、ありがとうございます！」

トリが子どものときみたいな明るい笑顔を見せてくれたから、嬉しくなる。

ディスカッションが終わると、沢目先輩、桃子先輩の順に発表が行われ、いよいよ投票となる。その間、僕はどうしてもヒロのことが気になって、そわそわするのを抑えきれなかった。

今日は、沢目先輩が紹介したサスペンスがチャンプ本となった。

部活がお開きになって早々、ヒロがカバンの中から八点の数学のテストを取り出し、ひらひらと見せてくる。

「あー、最悪！　今から、また補習だよぉ」

「えぇ、数学もひどいの？」

桃子先輩が、ハの字眉を作った。こないだサボったくせして、「また補習」って言うか普通。

そういうのも全部含めて、やっぱりなんかちょっと、変だと思う。

「じゃあね、ライト！」

ちょっと手を振り、振り返らずに行ってしまうヒロ。桃子先輩と沢目先輩も去り、もちろん先生も早々にいなくなり、図書室には僕とトリだけが残る。

僕が話しかけるより先に、トリが少し緊張したように聞いた。

「ライト……俺、一緒に帰ってもいい？」

僕は満面の笑みで言った。

「うん！　一緒に帰ろ！」

トリの表情が、ホッとしたように緩む。もう、怒っている顔を思い出せないな。

学校を出て、淡い藍色の下を並んで歩く。一人じゃ心細い山道も、ずんずん歩ける。

「ビブリオバトル、楽しかった？」

聞くと、トリは大きく頷いてくれた。

「うん。イメージと違って楽しかった。もっとガチガチに堅いの想像してたけど、明るい感じだし……でも、俺、ちょっと浮いてないかな」

うーん……確かにちょっと浮いてる気がしないでもないけど、それはトリが浮いてるというより、他の部員が変わりすぎてるだけだ。

「大丈夫だよ。トリが変なわけじゃないし」

「うん……でも、先輩たち、あんまり俺のことよく思ってなさそうだったよな」

「大丈夫だよ、普通にしてれば。トリは素が、すっごくいい人なんだから」

「……ありがと」

トリの言葉を最後に、僕らは無言になった。

歩きながら、考える。普通の高校生同士って、どういう話で盛り上がるんだろう。

放課後にファストフード店に集まったり、友達の家で騒いだり、クラスのみんなが当たり前にやっていることを、今はあんまり想像できない。好きな子の話でもすれば、盛り上がったりして。

「別に、須藤変な感じしなかったけどな」

唐突にトリが言った。トリ、ちゃんとヒロの様子気にしてくれてたんだな。

「うん……僕の考えすぎだったのかもしれない」

あまり不安を与えないように言ったけど、やっぱり僕は引っかかっている。

今日図書室から出ていったのだって、他のメンバーは誰も気に留めてなかったけど、なにか変だと思う。涙だって、見間違いじゃないと思うし。

トリは、「うーん」と考えながら言った。

「須藤は特に変わったことないけど……あのさ、ライト、もしかして須藤のこと好き？」

「え！」

ギョッとしてトリの顔を見る。トリは、冷やかすような雰囲気もなく、ただ淡々と言った。

「好きだから、ちょっとの変化にすごく敏感になっててんじゃねぇの」

「え、いや、でも、それは」

「しかもなんか、須藤のこと見てるとき、いつも目尻下がってるんだよな」

「……」

「お前さ」

「うん」

「耳赤いぞ」

「う……いや」

自分でも正直まだはっきりはしてないけど……トリには、もう、素直な気持ち、言ってみようかな。後頭部を掻きながら言う。

「友達になる前から明るくてキラキラした子だなぁとは思ってて……」

だけど、本当に友達になってみてからは、ただキラキラしただけの子じゃないと思った。ヒロには、人の心に寄り添う優しさや、多少強引にでも人を光の射すほうに導く強さがある。何度も何度も助けられて、感謝してるし、大切な存在だと思う。でも、これだけ親しくなった今でも、まだ新鮮にドキッとすることもある。それはその……笑顔とか、可愛い、から。

話していたらどんどん恥ずかしくなってきて、足を速める。頬に風を受けても、内側の熱はなかなか引かない。

「好きだろ、それはもう」

トリは、僕の背中をぽんと叩いた。

「頑張れ。協力できることとあれば、なんでもするし」

「いや、でも、ちょっとさすがに無理でしょ……」

明るい人気者のヒロと、こんなちんちくりんの僕。さすがに釣り合わなすぎる。

「物語は物語で、現実は現実だからさ。僕には、無理だよ」

「なにが『現実は現実』だよ。誰よりも物語、好きなくせに」

トリは笑ってるけど、僕がヒロをいいと思っていることをからかうような雰囲気はない。

「少なくとも須藤、ライトのこと悪くは思ってねぇだろ」

「でも、異性として見られてなかったら終わりだし」

「あー、じれってぇやつだな！　そういう風に見てもらえるように、これから努力するんだよ」

ばしん、と背中を叩かれる。まあまあ強くてヒリヒリしたけど、視界がすぅっと冴えるような感じがした。

そうだよね。何もしないうちから、無理って決めつけちゃダメだよな。

「マジで応援するから。なんか俺のほうがワクワクする」

トリがなんだか嬉しそうに言ったそのとき、急に後ろから声がした。

「随分楽しそうだなぁ」

聞き覚えのある、感じの悪い声。僕もトリも、恐る恐る振り向く。

その顔を見た途端、重い衝撃に心臓をぎゅっと掴まれた。

鎌田――。

「ライト、先に行け」

トリが、小声で言った。無理だ。トリを置いて逃げるなんて、できない。

「ダメだよ」

「いいから」

いや無理だって。そう言いかけたとき、鎌田がポケットに手を突っ込んで笑った。

「蛯名くん、逃げてもいいよ。まあその間にトリが焼き鳥になっちゃうかもだけど」

冗談だよ、と笑う鎌田だけど、僕の顔の筋肉はピクリとも動かなかった。

「何が面白いんだよ」

心底嫌そうな顔で吐き捨てるトリ。鎌田に向かって、ますます低い声を出した。

「先輩、停学食らったんじゃなかったでしたっけ？」

そうだった。結局、あのときライオン公園にいた三年生たちには、停学処分が下されたのだ。集会が開かれ、鎌田たちがやったことは全校に広まった。

ゾワッとした感覚が背を撫でる。この人、絶対に僕とトリを恨んでる。

「停学食らったら外出ちゃダメなん？」

言って、地面にペッと唾を吐く鎌田。思わず、露骨に顔をしかめてしまう。

トリはため息を吐くけど、鎌田はまだ去る気はなさそうだ。

「なあ、トリ。こっちに戻ってこいよ。鳥谷部くんがいないと楽しくないんだよ、俺ら」

ヘラヘラ笑いながら言う鎌田。

「……俺のこと殴ったり蹴ったりすんのが、そんなに楽しかったんですか」

真顔になる鎌田。研いだナイフみたいな目に、胸が冷たくなる。だけど、トリははっきりと言った。

「もう俺、抜けます。二度と先輩たちとは関わりません」

鎌田の表情は、変わらない。

とんでもないピンチの場面なのに、感動がこみ上げてきた。そうだよ。トリはもう、お前らの仲間じゃない。

「やりたいこと、見つけました。仲間もいます。もう先輩たちと一緒にいる理由がないです」

「トリ……」

こんなに、はっきり言ってくれるなんて。こんな状況だけど、胸が熱くなる。

「はぁ……つれないこと言うなよな」

鎌田はため息交じりに言うとまたポケットに手を入れた。その仕草はおそらく、鎌田の癖みたいなものなんだと思った。

だから、不意打ちでそのポケットからナイフが出てきたときは、息が止まりそうになった。

鋭い刃先が、まっすぐトリの胸に向けられる。トリは、少し呼吸を乱しながらも言った。

「それ使ったら、もう人生終わりですよ」

「どっちがだよ」

鼻で笑う鎌田。

「まあ、殺しはしねぇって。でも、これでしばらくトモダチごっこはできなくなっちゃうね」

トリの首筋に、一筋汗が伝う。鎌田は、僕の顔を見た。

「どうしたの？　蛯名くんもボロッボロのカッター持ってなかったっけ？　出さねぇの？」

僕は、カクカクと首を横に振る。そんなもん、とっくに家の机の中だよ。

鎌田は、笑いを噛み殺すような表情でトリを見る。

「裏切るんなら、最後に立ってらんねぇほど痛い思いしてもらわないと。お前も、蛯名も」

沈みそうな夕陽に照らされた刃先がギラッと光る。その光が目を貫いたとき、急に血の気が引いてよろめいた。地面にどさっと尻もちをついた僕を見て、トリが振り返る。

「ライト！」

顔を上げると、鎌田が思い切りナイフを振り上げていた。

「なんとなくニセモノっぽいなーと思ってたけど、やっぱ所詮武器がないと腰抜かすような雑魚だったか」

もう、無理だ。意識を手放しそうになったそのとき、トリがとっさに僕の体に覆い被さる。

「うわ……トリ、ダメだよっ……」

このままだと、トリが背中を刺される。今すぐ立ち上がらなきゃいけないのに、頭がふわふわして、足に力が入らない。

じたばたしていると、鎌田が低い声で言った。

「歯ぁ食いしばれ、鳥谷部」

トリは言われた通り歯を食いしばり、それでも瞳だけは優しく細めて僕を見た。

「ライト、ありがとう」

「ダメ……ダメだって――」

視界が、暗くなる。ダメだ。嫌だ。誰か、来て。助けて――。

どれくらい、時間が経っただろう。永遠に思える数秒が過ぎた。

まだ、トリの表情に苦痛の色はない。恐る恐る、顔を上げた。

目に入ったのは、紺色のスカート。僕とトリ、そして鎌田の間に、誰かが立っている。

さらに顔を上げたとき、二本の三つ編みが風に揺れるのが見えた。

「桃子、先輩……？」

華奢な白い手が、ナイフが握られた鎌田の手首を思いっきり掴んでいる。ぐいっと手首を捻られた鎌田は、「うわっ」と悲鳴を上げてナイフを地面に落とした。

「須藤桃子……」

消え入りそうな声で言う鎌田。桃子先輩は、後ろ姿だけで全身ごうごう燃えているのがわかった。

先輩の喉から、聞いたことのないようなドスの利いた声が出る。

「わたしの後輩に手を出すなんて、言語道断」

言い終わって〇・五秒もなかったと思う。桃子先輩の膝が、思いっきり鎌田の股間に入った。声もなくその場に崩れ落ちた鎌田を見て、こっちも呼吸が止まる。

「え……」

トリも、僕から離れてゆっくり振り向き、倒れている鎌田を見て困惑の声を出す。

桃子先輩は、ふぅ……と額の汗を拭った。

「急所を狙えば一撃で仕留められるのは当たり前……でもこれはやっぱり、武人として美しくないわね」

トリも僕も、身を寄せ合うようにして桃子先輩を見上げていた。そのとき、道の角からすらっとした人影が現れる。

「え……」

「沢目先輩!?」

まずいよ。沢目先輩は、桃子先輩みたいに強くないのに。

「うっわぁ……立ってられないほど痛そ〜。鳥肌立っちゃった」

両腕をさすりながら歩いてくる沢目先輩。鎌田の横にしゃがむと、スマホを見せながら満面の笑みで言った。

「あはは、証拠残しといたよ」

「お前……」

どうにか顔を上げ、血走った目で沢目先輩を睨む鎌田。どうしよう。沢目先輩離れて——と言いかけたところで、先輩はにっこりと鎌田に名乗った。

「俺、二年の沢目弓弦です」

「……え？」

沢目……と確かめるように何度か口にした後、鎌田は顔を青くした。震える声で、言う。

「お前……ムカついた同級生を生き埋めにしたって噂の……」

ウソだろ。なにそれ、初耳なんだけど。

ただ、「さぁね」と微笑む沢目先輩の笑顔は、ゾッとするくらい不気味だった。

「一応聞いとくけど、生き埋めと八つ裂き、どっちがいいですか？」

鎌田の顔は、もう完全に血の気を失っている。

「ごめんなさい……殺さないでください」

「おい、ごちゃごちゃ言ってないで立て」

仁王立ちしていた桃子先輩が、鎌田の襟首を掴んだ。脂汗を流しながら、怯えた顔で桃子先輩を見上げる鎌田。その耳元で、桃子先輩は低い声を出した。

「次はないからな」

「は、はい……」

桃子先輩は乱暴に鎌田を解放すると、ぱっぱと手を払った。よろめきながら去る鎌田。

桃子先輩は、こっちを見て、優しい表情になる。

「ライトくんも、鳥谷部くんも、ケガはない？」

僕もトリも、声が出なくて、首だけでガクガク頷いた。

「怖かったよね。もう、大丈夫よ」

包みこむような笑顔に、力が抜けて泣きそうになる。桃子先輩は、トリを見て言った。

「鳥谷部くん、すごかった。よくライトくんのこと守ったね」

「いや……咄嗟に体が動いただけです。俺と同じ立場だったら、誰でもああすると思うし」

沢目先輩は、ちょっと呆れたような表情で首を横に振った。

「誰でもああするって、刃物持って切りかかろうとしてくるやつに背中向けて友達庇うとか、俺は怖くてできないよ？　かっこよかった。俺ほどじゃないけど」

そこまで言うと、沢目先輩は穏やかな目になって、トリに右手を差し出した。

「部活のときは、嫌な態度とってごめんね。これから、一緒に頑張ろう」

トリの表情が、ぱぁっと明るくなる。沢目先輩の手を握って「はい！」といい返事をするトリを見たら、こっちまで嬉しくなった。

「あの……ずっと、ついてきてくれてたんですか？」

聞くと、桃子先輩が頷く。

「わたしたち、部活のあと、一緒に勉強しようと思って教室に戻ったんだけど、窓の外を見たら、ライトくんたちの後ろからあいつがつけてるのが見えちゃって。沢目くんは危ないから学校にいてって言ったんだけど、ついてきちゃうし……」

もうっ、と沢目先輩の腕にパンチをする桃子先輩。軽いパンチのつもりだったようだけど沢目先輩はがっつりよろめき、それでもキリッとした顔で言った。

「桃子を一人で行かせられるわけないじゃん。危険なところにこそついていくよ」

沢目先輩の言葉に、ちょっと頬を赤くする桃子先輩。どうしよう。ヒロもいないし、ここでイチャイチャされたら、止められないんだけど。

「二人とも、今日はお疲れ様。来週もよろしくね。鳥谷部くんは初めての発表準備、頑張ってね」

「は、はいっ」

いい返事をするトリ。やっぱ、桃子先輩がいろんな意味で一番強いよ。

第三章　真夜中を切り裂け！

「え、雪が降るんじゃない？」

翌週の部活。図書室に着いて早々、ヒロが言った。僕も、びっくりだ。

だって、先輩たちすらまだ来ていないのに、中野渡先生がもういるから。いつもは、誰よりも遅く図書室に入るのに。

「先生、部活にこんな早く来てくれることなんてあるの⁉」

ヒロが言うと、中野渡先生は眉間にしわを寄せた。

「須藤央さんの目に、私はどう映ってるんですかね。今日は、イベントのお知らせがあるのですよ。活動の最初に話したほうがいいでしょう」

「イベント？」

僕が聞き返すと、先生は、「まあ、二年生たちも来てからにしましょう」とのんびり言った。なんだろう。でもまあ、呑気な雰囲気だし、そんなに大層なイベントではないんだろうな。

ちなみに、先週の部活で様子が変に見えたヒロは、今日は特に何も変わったところはない。もしかしたら、本当に僕の考えすぎだったのかもしれない。

でもなぁ……空元気も、目が潤んでいたのも、気のせいとは思えないんだよな。

桃子先輩と沢目先輩も到着すると、中野渡先生はタブレットを取り出し、画面を見せてきた。そこにあった文字に、みんな目を丸くする。

『十月十九日、青森県内の高校生を対象にしたビブリオバトル大会、八戸で開催！』

「え、八戸で大会？」

八戸は青森県南部地方最大の都市。あまり行ったことはないけれど、写真を見る限りでは県庁所在地のここよりも都会的な感じがするし、海の幸が美味しいことでも有名だ。

電車でどのくらいかかるんだろう。だいぶ遠いと思うけど……。

中野渡先生は淡々と続ける。

「初の試みだそうで、今回評判がよければ来年以降も毎年やるようですよ。朝が早いので、前泊する形になるかと。ちなみに団体戦じゃなくて個人戦なので、部活単位で出るわけではないです。ただ、みんなで出場するってなると交通費とか宿泊費とかおりる可能性があるので、どうかなと思いまして」

「えー、ほんとですか!?　絶対行きたいですっ！」

ヒロが目をキラキラさせるけど、僕はいまいちイメージがつかなくて戸惑う。今僕たちが毎週部活でやっているのと同じことを、大会の規模でやるってどういうことだ。疑問をそのまま口にすると、ヒロが説明してくれた。

「ビブリオバトルには、三種類あるんだ。あたしたちが普段活動でやっているような少人数の『コミュニティ型』、学校のクラスとかでグループごとにやる『ワークショップ型』、そしてステージの上で発表をする『イベント型』。八戸の大会は多分イベント型だから、聴衆もたくさんいるよ！」

じゃあ、グループで発表し合うってことじゃなくて、スピーチみたいな感じってことか。

そこまで思考が及んだあと、僕は一瞬固まる。恐る恐る、聞いた。

「え……じゃあ、大勢の前で発表するってこと？」

「そだよ！」

「えええええぇ」

椅子から滑り落ちそうになった僕を見て、困惑するみんな。

「どうしたの、ライトくん。なにか、問題あったかな」

心配そうに聞く桃子先輩。いや、問題というか……。

「僕、そんな大勢の前で話せないよぉ……」

やっとこのメンバーの前で話すことには慣れてきた。でも、授業などでクラスみんなの前で話すとなると、まだちょっとハードルが高い。

それなのに、山と畑の中で暮らしてきた僕が、青森県全域の高校生が集結した場で発表するなんて……想像しただけで、泡を吹いて倒れそう。

「そんな死にそうな顔しないでよ、ライトくん」

沢目先輩は呑気に言ってあくびする。中野渡先生は、少し申し訳なさそうな声で続けた。

「そうでしたか。蛯名来斗くんは、大人数を前にしたプレゼンが苦手でしたか」

もしかしたら何かまた、先生らしいアドバイスをしてくれるのか？　期待のこもった目で先生を見つめると、棒読みで一言だけ言われた。

「お気の毒に」

なんだよ、他人事すぎるだろ！

感情がぐちゃぐちゃだ。桃子先輩は少し苦笑いしながらも、優しく言った。

「まあ、普段わたしたちとビブリオバトルしてるのと同じ感覚でやれば大丈夫だと思うよ」

「ライトくんも、参加するよね？」

ものすごい圧の笑顔を向けてくる沢目先輩。僕は遠慮しときます、なんてとてもじゃないけど言えない空気だ。

あ、あと、と中野渡先生が付け足す。

「なんか、特別ゲストみたいな感じで、青森の南部地方にゆかりのある作家さんたちが三名ほどいらっしゃるみたいです。庭乃宝さんも来るらしいですよ」

「そうなんですね……は？」

一瞬、思考が停止した。えーと……。

「……なんでしたっけ」

「ですから、蛯名来斗くんが大好きな『闇夜の国』の作者の、庭乃宝先生が、ゲストとしていらっしゃいますよ」

ウソ、だろ。

「えええええええぇぇ⁉」

図書室に響き渡る僕の絶叫。ヒロとトリは目を丸くし、桃子先輩はびっくりして縮こまり、沢目先輩は顔をしかめて耳を塞ぐ。

「蛯名来斗くん、図書室ですよ。声量を考えてください」

珍しく先生っぽい叱り方をする中野渡先生だけど、もう、放心状態で何も返事ができない。

ただでさえ、ビブリオバトルの大きな大会ってだけで緊張マックスなのに、一番好きな作家さんが来るなんて。

　どうしよう……もう、身がもたないよ。

　再び叫び出しそうな僕の横で、沢目先輩が冷静に聞く。

「ってことはその庭乃さんって、青森にゆかりがある人ってことですか？」

　頷く中野渡先生。

「庭乃宝さんって、青森県三八上北《さんぱちかみきた》地方――いわゆる、南部出身の人なんですって。あんまり公言はしていないみたいですけど」

「そうなんですか！　すごいじゃんライト、よかったね！」

　嬉しそうにバシバシ背中を叩いてくるヒロ。僕は、嬉しさと、衝撃と、恐ろしさと、いろんな感情がごちゃごちゃになって胸を渦巻き、言葉が出ない。

　固まっている僕に、桃子先輩が笑顔で言う。

「ライトくん、わたし、読んだんだよ。『闇夜の国』」

「え……ほんとですか！」

　そういえば、ヒロが、「姉ちゃんに貸してる」って言ってたっけ。沢目先輩も、「俺も」と右手を挙げた。

「すごいね、描写の疾走感というか……読みやすいけど読みごたえがあった。絶対もっと評価されてもいい本だと思うよ。ビブリオバトルでぜひ広めてほしいね」

「はい……」

読んでくれたの、嬉しい。嬉しすぎる。そして大会に出るなら、そりゃ紹介する本は、『闇夜の国』で決まりだけど。

でも、僕が発表するのを、庭乃先生が全部聞いてるなんて……！

「大丈夫かなぁ……」

半べそをかきそうな僕に、中野渡先生は相も変わらず他人事みたいに言う。

「頑張ってくださいね。私は同行できませんが、応援してます」

「ええぇ⁉」

思わずみんな大声を上げる。なんだ、急にその爆弾発言。じゃあ、僕たちだけで八戸に行けっていうのか。

「青森駅から八戸駅までは電車の乗り換えなしで行けますし、大丈夫でしょ。八戸駅からは電車で本八戸に行くか、中心街行きのバスに乗るかすればいいかと」

そんな、知らない地名を次々と言われても、全然わからない。

「なんで同行できないの？」

ヒロがもっともな質問をすると、中野渡先生は、「うーん」と少し考えてから言った。

「ちょっと、実家に戻る予定ができたといいますか」

「絶対今作った理由でしょ、それ」

沢目先輩が言うと、先生は「えへっ」と下手な笑顔を作る。結局何なのかわかんないけど、シンプルに日曜日だから休みたいんだろうな。

「宿泊の件は、学校に了承を取っておきますのでご心配なく。まあ、とにかく皆さんのことは陰ながら応援してますので、ケガや病気なく頑張ってきてくださいな」

言って、先生は椅子に座った。

「さぁ、それでは、どれくらい成長したかしっかり見届けさせてもらいますよ」

腕組みをして言う先生。急に顧問っぽくなっちゃって。

桃子先輩は苦笑いしつつも、明るい声を出した。

「まあ、大会までは一か月近くあるし、みんなで特訓していきましょ！　今日は、記念すべき鳥谷部くんの初発表ってことで、よろしくね」

トリは、力強く頷いた。

「じゃあ、じゃんけんいきまーす！」

じゃんけんぽん、で、自分たちの手を見る。

僕がグー、ヒロもグー、先輩たち二人もグーで、トリだけがパー……。

「ええ⁉」

トリじゃなく、僕が叫んでしまった。初めての発表で、いきなりトップバッター⁉

そんな……可哀そうだよ。もう一回やり直したほうがいいんじゃないか。でも、肝心のトリはそこまで心乱れている様子はなかった。

「持ってるね〜、鳥谷部くん」

沢目先輩が感心したように言うと、トリはまんざらでもなさそうに、「まあ」と笑った。

「ちゃんと小説読んだの小学校以来でしたけど、一生懸命読んだので発表頑張りますね」

じたばたせず、堂々と立ち上がって本を掲げるトリ。僕が初めて発表したときとは大違いだ。

タイマーの音と共に、トリははきはきと声を出す。

「今日僕が紹介するのは、はらだみずきさんの『帰宅部ボーイズ』です。この本を書いた作家さんは、サッカーが題材の小説を数多く書いています。俺は昔サッカーをやってたので最初はそっちに興味をそそられたんですが、考えてみれば俺、高校に入学してから文芸部に入部するまでずっと帰宅部で……あえて、こっちを手にとってみた感じっす」

トリは、ちらっと表紙を見て、何秒か考えてから口を開いた。

「この物語は、なんて言ったらいいんだろう……一言でどんな話か、っていうのはなかなか難しいんですけど。矢木直樹《やぎなおき》、という男性が、息子が小学校で起こした問題について奥さんから聞かされるところから始まって、そこから、彼の中学時代の回想が始まる、という感じです。直樹は入部したかった野球部にいろんなことを経て晴れて入るんですが、人間関係に疲れてやめて、結局帰宅部になって。同じ帰宅部の仲間と集まって、色々と――」

そこまで言って、トリは「あ」と声を出した。

「そう。そういう、余りもの同士の青春って感じです」

余りもの同士の青春。その言葉が自分自身でしっくりきたのか、表情が輝く。

「直樹は、苗字が『矢木』なんですけど。それで、動物の『ヤギ』と音が一緒ってことで、からかわれて生きてきて、自分の名前がコンプレックスなところがあって。俺は自分の名前がコンプレックスってことはないけど、『空飛べそうな名前だな』って階段から飛び降りさせられたりしたことあるから……なんか、他人事と思えない感じでしたね」

全員顔を引き攣らせるけど、その場面を実際に見ていた僕の顔が多分一番こわばっていた。

トリは、生き生きとした表情で話し続ける。中学時代、生徒会の役員としてみんなの前で堂々と話していたトリの姿が蘇ってきた。

「それで、その後――」

トリが続きを話そうとしたそのとき、タイマーが大きな音を立てた。思わず「えっ」という表情になるトリ。桃子先輩がタイマーを止めると、悔しそうに言った。

「ダメだ。あらすじ言ってるだけで終わった」

残念そうに本を見るトリに、ヒロが優しく言った。

「バランスがすごく難しいんだよね。重要なことを全部詰め込もうとすると時間が足りないし、かいつまんで話そうとすると時間が余るし。最初はみんなそんなもんだよ」

最初はみんなそんなもんって……最初にしては上手すぎるだろ。僕なんて、言葉が出てこなくてずっと黙り込んでたのに。

「でも、いいじゃない。堂々としてたし、肝が据わってるなぁと思って見てたよ」

桃子先輩が小さな手をぱちぱち叩いて褒めると、トリはちょっと恥ずかしそうに、

「……ッス」と頭を下げた。そのまま質問タイムに入るけど、トリは困ったり詰まったりすることなく、にこやかに答え続けた。

全員の発表が終わると、思わず時計を見た。一人発表者が多かった分、もちろんいつもより時間が経っていたけど、感覚的にはあっという間に時が過ぎた感じだった。

多分、すごく楽しかったからだ。

「それじゃあ、投票に入りますね」

桃子先輩に配られた紙に、『帰宅部ボーイズ』と書く。部活物の小説はいっぱいあるけど、帰宅部のことを書いた小説なんてなかなかないだろう。元帰宅部員としては読んでおきたいところ。

今日は、桃子先輩が紹介した古代中国の戦記物がチャンプ本になった。トリは、ちょっと悔しそう。

「なんか……バトルだから、負けると悔しいっすね」

素直な感想に、桃子先輩が微笑む。

「そうだね。次はぜひ、わたしを倒してみせてね」

「それは……ちょっと、無理っすよ」

肩をすくめて怯えた顔になるトリ。何も、物理的に倒せって言ってるわけじゃないと思うけど。

「でもとにかく、この調子なら鳥谷部くんもきっと大会、大丈夫ね。一緒に頑張りましょ」

「そうだよトリ。一緒に頑張ろうね！」

「目がギラッギラだな、ライト。大丈夫かよ」

「今、心を強く持とうと必死なんだよ……」

トリは笑いながらも、「頑張ろうな」とハイタッチしてくれた。

活動がお開きになると、ヒロが、「今日補習ないから一緒に帰ろ！」と言って、準備のとろい僕を廊下で待ってくれた。

カバンの中身を整えていたら、トリが小さく声をかけてきた。

「ライト、じゃあな」

「え！　トリも一緒に帰ろうよ」

「いや、だってせっかく、あいつと……」

言って、廊下で待っているヒロのほうを見るトリ。気なんか使わなくていいのに。

僕は、笑顔で首を振った。

「いいの。三人で帰ろう。ヒロもいいって言うに決まってるから」

「そういうことじゃねぇんだけど……まあ、いいや」

結局、三人で学校の外に出る。

季節は、すっかり秋。涼しい風が、地面の枯れ葉をふわりと宙に巻き上げていた。

街灯が少ない道も、三人で歩けば心細くない。

「今さらながらなんだ、このメンツは！」

もう紺色になってきた空に、ヒロの大声が吸い込まれていく。

「なんか気持ちいい季節だねー。悩み事とかも、どうでもよくなるね」

「そうだね」

返事をしてから、またちょっとだけヒロの言葉が引っかかって、一人で考えてしまう。なんだろ、「悩み事」って。そこまで深い意味はないのかもしれないけど……。

「でさ……って、ライト聞いてる？」

「えっ」

「だからぁ、八戸、どこに泊まればいいんだろうって話。大丈夫？」

ヒロに怪訝そうな顔を向けられ、慌てた。

他愛もない話をしながら歩くと、すごく満たされた気持ちになった。シャツのすき間から入りこんでくる風が気持ちいい。角を曲がるたびに微妙に三人の位置関係が変わるけれど、ヒロと僕はずっと隣同士だった。トリがうまい具合に気を遣ってくれているからだと気づいたのは、もう大分歩いてから。

大会のこと、まだまだ心の中は不安だらけ。でも、不安で怖いからって大事なことから逃げていたら、後悔するってことはとっくに学んでる。

腹くくって頑張るしか、ないんだよな。大丈夫だよね。みんな、ついてるし――。

「なあ」

今まで普通に話していたトリが、突然声を低くした。ドキッとしてトリの顔を見る僕とヒロ。トリは、声を最大限まで潜めて言った。

「ヤバいかもしれない」

「え？」

「なんか……後ろ」

「後ろ？」

なになになに、怖いんだけど。恐る恐る振り返り、思わず「うっ」と声を出しそうになる。

謎の白い光が、宙に浮かんでいた。足音と共に、それがどんどんこちらに迫ってくる。ポルターガイスト、って言葉がポッと浮かんで、嫌な鳥肌が立つ。

やめてよ。ウソだよね。

「え、ちょ、え、なに⁉」

ヒロが顔を引き攣らせる。トリが、険しい表情で言った。

「まさか……あいつ……」

言って、チッと舌打ちをするトリ。直感的に思った。鎌田のことだ。

「逃げるぞ！」

トリの怒鳴るような声を合図に、僕らは一斉に暗い道を駆けだした。

「え、なになになに⁉　どういうこと！　あれ、鳥谷部くんをいじめてた三年生⁉」

ヒロが混乱しながら言うと、トリは走りながら叫んだ。

「知らねぇけど、明らかに俺らのこと追っかけてるだろ、あいつ！　マジで鎌田だったら、もう今度こそ殺されるぞ！」

「えええええぇぇ」

どれだけ執念深いんだ。まだ付きまとってくる気かよ！

風をかき分けるようにして、無我夢中で走る。黒い影も、スピードを上げてこっちに向かってくる。しかも、何やら叫んでいる。言葉は全く聞き取れないけど、男の声だ。

あれが本当に鎌田だとしたら、また、刃物を持っているかもしれない。毎回タイミングよく先輩たちが助けに来てくれるわけもない。いっそ、幽霊のほうがよかった。

夜の闇の中で、街灯の光が暴力的に僕らを照らし、流れ星のようにぐんぐんと後ろに流れていく。

「はあ、はあ……」

酸素が足りなくて、喘ぐように空を見上げる。真っ黒な空に、ちらほらと星が見えた。だんだんと、頭の中が白くなっていく。

「もう……走れない」

息も絶え絶えに弱音を吐くと、トリが僕の手首を掴んだ。そのまま、僕を引っ張るようにして走る。トリの顔も汗でぐちゃぐちゃになっていたけれど、瞳だけは頼もしかった。

「負けんな。絶対逃げ切るぞ！」

「うん……」

ヒロも、荒い呼吸の合間に叫んだ。

「頑張ろう！　あっちがばてるまで、走るよ！」

ヒロの言葉に鼓舞されたのか、トリが僕の腕をぐぉん、とより強く引いた。そうだ。負けたくない。逃げ切らないと。逃げ切って、真夜中を切り裂くんだ。

『闇夜の国』を思い出せ。小説の中のライトたちは、強かった。誰一人、生きることを諦めようとはしなかった。

僕だって、諦めるわけにはいかない。

急な角を曲がったとき、足がもつれた。そのまま、ドサッとその場に倒れ込む。

「ライトっ！」

二人の声が重なるが、痛みで動けない。膝と制服の布がこすれたとき、ヌメッとした感触と激痛が襲う。血だ……しかも多分、結構、出てる。我慢できずに、呻き声を漏らした。

「くっ……うぅ……」

まずい……まずいよ。動かなきゃ……っ。

「せめて、どこかに隠れないと」

ヒロが、見たこともないようなこわばった顔で言う。その、ときだった。

白い光が、僕らの目を貫いた。怪奇現象なんかじゃない。多分、スマホのライトだ。

黒い人影が、どんどん迫りくる。

僕は、わずかに星が光る天を仰いだ。と同時に、覚悟が決まる。

目の前にいるのは、僕の真夜中を切り裂いてくれた大事な人。そして、すれ違い続けて、やっと仲間になれた人。

二人だけは、絶対に助かってほしい。地面に座り込んだまま、僕は二人に言った。

「僕が、あいつを食い止めるから、二人は逃げて。あとで、合流しよう」

「どういう意味？」

ヒロが聞く。僕は、声が震えないように、腹に力を入れて言った。

「僕があいつに殴りかかる。勝てるかはわからないけど、二人が逃げるくらいの時間は稼げると思う」

「ライト……」

泣きそうに顔を歪めるヒロ。もう、時間がないから早く――と言おうとするのと同時に、トリが怒鳴った。

「そんなことできるわけねぇだろ！」

言って、しゃがみ込み僕に背中を向けるトリ。

「乗れ。おぶって走るから。早くしろ！」

「っ……いいから」

そんなことしたら、体力を消耗する。

「トリ、ヒロのこと連れて逃げて。ヒロのこと、ちゃんと守って」

「ふざけんな……お前も来い！」

僕の腕を掴んで無理やり引っ張ろうとするトリ。擦りむいた足が地面と擦れて、思わずまた呻いた。

「っ……トリ、お願い。逃げて！」

「カッコつけてんじゃねぇぞ。お前も逃げなきゃダメなんだよ！」

傷がついた僕の手をぎゅっと握り、力を込める。

「ライトも一緒じゃなきゃ、絶対ダメだ……っ！」

血反吐《ちへど》を吐くような必死さで叫んだトリ。その唾を真正面に浴びて、思わず涙をこぼしそうになる。

でも……頼む。信じてるから、託したいんだ。

「トリ、聞いて。僕の体力じゃ、こんな足じゃ、もう、ヒロを連れて逃げられないんだ」

膝から、つうっと肌に温《ぬる》い血が流れるのを感じた。

「トリにしか、頼めない。ヒロのこと、守って、一緒に逃げて！」

ぽろ、ぽろ、と汗の雫を垂らしながら、トリがヒロの顔を見た。息も絶え絶えの二人。ためらっている間にも、どんどん影は迫ってくる。五十メートル、四十メートル、三十メートル――。

「逃げろっ！」

僕が叫ぶと、意を決したようにトリはヒロの手を掴んだ。

「ライト、すぐ誰か連れて戻ってくるから。だから、それまで、死ぬなよ！」

いやだ、ライト。泣きだしたヒロの手を引いて、僕から遠ざかっていく。

「トリ……ありがとう……」

大丈夫だ。トリなら、ちゃんとヒロのことを守ってくれる。安心しながら、僕は深く息を吐く。

もう、足が動かない。勝手に涙が溢れてくる。でも不思議と、恐怖の涙じゃなかった。

今まで、家族以外で心の底から大切だと思える人なんて、いなかった。友情とか、青春とか、全部作り物めいた、小説の中だけの出来事だと思っていた。

それなのに、今、僕には命をかけて守りたいと思える人ができたんだ。心の中が澄み渡っていくような、不思議な感覚。そうしている間にも、どんどん影は近くなってくる。

僕はゆっくりと立ち上がって、両足で地面を踏みしめた。

僕の前で立ち止まった影は、僕たちと同じくらい呼吸が荒い。僕は、潤んだ目で精いっぱい敵を睨みつけ、構えた。ぐっ、と拳を握りしめる。

さぁ。やれるもんなら、やってみろ——。


「ちょっと、なぁんで逃げるんですか！」

「え……？」

「え、じゃないですよ！　忘れ物！」

ぜぇ、ぜぇと荒い呼吸を繰り返しながら、目の前の男が手渡してきたのは、スマホだった。僕の、スマホ。

「え、ちょっと待っ……え！」

男の顔を見て、思わず声を上げる。

「中野渡先生⁉」

男……いや、僕らの顧問が、よろめきながら言う。

「はぁ、はぁ、死ぬ……。学生時代、シャトルラン、十回でギブした男が、ここにいます」

その場に膝をついてだらだらと汗を流す先生。汗で、メガネがころんと落ちそうだ。思わず、背中をさする。

「先生……なんでそんな無理してまで」

「なんでじゃないです。皆さんが帰ったあと、一応図書室の確認をしたら、君がいた座席の下にスマホが落ちてました。さすがにスマホ紛失はヤバいでしょう」

「ヤ……バいですけど」

まさか、走って届けてくれるなんて。

「先生、徒歩で学校来てるんですか？」

「そうですよ……今ほど車を持ってたらよかったと思ったことはないです」

なんていい先生なのだろう。一日学校で預かって翌日渡すことだってできただろうに、必死に追いかけて届けてくれるなんて……。

「わざわざ届けてくれて、ありがとうございます……」

「届けますよ、そりゃ。蛯名来斗くんは、メモアプリとかに人に見られたら死んでしまうような恥ずかしいポエムをいっぱい書いてそうだからなおさらです」

「書いてないです！」

思わず叫んだそのとき、後ろから足音が近づいてきた。ヒロと、トリと……え？

「まずい……」

「ライト……ケガは！」

ヒロが駆け寄ってきて、僕の肩を掴む。トリは、中野渡先生を指さして、「こいつです！」と叫んだ。一緒についてきた、警察官に向かって。

「お兄さん、ちょっといいですか」

中野渡先生に詰め寄る警察官。そういやさっきトリ、「誰か連れて戻ってくる」って言ってたけど、想像以上の人が来ちゃったじゃん……。

「いや、ちょっと待ってください！　私、この子たちの部活の顧問なんですが！」

先生の必死の訴えに、え、と目を丸くする警察官。男の正体に気づいたヒロとトリは、「えぇぇ」と声を上げる。

「先生、なんでいんの！　ってか、なんで追っかけてくんの、不審者じゃん！」

「だから私は、蛯名来斗くんのスマホをデリバリーしただけなんです！」

枯れた声で叫ぶ中野渡先生。

もう、これは、完全に僕らのやらかしだ。僕らと、なぜか中野渡先生まで一緒になって警察官に平謝りした。

警察官が去ったあと、中野渡先生は疲れた声で言った。

「危なかった……。捕まって、教員人生、終わりけり、になるところでした」

「すみません。早とちって、巡回中の警察を連れてきました」

トリが謝ると、先生は力なく首を横に振った。

「まあ、いいんですよ……。本当に私が不審者だったとしたら、百点満点の対応ですから」

「あの、スマホ、ありがとうございます」

もう、素直に感謝せざるを得ない。中野渡先生は、最高の先生だ。

僕が膝を押さえているのを見ると、先生は少し心配そうに目を合わせてきた。

「どうしました？　ケガですか」

僕はコクッと頷く。誰のせいだと思ってんだろう、と言いたくなったけど、恩もあるから言えない。

「ライト、ズボンの裾まくれる？」

ヒロがカバンから絆創膏を出して、応急処置をしてくれる。中野渡先生は、それを指の間から見ていた。

「何やってるんですか？」

「血が苦手なんです、私」

もう、呆れて誰も何も言わなかった。そんなことより、さっきの全力疾走のせいで喉が渇いて死にそうだ。体の中の半分くらいの水分が持っていかれた気がする。正直、膝の痛みよりも渇きのほうが辛い。

「あー、ジュース飲みたいなぁ」

ヒロが言うと、中野渡先生はグイッと親指で向こうを指さした。

「特定の生徒におごったらいけないと校長に言われていますが、まあジュースくらいなら怒られないでしょう。そこの自販機に行きましょうか」

「え、いいんですか」

「チクりませんよね、誰にも」

僕らが頷くと、中野渡先生は、「いいですよ」と優しい顔になって言う。なんか、先生がとても大きく見えた。トリに支えられ、ゆっくり立ち上がり、四人で歩き出す。

小さな自販機が、ちろ、ちろ、ちろ、と微かな灯を漏らしている。僕はとにかく冷たいものを飲み干したくて、麦茶をお願いした。

キャップを開けるのももどかしく、中の冷たい液体を喉に流し込む。手足の先まで命がみなぎるような感覚。生き返る……。

救われた気持ちになりながら、トリのほうを見る。遠くを見たまま、動かずにいるトリ。

「トリ……ちょっと、怒ってる?」

トリは何も言わない。さっき、必死すぎて思いっきり怒鳴りつけてしまった。さすがにちょっと、キレてるかもしれない。

「ごめんね。僕、必死で――」

ギロッ、と睨まれた。思わず肩をすくめるけど、数秒後トリの顔が突然泣きそうに歪む。びっくりしてトリを見つめていると、絞り出すように言った。

「……よかった」

潤みきった目で僕を見つめ、トリはもう一度言う。

「ライトが、無事で本当によかった」

こつん、と肩を小突かれる。無茶してんじゃねぇよ。本当に鎌田だったら、倒せるわけないだろ。この、あほ。どんどん言葉が強くなっていく。それでも瞳はずっと優しくて、僕の頬は自然と緩む。

見上げた街灯は消えかけても、確かな白い光を放っている。一つ一つのあかりは小さいけれど、それが遠くまでずっと続いて、透き通った道を作っている。

それはまるで、暗闇を切り裂く一本線のようで――。

「あなたたちを見てると、物語の世界に迷い込んだような気持ちになりますよ。ちゃんと、『朝』を迎えましたね」

中野渡先生が、しみじみと言った。やっぱ、読んでくれてるんじゃん『闇夜の国』。

今の追いかけっこ、夜の魔物から逃げるあのシーンに似てたかも。小説の中のライトと同じ立場になってみても、僕はちっともカッコよくなんかなかったな。転んで膝から血を出して、がむしゃらで、ぐちゃぐちゃだった。

でも、最後まで諦めなかったな。ちゃんと、戦おうとしたな。

あたりを包む夜風が、熱く燃え上がった心を優しく冷やしてくれる。

この心が希望の灯を失わない限り、僕らはきっと、朝を迎える運命にある。


そしてとうとう、僕たちは大会前日を迎えた。

八戸駅に着くと、太平洋側の澄んだ空気を胸いっぱいに吸い込んだ。秋本番の涼風が、落ち葉を巻き上げながら青空を吹きまわっている。

八戸駅の純白の駅舎が真っ青な空に映えて、ギリシャみたいだ。キョロキョロしていると、みんなはもう既に動き出していた。ヒロが、ぶんぶんと手を振ってくる。

「ライト、なにボーッとしてんの！　バス乗るよっ」

「あっ、ああ……！　うん！」

八戸駅からは、バスで三十分くらいかかるらしい。

しばらく僕は、バスターミナルを行き来するバスを黙って見つめていた。名前しか聞いたことのない施設名や学校名を電光板に映しながら走るバスを見ると、八戸に来たんだなって感じがして心が躍る。海の幸をはじめとする飲食店や商店が軒を連ねる八食《はっしょく》センター行きのバスは、空色にペイントされていてきれいだ。

「夜、八食センターで海鮮食べようね！」

楽しそうなヒロ。むしろ、それを目的と思ってるんだろうな。

大会に向けて、僕たちはこれまで以上に頑張ってきた。週一だった活動は週三になり、みんな和気あいあいと、それでいて真剣に頑張った。話せば話すほど自信がつくし、全員確実に最初より堂々と話すようになった。入部してそれほど長くない僕とトリも、時間もいくらかうまく使えるようになったたし、話の組み立て方も上手になった気がする。

事前に主催者側から送られてきた要項には、出場者は二十人と書かれていた。そのうち五人が僕ら雲谷高校の文芸部って考えると、まあまあ心強い。

あとは本番で、緊張して、考えてきた話の構成が崩れないことを祈るばかりだ。

バスに乗り込む。住宅街を通り過ぎ、病院を過ぎ、バスはどんどん進んでいく。大きなアリーナを過ぎて少ししてから現れた景色に、思わず息を呑む。

道の両サイドを埋める高い建物。色とりどりの看板、早足で道を行く人々。青森市でも山のほうに住んでいる僕は、どっちが県庁所在地かわからなくなる。

大きな百貨店の前あたりで降りると、爽やかな風がぶわっと頬を撫でる。ヒロは、くるくると踊り出した。

「すごーい！　都会すぎる！」

「こんなとこで体力使い切んなよ」

トリが呆れ顔でヒロを見る。でも、そんなトリも楽しそう。

しばらく歩くと、やがてガラス張りの四角い建物が姿を現した。いや……建物というか、木と透明なガラスに囲まれた広場みたいなところ。

昼前の透明な光が溢れる空間にいくつかの白いテーブルや、淡い青色のオブジェ。オブジェからは時折、リン、リン、と木琴のような涼し気な音が鳴り、その近くの床からはぷしゅぷしゅと水が噴き出して、子どもがはしゃいでいた。二階にはストリートピアノがあるらしく、ぽろぽろと可愛らしい音色が聞こえてくる。正面から向かって右側には大きなスクリーンがあり、その下にちょっとしたステージのようなものがある。桃子先輩は、オブジェを見上げながらうっとりと言った。

「ここが、明日会場になるマチニワ。なんか、心地いい場所よね」

こ、これが会場⁉

思わず、全身をこわばらせる。だって、こんなところでビブリオバトルなんかしたら、街を歩いている人みんなに声が響く。もっと会議室みたいなところを想像してたのに。

「ほんと素敵な場所！　いいなぁ、八戸の子は気軽にここに来れるんだろうなぁ」

「う、うん……」

ヒロが楽しそうに言うけど、正直そんなことを考えている余裕はない。内心、ビビり散らかしている。

でも、ここで完璧に発表できたら、きっとすごく気持ちいいだろうな。

「まあ、気負わず、変に『絶対勝つぞ！』とかも思わず、本の魅力を伝えることに集中したらいいんだよ。あとは、楽しむこと！」

ヒロの言葉に、みんな大きく頷く。

思いっきり楽しもう。明日は、大好きな本のことを、たくさんの人の前で好きなように語れる日なんだから。

僕たちが泊まるホテルはマチニワと同じ中心街にあるので、歩いてすぐ着いた。

夜はヒロの希望で、八食センターに行った。お腹をいっぱいにして浴びる八戸の夜風は、最高に心地いい。心なしか、青森市の風よりちょっとだけ涼しい気がする。半袖から出た腕をなでる感触が、優しかった。

ホテルに戻ると、沢目先輩が真っ先にベッドにダイブした。枕に顔を埋め、くぐもった声で言う。

「はーあぁ。桃子と泊まりたかったなー」

今までで、最大級に反応に困る。トリと顔を見合わせた。ホテルの部屋割りは、ヒロと桃子先輩で一部屋、沢目先輩とトリと僕で一部屋だ。

「なんか……すみません。こんなごつい男たちと一緒で」

トリが言うと、沢目先輩はふふっと笑った。

「ごついのは鳥谷部くんだけでしょ。ライトくんのこと巻き込まないの」

体を縮こまらせて、しゅんとするトリ。別に、ごついことはないと思うけど……。

僕は、なんとなく聞いた。

「沢目先輩って、彼女何人いるんですか」

「ちょい待って待って」

沢目先輩はむせながら寝返りを打って僕を見てきた。

「どういう意味?」

「あっ……聞き方間違えました。桃子先輩と出会うまで、何人くらいとお付き合いしてきたのかなぁって」

「そんな間違い方しないで。桃子が初めてだよ。向こうも俺が初めてだって」

僕より先に、トリが叫んだ。

「えーっ！　ウソだ絶対」

「なぁんでよ」

「だって、モテるくないっすか」

身を乗り出して言うトリ。トリは最初こそ沢目先輩の言動や行動に戸惑っていたけど、入部して一か月経った今は友達みたいに絡むし、ちょくちょくいじる。それを見て僕も最初はおどおどしたけど、よく見れば沢目先輩はむしろ嬉しそうだ。

先輩は、ははっ、と乾いた笑い声をあげた。

「当たり前じゃん、この顔を見て。でも、恋愛とかそもそもそんな興味なかったし、本を読んでるほうが楽しいから、告白されても全員お断りしてきたわけ」

「桃子先輩と出会うまで、好きな人とかできたことないんですか？」

「うん。だって自分のことが一番好きだからさ」

トリが、無言で目配せしてくる。「こいつ、どうするよ」と言わんばかりの目に、笑いそうになった。沈黙を不自然に思ったのか先輩がこっちに目を向けると、トリがぎこちなく言った。

「沢目さんって、ナルシストなだけでプレイボーイではないんすね。見直しました」

「なんだそれ。褒められてると思っとくね」

沢目先輩は、天井の光に少しだけ目を細くしながら言った。

「でも、モテるからって幸せとは限んないよ。嫉妬も逆恨みも色々されて、自己防衛のために、『何人も生き埋めにしてきたんだぜ〜』みたいな口から出まかせをぽんぽん言ってたら、ある時期から、『あいつはサイコパスだ』みたいな噂を流されて、ちやほやしてた人がみんな離れていったんだよね。近所の公園の子ども泣かせてるとか、猫殺してるとか、内ポケットに刃物忍ばせてるとか、家の床下に死体が埋まってるとか。なんかもうね、本当にお前を埋めてやろうかと思うよね。生きたままで」

「そんな物騒な……」

思わず言ったけど、そういう僕はちょっと前まで本当にカッターをポケットに常備していたことを思い出して肩をすくめる。そういえば鎌田が沢目先輩を見て、「生き埋めにしたって噂の……」って怯えてたな。あれ、自分で流した噂だったのか。僕がそんなこと言ったって、「中二病?」って思われるだけだろうけど、沢目先輩が言うとなぜか本当っぽく聞こえる気がする。でも、それがのちのち自分で自分の首を絞めちゃったんだ。

「辛いですよね……好き勝手言われて、人が離れていくの」

トリが沈んだ声で言うと、沢目先輩は頷いた。

「まあ、正直苦しいよね。でも、嫌われるのも怖がられるのもイケメン税だよね、って割り切ってたとこあるからさ。……だけど、桃子だけは違ったんだよね」

桃子先輩の、みんなを包み込むような優しい表情を思い出す。そういえば、二人の出会いを聞くのは初めてだ。

「桃子は、もともと全然俺に興味を持ってる風はなくて。ちょうど俺のサイコパス説が流れてた頃、クラスの委員会の仕事を初めて二人きりですることになってさ。そのとき、目をハートにするでもなく、怖がるでもなく、本当に普通に接してくれたんだよね。だけど、俺もひねくれてるからさ、桃子に、『俺のいろんな噂、知ってるでしょ。ほんとだとしたら、俺今、刃物持ってるかもしんないよ。怖くないの？』って聞いちゃったんだよね、つい」

「『つい』ってなんすか、怖っ」

ドン引きのトリをスルーして、沢目先輩は続ける。

「そしたら、桃子は一言、『別に持っててもいいよ。今あなたが襲いかかってきても、わたし、倒せるから』って言ったの。そして、目の前で思いっきり正拳突きを見せてくれた。……空気が切り裂かれる音がした」

「……」

「そのとき、しびれたんだよ俺。『あ、この子、俺より全然ヤバい』って。自分を守るためにヤバいやつを演じてる俺はこの子に敵わない、ってね。自分が誰かに『敵わない』って思ったのは、初めてだったね」

なんか、感動するべきなのか、笑うべきなのか、自分の感情がよくわからなくなる。

「じゃあ、それまでは自分が人類で最強だと思ってたんですか？」

トリが聞くと、沢目先輩は当然と言わんばかりの顔で頷いた。なんか、「ヤバいやつを演じてる」で通してるけど、本当にそれは演技なんですかって問いたくなる。

とにかくそのあと二人は、一歩ずつ惹かれ合って、今に至ったらしい。

恋愛の手順っていうのは色々あるんだろうけど、まず自分から遊びに誘わないことには何も始まらないんだよな。でも、断られたらと思うとやっぱ勇気が出ないや。

沢目先輩は、天井を見ながら続けた。

「桃子が初めてなの、自分以外の誰かをあんなに大事に思うのは。桃子だけじゃなく桃子の両親のことも好きだし、ヒロのことも本当に大切に思ってる。で、そのヒロがあれだけ親身になって支えてきたライトくんのことも大好きだよ」

「え、俺は？」

不満そうな顔で言うトリを、あははと笑う沢目先輩。

「トリっぺも最初は厳《いか》ついやつが来ちゃったなーと思ったけど、なんだかんだ懐いてくれて可愛いよ」

「……トリっぺって俺ですか」

つうか別にそんな懐いてはないんすけど、と言うトリに、「上級生にそういう口が利けるのは心を許してくれてるからでしょ」と勝ち誇ったような笑みを向ける沢目先輩。そのまま、なぜか少しだけ寂しそうな顔になって、言った。

「だからさ、俺はみんなに幸せになってほしいよ」

もう一度枕に顔を埋める先輩。そのまま、動かなくなる。息ができているか心配でつんつんと背中をつつくと、沢目先輩はもごもご言った。

「お腹いっぱいで動けない。先シャワー行ってきていいよ」

トリと僕は、顔を見合わせた。

なんとも言えない沈黙が気まずくなってスマホを見ると、ヒロからラインが来ていた。

『らいとさんぽしよ』

反射的に、トリの顔を見た。「ん？」とこっちに来てスマホを覗き込むと、ワクワクしたような目になった。僕の耳元で、こそこそ言う。

「これ、ワンチャンあるだろ」

「えっ……、な、何が？」

「何がじゃねぇよ。二人きりで散歩だぞ。『ライト、実はあたし、ずっと前から……』」

「いやいやいやいやいや！　絶対ないってそんなわけ――」

僕が大きい声を出すと、「二人でなにこそこそ言ってんのぉ」という沢目先輩のくぐもった声が聞こえた。トリは、「なんでもないですー」と笑って返し、もう一度僕を見る。

「俺、シャワー行くから。ごゆっくり」

「あ、うん……」

着替えやらなんやらを持って、「じゃな」と洗面所に消えていくトリ。僕は、現実味がないまま荷物をまとめ始める。

散歩しよう？　今、二人っきりで？　もう、夜の七時だよ。

ヒロのことだから、きっと深い意味はない。いくら自分に言い聞かせても、トリが余計なことを言ったせいで、体温が上がっていく。

でも——二人きりで話すなら、学校だっていい。それが今じゃなきゃいけない理由って、なんだろう。

緊張しながら女子部屋をピンポンすると、寝間着みたいな姿のヒロが飛び出してきた。

「準備はやっ！　ちょっと待って！」

「ちょ……ちょっと」

目を逸らす。さすがに、顔が熱くなった。ヒロはもうシャワーを浴びたらしくて、まだ少し湿った髪からほんのりシャンプーの香りがする。

「なにさー、別に裸なわけじゃないんだから、そんなそっぽ向かなくていいじゃん」

「い、いいから、準備早く」

変なのーと言い、部屋の中に戻るヒロ。僕は胸に手を当てて深呼吸し、心を落ち着ける。

二分くらい待つと、ヒロが短い髪を束ねて出てきた。

「どうだいー？　男子部屋は盛り上がってるかい？」

「いや……みんな、大はしゃぎするようなキャラではないから」

ガハハ、と豪快に笑うヒロ。ヒロが同じ部屋だったら、わーわーぎゃーぎゃー言いながら夜を明かすことになるんだろうな。それも、楽しそう。

ホテルを出ると、頬をなでる風はさっきより涼しかった。ヒロの顔の横で、結びきれなかった髪の毛がさらさら揺れている。朝からいろんな風やらほこりやらを巻きこみ、汗もかいてきしんだ自分の髪に触れると、なんだか情けない気持ちになった。

好きな人と二人きりの夜の散歩。せめて、全身サッとシャワーで流してくればよかった。大事なところで動けなかったり、逆に焦って大事なことをすっ飛ばしたり、つくづく自分は不器用な人間だなと思う。

しばらくあてもなく歩くと、昼間も来たマチニワに着いた。ヒロが、天井を見上げて歓声を上げた。

「うわー！　めっちゃきれい！」

昼と夜とでは、雰囲気が全く違う。昼間は光に溢れていた空間は、夜の穏やかな紺色に包まれている。青色のオブジェに灯る白い光は、りんごの花みたい。

僕たちは近くのコンビニで飲み物を買い、木のベンチに腰かけた。この時間帯に真横にヒロがいることなんて今までなかったから、とんでもなく鼓動が速い。耳が赤くなっていないか不安で少しだけ指で耳たぶに触れた後、思い切って聞いてみた。

「なんで僕だけ誘ったの？」

ヒロは、ふふんと笑って言った。

「ライトと、話したかったからだよ」

「僕と……二人で？」

ヒロは、少し照れたように微笑んで言った。

「なんかあたし、ライトといると、落ち着くんだ。ライトって全然裏表がなくて、思ってることは全部顔に出て、ちゃんと弱さも見せてくれるじゃん。一緒にいてこんなにホッとする友達初めて。だからあたし、ライトのことが、めっちゃ大事なんだよ。変な意味じゃなくてね」

「あ、ありがとう……」

恥ずかしくて、ヒロの目を見られないどころか、顔も逸らしてしまう。めちゃくちゃ大事って、そんなさらっと言われて、むせかえりそうだ。

でも、変な――っていうか、深い意味は、ないんだよね。そうだよね。

ヒロは、「こっち見てよー」と笑いながら僕の腕をつついたあと、声のトーンを落とした。

「あのね。あたし、ずっと前からライトに聞きたかったことがあってさ」

「あ……え、うん」

思いっきり、目が泳ぐ。なんだろう。ずっと前から？

ヒロは、一つ深呼吸をしてから、僕としっかり目を合わせて言った。

「ライトは文芸部に入ったこと、後悔してない？」

「え……？」

突然小さくなった声のボリュームにも、質問の内容にも戸惑う。

後悔しているはずがない。いいことしかなかった。文芸部に入ったおかげで、僕は真夜中を切り裂くことができた。

「な、なんで？」

ヒロは、少し長めに息を吐いてから言った。

「ずっと考えてた。あたし、ライトのこと誘ってよかったのかなって。……あたし、ライトに文芸部に来てほしかったの。本当に本が大好きな人に、来てほしかった」

僕は、ぽりぽりと鼻をかく。そんなことを言われたら、また照れる。

「ライトのこと、いつも見てた」

どきっ、と心臓が跳ねる。じんわり、頬が熱くなる。

「ライトはいつも図書室に遊びに来てくれるし、本をすごく丁寧に扱うし、ページも大事にめくるし、本当に本が大好きな子なんだなってずっと思ってた。部員を増やしたかったのはあるけど、誰でもよかったわけじゃない。ライトが、よかったの」

でも……と顔を曇らせるヒロ。

「でもさ、あたし、ライトが一番辛いときに、それにつけこむみたいに誘っちゃったんじゃないかなって、今思えば。多少強引に誘わないと、この子はきっと来てくれないって思って、本当に無理やりな誘い方しちゃったしさ」

「いや、そんな……」

「ごめんね。こんなこと言われても、困っちゃうよね」

ヒロが笑って言ったから、僕も無理やり笑った。でも、ヒロの表情はすぐにまた曇る。

「なんかね、夏休み明けって、あんまりよくないことを考えちゃう人が多いっていうじゃん」

「ああ……うん」

よくないこと、っていうのは、要するに、学校に行くくらいなら死んじゃったほうがいいって、生きることを投げ出す人がいるってことだろう。

「春先からライトのことはずっと見てたけど、夏休みが明けた頃からライト、もっと顔が暗くなったような気がしたんだ。なんかさ……こんなこと本人に言うのもあれだけどさ、このまま放っておいたらこの子、いなくなっちゃうんじゃないかって思ってさ。ポケットに刃物を入れてるって気づいたとき、もういいよ、ダメだって。ライトに声かけなきゃ、一生後悔するって思って」

「そう……だったんだ」

まさか、ヒロがそんなことを思っていたなんて考えもしなかった。

あのときヒロは、僕がポケットに刃物を入れていることを知って二人きりになった。なんて、強い人なんだろう。

「本が好きなライトなら、ビブリオバトル、絶対に楽しめると思ったんだ。それで、ちょっとでも元気になってほしかったし、鳥谷部くんとの関係が変わるきっかけになれば、って思った。でも、にしても、強引すぎたかなって」

「そんなことないよ。僕、ビブリオバトルを知らなかったら、今どうなってたかわかんない」

ビブリオバトルと出会って、僕はたくさんの初めてを経験した。

歓迎してもらえること、自分の話を興味を持ってちゃんと聞いてもらえること、自分の意見を受け入れてもらえること。全部、今までの僕にとっては当たり前じゃなかった。

推し本の魅力をその場で五分も語るなんて最初はできっこないと思ったけど、みんなにアドバイスをもらいながらだんだん話せるようになって、そのおかげで今までよりも少しだけ、自分の思いをちゃんと言葉にすることができるようになった。

僕が真夜中を切り裂けたのは、ビブリオバトルの――そして、ヒロのおかげだ。

「ヒロには、感謝してるよ。本当に」

「……ううん。こっちこそありがと」

ヒロの言葉には、あまり感情が入っていなかった。きっと、まだ言いたいことがあるんだ。

どうしよう。なにか、ものすごく重い話が来たとき、僕はちゃんとどっしり構えて受け止められるだろうか。ヒロは、唇を噛んだりちょっときょろきょろしたりと、あんまり意味のない動作を繰り返した後で言った。

「ライトは明日、『闇夜の国』の紹介するんだったよね」

「うん……あれ、ヒロは？」

そういえば、聞いていなかった。ヒロが明日、なんの本で勝負に出るのか。

「あたしは、あの本。いつか文芸部の活動でも紹介した、『プールに光がさしたとき』っていうやつ」

「ああ、あれか」

ワクワクする物語が好きなヒロには珍しく、しんみりするような感じの小説だったはず。

「あの……自分の片思いしてる人が実は尊敬してる同性の先輩の彼氏で……っていう」

「そうそう。覚えててくれたんだね」

言って、ヒロは長く息を吐いた。その表情から、笑顔が消える。

「あたしがあの小説にのめり込んじゃったのは、あのね……んと」

息の詰まるような、間があった。

「あたしがあの小説を好きなのは……多分、ライトが『闇夜の国』を好きなのと同じ理由なんだよね」

「っていうのは……」

ヒロは、また少し迷ってから口にした。

「自分のことみたいな気がするんだ。主人公の、千夏ちゃんの境遇が」

「え……そっ、か」

とりあえず頷いたけど、内心混乱していた。一体、どこの部分のことを言っているんだろう。追及するのがなんとなく怖くて、ヒロの横顔を見た。

見たことがないくらい、悲しそうだった。

ふいに、トリを部活に誘った後の電話で、ヒロの声に違和感を覚えたことを思い出す。そして、あのとき。僕がビブリオバトルで発表した後、理由も告げず図書室を出ていったときのことも。

太陽にだって、雲がかかることもあるよな。

「ヒロさ、なんかあった？」

思い切って、聞いてみる。勇気がいることだけど、もう後悔したくないんだ。

あの雪の日、中学生の僕はトリを助けることができなかった。

今の僕は、あのときの僕とは違う。目の前の大切な人に、ちゃんと手を差し伸べたい。

「話すと、ちょっと、楽になるかもしれないよ」

「うん……」

ヒロは、無理に口角を上げて言葉を発した。

「あたしさ、散々真夜中を切り裂けとか、耐えてないでアクションを起こせとかライトに言ってたけどさ……それができてないの、あたしのほうなんだ」

「どういうこと……？」

ヒロは、大きく息を吸って、吐いてから、無理に高いトーンで言った。

「あたしさ、沢目くんのことが、ずっと好きなんだ」

その瞬間、時が止まった。ピタリと、止まった。固まったまま、ヒロの顔を凝視する。

「そう、か」

やっとのことで出した声は、自分のものじゃないみたいに遠くから聞こえた。

なにが、「そうか」だよ。絶対ウソだ。信じられない。そんな風に見えたこと、一回もなかったのに――。

「出会ったときから姉ちゃんの彼氏だったのにさ。最悪だよね」

「そんなことないよ……」

消え入りそうな声が出る。だけど、ヒロの声だって、弱くて、今にもこの薄暗い空間の中に溶けてしまいそうだった。

「あの、ライトと電話した日さ……実は、ちょっとだけ沢目くんと二人きりになって、放課後勉強を教えてもらってたんだよね。姉ちゃんが、空手部行ってる間」

英語のテストヤバくてさぁ、と無理に明るい声を出すヒロ。

「もちろん、姉ちゃんに内緒でとかじゃないよ。てか、姉ちゃんが沢目くんに言ったの。『ヒロ、ヤバいから勉強教えてあげて』って。でも、二人きりになったら、どうしても意識しちゃって、言葉が出なくなって。それにどんどん焦って、表情が固くなって、沢目くんの顔も見れなくなっていってさ。そしたら、沢目くんに心配されちゃったんだ」

ヒロは、苦笑して言った。

「元気？　って心配されて。大丈夫だよ、俺、味方だから、って。ヒロは桃子の妹だから、俺の妹みたいなもんだから、って。だから、何かあるなら桃子も俺も全力で守るよ、って。いつもふざけてるくせに、そのときだけすごく真剣な目をしてて……もちろん、『平気』って、笑って返したけどね」

丸い瞳が、白い光を見つめて潤んでいた。

「そのときのことを思い出したら、夜、なんか、涙が止まんなくなっちゃってさ。必死に止めようとしてたところで、ライトから電話きて……焦ったよ、正直」

「そうだったんだ……」

「その次の日も、なかなか沢目くんのことが頭から離れなくて辛かった。何気ない言葉が、全部前の日のことに結びついちゃって。ビブリオバトルのとき急に、『先生に呼び出された』って出ていったのも……ライトの発表のときの言葉が思いのほか心に刺さって、思わず泣きそうになっちゃってさ。一回心落ち着けたくて図書室を出たんだ、本当は」

「そっか……」

僕は、ろくなことが言えない。人生初の恋愛相談がこれなんて、ハードすぎるだろ。

「沢目くんがあたしのこと大事に思ってくれてるの、わかるの。でも、その『大事』

は、絶対にあたしがほしい『大事』にはならないから。ほんと、どうしたらいいのかな。何かの拍子に手が触れたり、近くでニコッて微笑まれたりするたびに、顔が熱くなっちゃって、もうダメだなって。悔しいんだよね。なんか、悔しいの」

そうだ。僕も沢目先輩のいいところがよくわかるから、悔しい。何一つ勝てるものがない。

「あたしね、姉ちゃんにも沢目くんにも幸せになってほしいの。姉ちゃんから沢目くんのこと奪って自分のものにしたいなんて、これっぽっちも思ってない。二人のことが、大好きなの。ほんとに、心からそう思ってる」

僕も、ヒロには幸せになってほしい。大事な人だから。この気持ちに、ウソはない。

「……初めて、人に言っちゃった。でも、ライトにだから言えたんだよ」

「……辛いね」

やっとのことで喉から出した言葉は、ヒロへの慰めなのか、自分の胸の内なのか、わからなかった。ヒロは、頷いて洟を啜る。

「どうしたら気持ちって、冷ませるんだろうね。沢目くんを好きになったこと自体が、姉ちゃんへの裏切りみたいに思えちゃうし。沢目くんと目が合うたびに、辛いんだ」

ヒロ、ほんとは今、僕も辛くて、このベンチから滑り落ちそうだよ。

でも、それでも、両足をどうにか地面にくっつける。

「ヒロがどうしたいかが、一番大事なんじゃないかな」

ヒロが沢目先輩に告白したところで、叶うわけもない。それどころか、何かが壊れてしまう可能性もある。

でも、このまま秘めっぱなしにしたら、ヒロの心はどうなるんだろう。もし桃子先輩と沢目先輩が本当にこのまま順調に付き合いを続けて、将来結婚でもしたら、沢目先輩は一生ヒロの人生の中にいることになる。思いが冷める隙もない。もはや、正解なんかないんだ。

ヒロは、少し考えたあとで、窓越しの夜空を見つめた。

「あたし、諦めたいんだと思う」

ちろ、ちろと白い星が光っていた。小さい、小さいあかりだった。

「あたしは、姉ちゃんと沢目くんの未来を心から祝福する自分でありたい。だから、潔く諦めたいの。それで、自分も前を向きたい」

ヒロは、大きく息を吸って言った。

真夜中を、切り裂きたい――。

「あたしさ、本当は沢目くんに言っちゃいたいよ。ずっと前から好きだった、って。それで、思いっきり振ってほしい。もう二度と沢目くんのこと好きって思わなくなるくらい、けちょんけちょんに振ってほしいよ……」

とうとう、ヒロは両手で顔を覆って泣き出してしまった。僕はせめてもとティッシュを取り出し、渡す。

それがヒロの答えなら、きっと正解だ。

「伝えるのは、悪いことじゃないと思う」

ヒロは、不安な涙を目のふちまで溜めながら聞いてきた。

「大丈夫かな。姉ちゃんの耳に入ったりしないかな」

「しないよ。沢目先輩が、桃子先輩にそれを言うはずない」

「好きって言ったら、沢目くん、困ったり、悩んだりしないかな」

「先輩は、平気だよ。肝が据わってるし」

「あたし、間違ってないかな」

大きく、頷く。

「間違いなんか、ないよ。ヒロがしたいと思ったことなら」

夜風が、窓の外の木々を揺らした。ヒロは、涙を拭って笑顔を見せてくれる。

「ありがと、ライト」

その顔は、言葉にできないくらいきれいだ。

ヒロは、「ライトは優しいなぁ！」と鼻声で笑い、言う。

「男女の友情なんかないって言うけどさ、そんなのウソだと思う。あたし、本当に純粋に友達として、ライトのことが大好きなんだよ。すごく、大事に思ってる」

「……ありがとう」

「ライトが言うなら、間違いないや。ちゃんと、気持ち、伝えてみよう」

「うん、応援してる」

ごめん、ヒロ。やっぱり、僕は君のことが好きだよ。だから今、辛いよ。でも、ちゃんと前を向く。そして、ヒロが選んだことを、心から応援する。

涼風を頬に受けながら、僕たちはしばらく黙ったまま空間を見つめていた。

こんなに、切なくて、柔らかい夜があるなんて、今まで知らなかった。

今日の夜は、切り裂くんじゃなくて、抱きしめたいと思った。


部屋に戻ると、沢目先輩が自分のベッドの上で本を読んでいた。トリは、もう既に寝息をたてている。

「おかえりライトくん。どこに行ってたの」

本から顔を上げずに言う沢目先輩。僕は、「ちょっと、散歩に」と言って、椅子に腰を下ろした。沢目先輩は寝ているトリにちらっと目をやると、言った。

「トリっぺ、お風呂入ってあったまったら眠くなったんだって。赤ちゃんみたいだね」

「……デカい赤ちゃん」

ボソッと言うと、沢目先輩は意外なくらい笑った。思い切り笑ってもその顔は彫刻みたいで、神様は不平等だなと思う。先輩だって色々あるだろうから、ズルいとは思わないけど。

沢目先輩は、ヒロの気持ちに全く気づいていないんだろうか。聡《さと》い人だから、もしかしたらちょっと勘づいているのかもしれない。だとしたら、沢目先輩のほうだってかなり辛いと思う。ヒロのことも大切に思っているだろうから、なおさら。

みんな、それぞれに真夜中がある。でも、だから物語に救いを求めるんだろうな。

僕が明日『闇夜の国』を紹介することで、暗闇の中にいる誰かが真夜中を切り裂くきっかけを作れたらいいな。

そのとき、誰かのスマホが鳴った。沢目先輩が自分のスマホに手を伸ばして、「俺だ」と言う。先輩はしばらくスマホをいじっていたけれど、うーんと伸びをして言った。

「ふぁー。俺もちょっと、散歩行ってくるねん」

「え？　あ、はい」

急だな。もうだいぶ遅いから、少し心配。

「気をつけてくださいね」

「ありがと」

先輩を見送ると、僕もあくびが出た。

とりあえず、今日はしっかり寝て、体も心もちゃんと休めよう。明日、笑顔で朝を迎えに行くために。


翌朝。僕たちはいよいよ、本番を迎えた。

まだ朝の八時半だというのに、マチニワには、もう既に制服姿の高校生たちがちらほら集まっていた。見たことのない制服に、聞き慣れない南部や下北のイントネーション。今さらながら、青森県全域の高校生が集まる大会であることを実感する。

空全体に薄く雲がかかって、会場全体にも淡い影が差していた。ちょうどいい涼しさだ。

「いよいよだなぁ。くうっ、わくわくしてきた！」

ヒロははつらつとした声で言うけど、トリの顔は引き攣っていた。

「やべぇ……あそこで喋んなきゃいけねぇと思うとビビりそう」

だよね。会場自体がガラス張りだから、外からも中からも全方向から見られる。

「でも……みんなついてるから、きっと大丈夫だよ！」

トリは一瞬驚いたような顔をしたけれど、すぐに笑顔になって頷いた。僕とトリを見比べて、桃子先輩が嬉しそうに言う。

「ほんとライトくん、頼もしくなったよね」

「い……いや、そんな」

後頭部を掻いて苦笑いする。

本当は僕だって今死ぬほど緊張している。昨日からやたらトイレが近いし、今日に至っては胃がキリキリする。でも、満足するまでやり通そう。ぶっ倒れても、支えてくれる仲間がいっぱいいるから。

『それでは、受付をスタートしますので、バトラーの皆さんは中央にお集まりください』

アナウンスが流れ、僕たち五人はお互いの顔を見た。みんな、キリッとしている。

桃子先輩が、臨戦態勢って感じの頼もしい表情で言った。

「じゃあ、みんな、ここからは個人戦だけど、心は団体戦ってことで、お互いの健闘を祈って頑張りましょう！」

「はいっ！」

僕らのいい返事が重なる。少しだけ、勇気が湧いてきた。

受付を終えたあとも、まだビブリオバトルが始まるまでは大分時間がある。もう一回トイレに行っとこうかな……と思ったそのとき、ちょん、と背中を突かれた。

振り返ると、ヒロが、「ちょっと」と手招きする。一緒に小走りでマチニワの外に出た。

ヒロは、少しきょろきょろしたあとで、声を潜めて言った。

「あたし、沢目くんに告ったよ」

「え⁉　いつ？」

思わず、大きな声を出す。ヒロに笑いながら、「しーっ」と人差し指を立てられた。

「昨日の夜。ライトと別れた後、呼び出して」

「……」

何も、言えなかった。昨日決心して、その日のうちにもう気持ちを伝えたなんて。

そういや、沢目先輩、急に「散歩」って言って部屋を抜けたっけ。ヒロに呼び出されてたのか。

「心臓止まるかと思うくらい緊張したよ。でも、沢目くんが、『ありがとう。ごめんなさい』って、ちゃんと目を見て言ってくれたから。だから、あたし、泣かないよ」

そう言いながら、ヒロはちょっとだけ泣きそうだった。でも、いつか空元気してたときのような痛々しさはない。

「まだ、『完全に吹っ切れた、もう夜明け！』とは言えないけどさ。ちゃんと自分の気持ちを、自分の言葉でまっすぐ伝えたから、さっぱりしてビブリオバトルに臨めるよ」

「そう、だね」

よかった。ヒロがさっぱりしたなら、よかった。これから、朝を迎えられるなら――。

「いやー、ほんとは沢目くんに申し訳ないかなってちょっと思ったんだよ？　ビブリオバトルの直前に動揺させるようなこと言ったらまずいかな、って。でも、どうやら向こうも薄々感づいてたらしくてさ……」

ヒロが、急に言葉を止めた。

「ライト、なんで泣いてんの？」

ぽろ、ぽろ、と落ちてくる涙。堪えようと唇を噛みながら、首を横に振る。わからない。なんで、泣いてるのかわからない。でも、今僕の胸を占めているのは、悲しさとか、虚しさじゃない。

「僕、応援してる」

ヒロのまっすぐさが、眩しい。出会ったときから、ずっとそうだ。

もう、今は恋とかなんとか、どうでもいい。

ただ、君の健闘を祈る。

「今日、ヒロが、ビブリオバトルで、伝えたいことをちゃんと全部言葉にできるように、心から応援してる」

「ライト……」

ヒロも、泣き笑いみたいな顔になった。そして、僕に向かって、大きな手のひらを見せる。

「え……」

「ハイタッチだよ、ハイタッチ！」

ほら、と言われ、僕も手のひらを出した。お互いに勢いをつけて、思いっきり振り下ろす。ばちん、と弾けた痛みが背中を押してくれる。

僕は、涙を拭いてヒロの顔を見た。

「行くよ、ヒロ」

「うん！」

まっすぐ、前を見て会場に入る。


舞台は、整った。

木の階段横にあるスペースはステージと化し、白いテーブルは撤去されて椅子のみがステージと向かい合うようにずらっと並べられる。ステージには演台の他、脇のほうにテーブルと椅子が数個用意されている。

僕たちは、バトラー用の一番前の席に陣取った。トリが、顔を寄せて聞いてくる。

「あのステージにある椅子とテーブル、なんのやつだ？」

「なんだろね……」

トリの左側に座っている桃子先輩が、「多分だけど」と答えた。

「特別ゲスト用の席じゃないかしら。庭乃先生も、あそこに来るんじゃない？」

「えっ……」

そんな。発表してるとき、庭乃先生が同じステージ上で見てるのか！

「よかったじゃん、ライト。一番好きな作家さんが、一番近くで見守ってくれてるよ」

右隣に座るヒロが、嬉しそうに言う。そうだな……ポジティブにとらえることにしよう。

ビブリオバトルが始まる午前九時の五分前になると、僕たちも、会場の他の人たちも自然と静かになった。もう、庭乃先生もこの会場にいるのかな……。

いよいよ、その時が来る。

「これより、ビブリオバトル高校生青森県大会をスタートしますっ！」

司会者の声が、空間いっぱいに響き渡る。同時に、大きな拍手が起こった。なんというか、思った以上に盛大だ。

隣にいるヒロに、思わず耳打ちする。

「なんか……全員、自分よりも面白い発表するように見えてきた」

「あはは。それあれでしょ、受験のとき、自分以外の人たちが全員自分よりも頭よさそうに見えちゃうのと同じ原理でしょ」

「それだ……」

胸に手を当てて、深呼吸する。

結果はどうあれ、楽しもう。そう思っているなら、ここまでは緊張しないと思う。心のどこかで、本気でチャンプ本を獲りにいきたい気持ちがあるんだと思う。

でも、忘れちゃいけない。発表がうまい人じゃなく、読みたいと思わせた本が勝つんだ。

僕は、『闇夜の国』と、この本を心から愛している自分を信じる。

会場には、一般の聴講参加者も大勢いる。まずは、司会者がビブリオバトルの公式ルールを読み上げる。一つ一つ、改めてしっかりとルールを確認する。

他の人たちの発表も楽しもう。また、新たなお気に入りの一冊に出会えるかもしれない。

「バトラーの皆さん、緊張されていると思いますが、どうか肩の力を抜いて楽しく発表してくださいね！」

司会者の温かい言葉に、会場の空気が少し和んだ気がした。落ち着け。僕以外の人たちだって、みんな緊張しているんだ。絶対に、大丈夫。

「それでは、ビブリオバトルに入る前に特別ゲストのご紹介に参ります！　特別ゲストのお三方は、ステージまでお願いいたします！」

ごくっと唾を飲んだ。いよいよ、来るのか。庭乃先生が……。

どんな顔をしているんだろう。そもそも、男の人なんだろうか、女の人なんだろうか。たとえどんな姿をしていたとしても、僕にとっては神様で、ヒーローだ。心臓が胸をどんどん叩いて、むせかえりそう。

ステージに続く階段を、二人のゲストが上っていく。思わず、「あれ？」と声を出した。

「ゲストって、三人じゃなかったっけ……？」

ヒロも、こっちを見て不思議そうな顔で頷く。事前に大会の要項にそう書いてあったし、たった今、司会者もそう言った。でも、作家さんの顔を知らないから、誰がいないのかわからない。あの二人のどっちかが、庭乃先生かな……。

白い服を着た三十代くらいの品のよさそうな女性と、グレーの着物を着た五十代くらいの男性がステージ上の席に着く。司会者は、まず女性の横に立った。

「まずは階上町《はしかみちょう》出身の絵本作家、よこはまあかり先生です！　よろしくお願いします！」

「皆様、よろしくお願いいたします」

よこはま先生は、丁寧に頭を下げた。じゃあ、隣の男の人は――。

「続いて、五戸町《ごのへまち》出身のミステリー作家、三浦猛《みうらたけし》先生です！　今年、日本最大規模のミステリー賞で大賞を受賞しデビューされた、新人作家さんです。よろしくお願いあってちょっと怖いな。

「よろしくお願いします」

口元にだけ笑顔を見せる三浦先生。新人の作家さんとはいえ、年齢のせいか貫禄が
いたします」

でも、じゃあ、待って。庭乃先生が、いない……？

ステージを見つめていると、司会者が言った。

「えー、もう一人のゲストの庭乃宝先生ですが、本日諸事情により少し遅れて到着されるとのことでした。後ほど、ご紹介いたします」

僕は、力が抜けて椅子から滑り落ちそうになる。

もう……ビブリオバトルをするだけでドキドキなのに、「いつ庭乃先生が来るか」ってことでもドキドキしてなきゃならないのか。心臓、破裂するよ……。

まだ何も始まっていないのにマラソンのあとのようにぐったりする僕の肩を、左横のトリがポンと叩いてくれた。ちょっとだけ、勇気が出る気がした。

「それでは、本日のビブリオバトルの発表順を決めていきます。バトラーの皆さんは、私のところまでクジを引きに来てください。番号は全員にクジが行き渡ってから一斉に見てもらいますので、引いてもまだ開かないでくださいね」

深呼吸して、立ち上がる。ぽき、ぽき、と指の骨を鳴らして気合いを入れる。

どうか、どうか真ん中あたりのいい順番であってくれ……。願いを込めて引き、着席する。全員がクジを引き終わるまで、それほど時間はかからなかった。

「はい、それではバトラーの皆さん全員クジを引いたようですので、一斉に開いてください。どうぞ！」

頼む……頼むよ！

祈るような気持ちで畳んである紙を広げ――呼吸が、止まった。

「あ……あ……」

手が、プルプルと震えだしそうになる。横でトリが、呑気な声を出している。

「俺、六番目だった。ライトは――」

僕の紙を覗き込んだトリは、「えええ!?」と大きな声を出した。念のため目を擦ってみるけど、自分の紙に書いてある数字は変わらない。

「ライト……トップバッターかよ……」

紙にでかでかと書いてある「1」の文字を見ながら、トリは口を開けて固まった。

ウソだろ……何かの間違いだって！

「え、ライト最初なの？」

右隣のヒロが、身を乗り出して聞いてきた。震えながら頷くと、ヒロは「ヤバっ！」と言いながら自分の紙も見せてきた。書いてある数字は、「20」。

「え……参加者、二十人って言ったよね」

「だよね！　あたし、大トリじゃん！」

冗談だろ。開幕が僕で、最後がヒロ。どういうクジ運してるんだ、雲谷高校文芸部！

桃子先輩と沢目先輩は、それぞれ「七番目」、「十三番目」と当たり障りない発表順だった。

待って……待ってよ。心の準備が――。

「それでは……記念すべき一人目のバトラーの方に登壇していただきます！　一番を引いた方は、ステージにどうぞ！」

「は……はい」

小さな返事しか出てこない。僕は、体を震わせながら司会者のほうを見た。口の中、からからだ。司会者は、にこやかに会場を見回して言う。

「蛯名来斗さん、いらっしゃいますかー」

まずい、探されてる。きょろきょろしていると、横にいるトリに背中を軽く叩かれた。

「お前、もう行けって。棄権になるぞ」

「そ、そうだよね……」

僕は、挙手してゆっくり立ち上がった。桃子先輩が、独り言みたいに言うのが聞こえた。

「そんな……まだ、庭乃先生来てないのに、ライトくんの番だなんて」

そうだ。庭乃先生が来る前に僕の発表が終わってしまうということは、僕は自分の発表を庭乃先生に聞いてもらえないということだ。

というか……ビブリオバトルの聴講参加者って、全員の発表見てなきゃ投票に参加できないいんじゃないのか。大丈夫か、庭乃先生。

あんなに庭乃先生に聞かれるのが怖いと思っていたのに、いざ庭乃先生がいない状態で発表をするとなると、ちょっと残念な気もする。

でも……その分、のびのびと頑張ろう。

「はーい、じゃあ蛯名来斗さん、ステージにどうぞー」

僕はゆっくりステージに上がるけど、自分の足が自分のじゃないみたいに感じられた。落ち着け。落ち着け。最初、『津軽』を持ってビブリオバトルに参戦したときのことを思い出してみろ。あのときは、なに一つ自分の言葉が出てこなかった。

でも、今僕の手の中にあるのは、僕がこの世で一番好きな本だ。絶対に、大丈夫。

ステージに立つと、初めてちゃんと会場の全体像が見えた。聴講参加者を含めると、百人は超えていると思う。自分の意思とは無関係に膝がぶるぶる震えて、どこからか、

「緊張しすぎじゃね……？」という声が聞こえた気がした。

いくつもの顔が、僕を見ている。ヤバい。吐きそう……。

そのときだった。

ステージの前を、堂々と横切っていく謎の人影。その顔を見て、僕は思わず声を上げた。

「ちょ、ちょっと！」

会場の人が、一斉にこちらに注目を向ける。僕は最高にバツが悪くなるけれど、もう今更引っ込みもつかない。見間違い、じゃないよな。

「あ！」

「え⁉」

ヒロとトリも声を上げる。桃子先輩と沢目先輩も目を丸くして顔を見合わせる。

「ちょっと……先生！」

「あ、どうもー」

ヒロが言うと、その人――中野渡先生は、呑気に右手を挙げた。

先生、なんで。大会に来ないって、言ってなかったっけ？

「中野渡先生、来てくれたんですか！」

思わずマイクを通して大声で叫ぶと、先生は一瞬、「うっ」と苦々しそうな顔をしたあと、にこっと笑って言った。

「誰ですか、それは？」

「え……？」

僕が目をぱちぱちさせると、司会者は少し困った顔をしたけれど、突然ステージ前に躍り出た中野渡先生を「出て行け」と注意することもなく、にこやかに言った。

「はい！　無事、庭乃宝先生が、ただ今到着されましたー」

……は？

会場からは拍手が起こるけれど、僕の周りだけ時間が止まったようになっていた。いや、僕だけじゃない。最前列で僕を見ている他の部員たちも、目を見開いたり、「えっ、えっ？」ときょろきょろしたり、軽くパニックになっている。

中野渡先生は、お構いなしにステージ上の三浦先生の隣の席に座ると、ぺこりと首だけで会場にお辞儀をした。

「ごめんなさい。シンプルに寝坊です」

会場に広がる失笑。司会者は、愛想笑いを浮かべながら言った。

「でも、発表が始まる前にお越しいただけてよかったですー。それでは、庭乃先生のプロフィールをご紹介します」

ちょっと、待ってくれよ。理解が、全然追いつかないんだけど。

「庭乃宝先生は、十和田市出身の三十三歳。現在は青森市で高校の先生として働く傍ら、小説の執筆をされています！　普段はお顔を出さずに活動されているとのことですが、なんと今回特別にゲストとして参加していただけることになりました！」

ウソ……だろ……。

ヒロとトリが顔を見合わせて口を開けている。桃子先輩と沢目先輩はもはや遠くを見て、意識が朦朧としているように見えた。

中野渡拓真が、庭乃宝……？

司会者は、続ける。

「なんと、本日は庭乃先生の教え子の皆さんもバトラーとして参加されるということで！」

文芸部、全員呆然とした表情で固まっている。中野渡先生は、何食わぬ顔で答える。

「まあ、『教え子』といっても何も教えてないですけどね。むしろ私が怒られてます」

「えぇ～、それはそれは。教え子の皆さんには、作家さんであることはもう明かしていらっしゃるのですか？」

中野渡先生は、ぼりぼりと後頭部を掻きながら言った。

「いや、言ってませんね。そっちのほうがサプラーイズ！　って感じで楽しいかと思って。今さっき無邪気に本名をさらされて、言っておけばよかったと後悔しましたね」

僕を横目で見ながら、皆さん聞かなかったことにしてくださいね、と中野渡先生が言うと、会場がどっと沸いた。

「まあ本名のアナグラムのペンネームなので、いつかはバレてもしょうがなかった気もしますが。『にわのたから』って、ローマ字表記にしてアルファベットを入れ替えると、本名の苗字になるんですよ……あ、ちょっとやめてください。確かめないでください！」

投票用紙の余白を使って確かめようとする聴衆を見て、慌てる先生。ますます、笑い声は大きくなる。

僕が散々、「庭乃宝先生が来る……」ってビビってた時間はなんだったんだ。

もう、とっくに目の前にいたんじゃないか。

あまりに予想外の出来事に、呼吸が乱れ、このまま脈が速くなりすぎて倒れそうだ。でも、踏ん張れ。自分を信じて、伝えたいことを伝えぬくんだ。

「それではトップバッター、蛯名来斗さんの発表です。お願いします！」

大きなデジタル時計の赤い光が、動き始めた。

もう、やるしかない。

深呼吸し、まっすぐ前を見て、スタートダッシュを切る。

「青森市の雲谷高校から来ました、蛯名来斗です。今日僕が紹介するのは、ここにいる庭乃宝先生の『闇夜の国』です」

おおっ、と歓声が起こる。それに勇気づけられて、僕は次の言葉を発する。

「もし、二度とこの世界に日が昇らないとしたら、あなたはどうしますか」

声が、少しだけ震えた。聴衆の視線は、全部僕に向かっている。だけど、負けない。

一人一人に語りかけるように、言葉を紡ぐ。

「太陽が出てこないってことは、朝が来ないってことです。ずっと、永遠に、夜ってことです。二十四時間、三百六十五日、真っ暗で、心細くて、一歩先も見えない真夜中ってことです」

お客さんたちは、きっと想像しているはずだ。光のない、真っ暗闇の世界を。

「この作品の中に描かれているのは、そういう世界です。朝が、来ない世界です」

二度と朝が来ない世界。海の底をさまようような、心細くて壊れそうな世界。各々が想像して、少しだけ表情を硬くしている。

「物語は、『夜の魔物』と呼ばれる正体不明の怪物がやってきて、世界に太陽が昇らなくなるところから始まります。真っ暗闇の中で、人々は、少しずつ心を蝕まれて、おかしくなっていきます」

この作品の世界の中で起こったことを、一つ一つ、丁寧に言葉にしていく。

「このような危機の中で立ち上がったヒーローの名前――それが、『ライト』くんです」

最前列にいるヒロの表情が緩んだ。つられるように、僕も少しだけ笑顔になる。

「そうなんです。僕と、おんなじ名前なんですね。でも、僕がこの本に惹かれたのは、主人公の名前と自分の名前が一緒だから、ってだけじゃないんです。僕はずっと、主人公と同じ、朝が来ない、真夜中に生きていました。ある友人と、長年すれ違っていたんです。教室にいるのが怖くて、僕の毎日は闇夜そのものでした。そして、お守りのようにこの本を持ち歩いて、夜明けを待っていたんです」

考えていた構成では、すぐに本の内容に戻るはずだった。限られた時間の中で、目いっぱいこの本の魅力を語る予定だった。

だけど――。

「そこに、現れたヒーローが、いました」

あちらに、と、ヒロが座っている座席を手で示す。突然注目を浴びたヒロは、びっくりしてきょろきょろし始めた。うわ、ごめん。こんなこと言うつもりじゃなかったんだけど――でも、もう、ここまで言っちゃったら引き返せない。

「あ、えーっと……そう。僕を、ビブリオバトルの世界に、誘ってくれた人がいたんです。彼女に言われて、ハッとしました。主人公の『ライト』は、ただ耐えて朝を待ってたんじゃない、自分の力で真夜中を切り裂いたんだ、って。じゃあどうしたらいいんだ、って嘆いている僕を、彼女は導いてくれました」

ヒロの言葉が、今も心の中で輝いている。

「ライトが真夜中を切り裂くには、自分の気持ちを、自分の言葉で伝える力が必要だって。そのためにまず、自分の好きな本について、目いっぱい語ってみろ、って。優柔不断な僕の背中を、いつも強めに押してくれて、ずっとそばにいて、寄り添ってくれて。それで僕もだんだん、本気で自分の闇と向き合うようになって」

えっと、えっと……と、必死に言葉を探す。ぴったりの言葉が見つかると、ちゃんとまっすぐ、前を見た。

「だから、僕は今、朝を迎えられたんです。あ、ありがとう」

なんとも言えない表情で僕を見ていたヒロだけど、にっこり笑った。そして、ちょっとだけ目元を拭った。

「たくさんの人に支えられて、僕は、自分の真夜中と自分なりに向き合いました。そのとき、いつもこの本が寄り添ってくれました。上手くいくことも、いかないことも、たくさんありました。たとえ本気になっても、どうにもならないこともあるかもしれません。でも、苦しいときに自分の力で困難と向き合おうとした経験は、きっと無駄にならないはずです。そこで身に付けた力が、次に闇に飲まれそうになったとき、きっと武器になります」

すれ違ってきた相手と、全力でぶつかり合うこと。勇気を出して、届かない思い人に告白すること。全部が全部、いい結果になるとは限らない。

でも、一つも無駄にならない。

「この本の中で、僕が一番好きなシーンがあります。それは、『夜の魔物』と呼ばれる怪物から、主人公たちが逃げるシーンです」

中野渡先生を敵と勘違いして全力疾走したあの夜が、目の裏に浮かぶ。

「逃げるシーンがカッコいいってどういうことだ……？　と思われる方もいらっしゃるかもしれません。でも、逃げるってカッコいいんです。全部諦めて、闇に飲まれてしまうよりは」

ライトたちの身に起こったことを、ただ、心を込めて話す。言いたいことを、少しも伝えそびれないように。

「このようなストーリーそのものもだし……あ、あと、三十秒しかないんですが、魅力的なキャラクターや疾走感のある描写も素敵です。皆さんぜひ、この本を読んで、そして――」

思いっきり、息を吸った。

「真夜中を、切り裂け！」

ぴーっ、と大げさに鳴るタイマーの音。僕は、その場に座り込みそうになる。

やった……言い切った……。

会場からは、自然と拍手が沸き起こった。安心で気を失いそうだけど、必死に両足を地面につけて、前を見続ける。司会者の明るい声が響いた。

「はーい、そうしましたら、これから三分間のディスカッションです！ なにか質問がある方はいらっしゃいますか？」

「それでは、はい」

特別ゲスト席から、三浦先生が手を挙げた。最初こそ怖そうな人だと思ったけど、三浦先生の笑顔は穏やかだった。

「蛯名さんは、もとはどういうきっかけでこの本を手に取ったのかな？」

「えっと……質問ありがとうございます。書店のすごく目立つところにあったので手に取って、パラパラ見てみたら主人公の名前が自分と同じだったので。……あ」

やっと結びついた。あの本が、なぜ書店のあんな目立つところにサインつきで置いてあったのか。

作者が、同じ青森に住んでいたからだ。

「はい、ありがとう。よくわかりました」

「三浦先生ありがとうございましたー。それでは、他に質問がある方、いらっしゃいますか？」

　少し間が空いてから、手を挙げてくれる人がいた。他校の女子高生だ。メガネをかけた、ちょっと気の弱そうな子。緊張しているのか、渡されたマイクを持つ手が震えていた。

「蛯名さん自身が、真夜中にいたって、仰ってましたよね」

　僕は、ステージの上で頷いてみせた。彼女は、少しだけ声を詰まらせて、言った。

「蛯名さんだけじゃなく……他の人も、私も、この小説を読んだら真夜中を切り裂けますか」

　遠くからでも、彼女の瞳が潤み始めたのを感じる。

　あの子が、何を抱えているかはわからない。でも、全身から漂ってくる雰囲気に、春から夏にかけての自分の姿が重なった。

　正直に、答えよう。僕は、一つ息を吐いてから言った。

「読んだから、真夜中を切り裂ける、ってことではないと思います。読んで、感じたこと、心に残ったことを、自分がどう生かすかだと思います。最後に行動するのは、本じゃなくて、自分自身だから」

　女の子は、一生懸命頷きながら聞いてくれる。

「だけど、大事なときに僕の背中を押してくれたのは、間違いなくこの本です。読んでみてほしいです。そして、どんなにみっともなくても、泥臭くてもいいから……あなた自身の手で、あなたの日々を、照らしてください」

思い切って言って、中野渡先生のほうを見てみると、穏やかに微笑んでいた。

「ありがとうございます」

彼女はどこか晴れやかな表情でお辞儀した。頑張れ。この本が、きっと味方になるから。

彼女が座ったところで、終わりを告げるタイマーが鳴った。僕は、ふらふらとした足取りで席に戻る。

終わった――。

席に着いて糸が切れた操り人形みたいになっている僕の背中を、トリがぽんぽんと優しく叩いてくれる。ヒロも、半分涙目になりながら言った。

「ライト……カッコよかったよ」

その言葉に、収まりかけていた胸がまたどくどくと高鳴りだす。

どうか、ヒロも、思う存分伝えてね。

そのあとも、白熱のビブリオバトルが繰り広げられた。そして、いよいよ――。

「俺か……」

五番目の発表が終わり、胸に手を当てて深く息を吸い込むトリ。少しだけ心細そうな目で僕を見る。僕でもどうにかなったから、トリも絶対に大丈夫。ガッツポーズを向けると、トリは微笑んで頷いてくれた。

「続いて、鳥谷部翔さん、ステージにどうぞ！」

「はいっ」

短く返事をし、前を向いてステージに続く階段を上るトリ。堂々と胸を張る姿は、昔僕が憧れた彼そのものだった。

タイマーが鳴ると、トリは本を高く掲げた。

「今日紹介させていただくのは、こちら――『マイゴール』という本です」

ちょっと、びっくりした。文芸部の活動では一度も見たことがない本だ。

「『好きだ、って気持ちは、そう簡単には揺るがない』。……そう聞いて、皆さんは、誰を、何を、思い浮かべますか」

会場は、シーンとしている。僕たちも、何も言わずにトリを見つめた。

「自分は、中学時代サッカー部でした。サッカーが、大好きでした。モテたいからとか、なんとなく運動部に入りたいとか、そういう理由でサッカー部に所属している仲間もたくさんいました。でも、自分は心からサッカーが好きで、いつも本気でした。そして、本気になればなるほど、大好きだったサッカーが辛くなりました。それは……頑張るほどに向上心だけが大きくなって、体が追いつかなかったり、周りの気持ちを置いてけぼりにしてしまって、人間関係がうまくいかなくなったからです。部活以外にも、中学時代は、壊れそうになるくらい辛いことがたくさんありました。今日自分が紹介するこの『マイゴール』は、数年越しに、あのときの自分の気持ちに寄り添ってくれました」

トリはどこか愛おしそうな目で本を見ながら、あらすじを話し始める。

「主人公は、田舎の中学校の弱小サッカー部に所属する中学一年生です。本気でサッカーがしたいと思う主人公ですが、周りはあくまで楽しくサッカーができればいいというスタンス。主人公はだんだん、部活が辛くなってきます。そして、サッカーが好きなのかすら、わからなくなってきてしまいます。俺もそうでした。そんなときに、主人公の親友が言ったのが、『好きだ、って気持ちは、そう簡単には揺るがない』という言葉でした。この言葉によって主人公は、『自分はサッカーが好きなんだ』って、当たり前の気持ちを取り戻しました」

トリは、一呼吸ついてから、言った。

「自分がこの本を見つけたのは、一週間前です。──中学生のときに亡くなった、一個下の弟の本棚に、ありました」

どこかから小さく、「えっ」という声が上がった。僕も、思わず息を呑む。

薫くんの本なのか、それ──。

「結構汚れた状態だったんで――多分、弟も何回も読んだんだと思います、この本。昔は俺、弟とすごく仲良かったんですけど……色々あって、多分最後は弟は俺のことが嫌いだっただろうって、思ってたんです。でも、生まれてから十年かけて積み上げてきた、お互いのことが好きで、大事だって気持ちは、きっと揺らいでなかったんじゃないかなって。数年越しに、本を通じて、弟と心が通ったような気がして……すみません」

トリは一度目元を拭って、思い切り洟を啜り、もう一回前を向いた。

「俺は、少し前まで、弟のことをずっと引きずって、道を踏み外していました。悪いものに流されて、大事な人を傷つけて、本当に、最悪でした。でも、だからこそ今は、自分の中で揺るがないものはなんなのか、ちゃんと見失わないように生きたいと思ってます。そんな気持ちをくれたこの本を、皆さんに、ぜひおすすめしたいです」

タイマーが、響いた。会場から大きな拍手が起こる。一礼してもう一度前を見たトリを見て、思わず涙ぐみそうになる。

僕も、周りの目が気になって、「本が好き」って思いが揺らぎかけたときもあったけど、トリが「変じゃない」って隣で笑ってくれたから、本を好きでい続けられた。

そして、今、ここにいる。

読むよ、トリ。大事な本のこと、紹介してくれてありがとう。

その後の桃子先輩と沢目先輩の発表は、もう安定だった。桃子先輩の人が変わったような熱のある劇場型トークと、沢目先輩の問いかけを中心にした自然と聴衆を引き込むような語り。緊張はしているだろうけど、本当にブレない人たちだ。どちらも、安心して見ていられた。

そして——。

「それでは、最後のバトラーの方、登壇をお願いします！」

「はいっ！」

いい返事をして、階段を駆け上がるヒロ。手には、いつか見た淡い水色の表紙がきれいな本。スタートの合図が鳴り響くとともに、ヒロの澄んだ声が響き渡った。

「こんにちは、雲谷高校一年の須藤央です！　今回紹介するのは、『プールに光がさしたとき』。一言でキャッチフレーズをつけるとしたら、『切なくて、透明』。本当は、『元気、勇気、パワー！』みたいな小説のほうが好きなあたしを打ち抜き、こういう場で紹介したいと思わせた、青春恋愛ものです」

切なくて、透明。なんだか、この空間にもすごく合ったキャッチフレーズだなと思う。

「皆さんは、好きになっちゃいけない人を好きになったことはありますか？　彼氏、彼女がいる人とか、テレビの中の人とか。そういう、叶わない恋をする人にとっても刺さる小説だと思います。あたしも十六年生きてますからね！　色々ありますよ」

眩しいくらいの笑顔で言うヒロ。僕は、唇を噛む。

なんで、そんな風に笑えるんだろう。きっとまだ、乗り越えきれてないだろう。

「主人公の大山千夏ちゃんは高校一年生で、水泳部に入ってます。千夏ちゃんが好きなのは、同じ水泳部の堀口先輩。堀口先輩はとっても穏やかで、優しくて、でもけしてカッコよくはありません。だから、千夏は堀口先輩の魅力に自分だけが気づいていると思っていました。で、一方で千夏には大好きな同性の先輩もいて、それが堀口先輩と同じく二年生の桜井水香先輩です！　千夏と水香先輩はとっても仲良しになります」

ヒロが、桜井水香を桃子先輩に、堀口を沢目先輩に重ね合わせていることなんて、きっと僕と沢目先輩以外誰も知らない。

「千夏と水香先輩はプライベートでもよく遊ぶ仲になって、あるとき一緒にカフェに行くんです。そのとき、水香先輩が楽しそうに、『彼氏とデートに行ったときの写真』と、海の写真を見せます。千夏が彼氏について聞いても、水香先輩はごまかすばかりでちゃんと話してくれません。水香先輩の彼氏の話はこれ以上聞き出せないとわかった千夏は、思い切って、『私も好きな人がいて』と打ち明けます。でも、堀口先輩が好きとは言いませんでした。……その一週間後、千夏は水香先輩の彼氏が堀口先輩であることを知ります。最悪の形で」

ヒロの顔から、笑顔が消える。

「水香先輩は、下校中通り魔に刺され、そのまま命を落とします」

あまりに残酷な展開に、静まり返っていた会場がますます音を失う。中心街を通る車の音が、やけに大きく聞こえた。

「物語は、水香先輩が亡くなった後の、千夏と堀口先輩の心の交流がメインです。そちらは本編を楽しみにしていただくとして……この小説、実は普通の青春恋愛小説じゃなくて、女性同士の恋愛を描いた小説なんじゃないか、っていう説があるんです。作者の意図はわからないけど、読者の間ではそういう議論もされてるみたいなんです。つまり、千夏が本当に好きだったのは、堀口先輩じゃなくて水香先輩だったんじゃないか、っていう」

思わず、「え……」と声が出た。その話は、初耳だ。

そして、ヒロの発表がどこへ行くのか、見えなくなった。

「あたしは個人的には、千夏が好きだったのは水香先輩だった、とは思わないです。でも、千夏にとって本当に、一番大切な人は、もしかしたら水香先輩だったのかもしれません。恋愛感情って意味ではないけど、先輩だけど友達みたいな、家族みたいな、かけがえのない存在で、本当は堀口先輩よりもずっと大きな存在だったんじゃないかって思います。……好きになったらダメな人なんかいない、誰かを好きになることは美しい。よく言いますよね。でも、あたし、きれいごとだと思います。好きになっちゃいけない人はいます」

心なしか、ヒロの席を一個挟んで隣にいる沢目先輩の呼吸が少し乱れているような気がした。鼻の奥が、つんとする。

会場全体に向かって、ヒロは言う。

「でも、『好きになっちゃいけない』ってことは、その人への恋心以上に大切なものがなにかあるからだと思うんです。それは自分の社会的地位かもしれない。倫理観や、良心の問題かもしれない。本当はその人以上に、傷つけたくない大切な人がいるのかもしれない」

沢目先輩が、ズボンの膝のところを握りしめるのが横目に見えた。

桃子先輩は、一体、どんな顔をしているんだろうか。

「そして、本当に大切なものをめげずに大切にし続ければ、いつかまた新たな恋を、もっともっと素敵な恋を、神様がプレゼントしてくれるんじゃないかって思うんです。千夏は、水香先輩を亡くしてしまったけど……幸いにも、あたしは大切な人がちゃんとそばにいるから。だから、一生大事にしていきたいって思います」

唇を噛んだ。ヒロの言葉の陰に隠れているものが、桃子先輩だけには知られちゃいけない思いだと、わかっている。

でも、頼む。桃子先輩の心にも、何か、響いていてくれ――。

「この本を、読んでほしいです。そして、あなたの大切なものを、大切な人を、どうか、一つの後悔もないように大事にしてほしい。心から、そう思います」

タイマーが、大きく鳴った。会場は、大きな拍手に包まれる。

僕は、自分が発表を終えたときと同じくらいドッと疲れて、息を吐いた。

ちらりと横を見ると、桃子先輩もどこかちょっと泣きそうな表情でヒロを見ていた。心から、愛おしそうな顔だった。

ヒロのディスカッションが終わると、司会者がマイクを握り直した。

「皆さま、お疲れ様でした！　それでは、全ての発表が終わりましたので、ここから投票に入ります！　皆さん、会場入り口で配られた投票用紙を一人一枚持っているかと思います。そちらに、自分が『読みたい！』と思った本を書いて、前方にある箱にお入れください！」

僕は、一番読みたくなった本のタイトルを丁寧に書いた。

全員の投票が終わり、結果が出るまでかなり時間がかかったけれど、その間みんなあまり喋らなかった。みんな、緊張していたんだと思う。

集計が終わると、司会者がステージに立った。結果が書かれた紙を持って、もったいぶるようにゆっくりとマイクを口元に持っていく。

「投票結果が出ました……今回チャンプ本に選ばれたのは、こちら！『プールに光がさしたとき』です！」

「え！」

ヒロ……ヒロの推し本が、チャンプ本！

会場に沸き起こる拍手。ヒロは、びっくりしたように起立してあたりを見回した。

「須藤さん、ステージにどうぞ！」

すごい。すごすぎる！　ヒロはしばらく夢見心地という感じでステージを見つめていたけど、確かめるように頷くとゆっくりと木の階段を上っていく。

「須藤さん、何か一言お願いします」

司会者にマイクを向けられ、ヒロは嬉しそうにはにかむ。マイクを引っ掴むと、僕が大好きな太陽の笑顔で声を響かせた。

「えっと、皆さん、ありがとうございました！『プールに光がさしたとき』、絶対読んでみてくださーい！」

ますます、拍手が大きくなる。ステージのヒロが、ただひたすらに眩しかった。

「ヒロ、すごい……！」

桃子先輩は、涙ぐんでぱちぱちと手を叩いていた。その姿を見て、胸がいっぱいになる。

勝ちたい気持ちはあったけれど、悔しさはない。心から、拍手を送った。

おめでとう。ヒロ、本当におめでとう。

「それでは、特別ゲストを代表して、庭乃先生から須藤さんにトロフィーの贈呈をお願いします！」

中野渡先生は、「あ、は〜い」とトロフィー贈呈係とは思えない返事をすると、係の人から透明のトロフィーを受け取り、ヒロの前まで来た。

「先生、落とさないでね」

ヒロが言うと、会場から笑いが起きる。中野渡先生は中野渡先生で、「彼女、教え子の一人なんですけど、一番怖いんですよね」と言って笑いを取る。

「カオスかよ……」

横でトリが独り言みたいに言ったのがおかしくて、僕も笑みを隠し切れない。

中野渡先生は、ヒロと向き合うと、ガラスのトロフィーをヒロに手渡した。

「おめでとうございます。今後とも、ご指導のほどよろしくお願いいたします」

「なにそれ。今、庭乃宝のていいなんですよね？」

「『てい』とはなんですか」

漫才みたいなやり取りに、笑いと拍手が同時に起こる。僕も、割れんばかりの拍手を送る。

ヒロが戻ってくると、司会者が言った。

「ちなみにですが、次点は蛯名来斗さんの『闇夜の国』でした！　おめでとうございます！」

「えっ！」

思わず声を出したとき、ずっと淡い影が差していた会場に、強い光が射した。降り注ぐ太陽が光と影をはっきり分けて、真っ青な空が目に映える。天井から射す白い日光は、地面にいくつもの光の水たまりを作る。気づけば会場は、温かな拍手に包まれていた。

『闇夜の国』を読みたいと思ってくれた人が、たくさんいる。

この世で一番大好きな本の魅力が、僕の言葉で、たくさんの人に伝わった。

胸がいっぱいになり、思わず立ち上がる。

「あの……ありがとうございました」

僕が頭を下げると、拍手はより大きくなった。拍手が止んでも、いつまでもその余韻は耳に張りついて消えない。

涙が溢れそうになった。僕は今、一番明るい朝の中にいるんだ。

「それでは、大会の最後に特別ゲストの皆様から一言ずつ頂きたいと思います。まずはよこはま先生、いかがでしたか」

司会者に話を振られ、よこはま先生は滑らかに話す。

僕は、内心ドキドキしながら中野渡先生のことを見ていた。ちゃんとしたコメントができるのだろうか。

三浦先生のコメントが終わると、いよいよ中野渡先生に話が振られてしまう。頑張れ……。

「はい。それでは、庭乃先生はいかがでしたか？」

中野渡先生は、後頭部をぼりぼり掻きながら言った。

「いやぁ、ありがとうございました。以上で」

会場からは笑いが起きるけど、僕たちはズッコケそうになる。いつものまんまの先生で安心だけど、せめてもうちょいカッコつけてよ……。司会者は苦笑いしつつも、さすがの話術でうまく立て直す。

「ご自分の著書が準チャンプ本でしたけども、なにか思うところはありますか？」

「聞きます？　言い出すと、長くなりそうなんですよ。話の長い大人って、大層嫌われるじゃないですか」

中野渡先生は、ちょっと迷ってから言った。

「嫌われるのを覚悟で、少々自分語りをさせていただいてもいいですか？」

「もちろんです。時間はたっぷりありますので！」

中野渡先生は頷き、なぜか、タイマーのほうに向かって歩き出した。なんだなんだ。ちょっとハラハラしながら見ていると、先生はタイマーのボタンを押した。大きな音と共に、「5:00」を表示したままで止まっていたタイマーが、動き始める。

「さぁ。私も、五分間、喋り倒しますよ」

会場から笑いが起きる。横を見ると、ヒロたちも笑っていた。

なんかさ、なんだかんだで、盛り上げ上手なんじゃないの、先生。

「私、昔から小説家になるのが夢だったんです。学生時代はいわゆる陰キャだったので、ほとんど友達がいなくて、本の世界だけが居場所みたいな感じでしたから。自分も、いつか作品作りを通じて誰かの居場所を作れたら、そう思って、学校で働き始めてからもコツコツ書いていたので、『闇夜の国』で文学賞を受賞してデビューしたときは、本当に嬉しかったです」

初めて知る、先生の過去。そうだったんだ。僕と、そっくりじゃん。

「でも、働きながら作品の構想を練るのは、想像を絶する忙しさでした。最初は無理してでも頑張ろうとしたんですが、一度生徒がいる前で過労で倒れてしまって。作家としてのキャリアはもう終わりかなと思ってるんです、正直。高校で働いている以上、『闇夜の国』が自分の最初で最後の作品になるな、と。私の作家人生はお先真っ暗、まさに真夜中です」

言葉が出ない。横で、ヒロがボソッと言う。

「教員をしながら作家活動って……先生、本当に忙しかったんだ……」

忙しいから、部活の顧問なんかしている時間はない。最初先生がそう言ったのを聞いたとき、単にやる気がないんだと思っていた。でも、そうじゃなかった。先生は、自分の身を削って努力していたんだ。

中野渡先生は、会場全体を見ながら続ける。

「でもね。作家としての人生を諦めようとした矢先、急に私の本が好きだとか言う教え子が現れてね。私が庭乃宝だとも知らずに、目の前で『闇夜の国』がどんなに素晴らしいか、語るんですね。そう、お察しの通りあいつですあいつ」

僕を指さす中野渡先生。ちょっとだけ笑いが起きる。だけど、僕は笑えなかった。溢れ出しそうな思いを抑えるので、必死だった。

「自分の作品がちゃんと誰かに届いている、そして愛されている、今目の前にいるこの子の居場所になっている。それをビブリオバトルを通じて肌で感じてしまったんですよ。その彼は、人間関係で色々と悩んでいました。一人の教員としても、『闇夜の国』の作者としても、自分の作品を大切にしてくれるこの子を明るいほうに連れていきたいと心から思いました。結局私は不器用で何もしてあげられなかったけど、君はちゃんと自分の頭で考えて、自分の言葉で語って、自分の手で真夜中を切り裂きましたよ」

先生は、遠くから確かにちゃんと僕の目を見ていた。本当は、今、ここで言いたい。先生がいなかったら、先生が紡ぎ出す言葉がなければ、今ここに僕はいません、って。

中野渡先生は、優しい笑顔のまま、続ける。

「ですから、まあ、まとめると、今日このような場に参加させていただいたことを、心から光栄に思っています。以上です」

中野渡先生がお辞儀した瞬間、タイマーが大きな音を立てた。

「すげぇ……ぴったりだ」

「先生、全然みんなの前で話せるじゃん」

トリとヒロが、感心したように言う。会場からパラパラと拍手が起こり、最後は盛大な拍手に変わる。

先生、僕は――。

「先生」

僕は、立ち上がって中野渡先生――いや、庭乃宝先生と向き合う。

「どんなに時間がかかってもいいから……いつか二作目を、読ませてください」

僕は、もっと触れたい。あなたが創り出した世界に。

「体壊してほしくないから、ゆっくりでいいです。何十年先になってもいいから、また、本を出してください」

お願いします、と頭を下げる。

そんなに簡単なことじゃないって、わかってる。それでも信じたい。僕の真夜中を切り裂いてくれた小説家の、次の作品を読める日が来ることを。

会場を息が詰まるほどの静寂が包むけど、先生は気にすることもなく続ける。

「今ね、私、インスピレーションが湧いたんです。刊行できるかどうかはわかりませんが、とりあえず書いてみようと思ってます。あの物語の、続きを」

会場が、ザワザワし出した。僕も、思わず大声を出す。

「え！『闇夜の国』の、続きですか⁉」

「ええ。青森の男子高校生になったライトが、紆余曲折ありつつもビブリオバトルを通じて成長していく物語です」

「ちょっ……」

それは、まずぃよ！　慌てるけど、先生は相変わらず呑気だ。

「そうですねぇ。まあ、君を主人公にするなら――」

庭乃先生は、にっこり微笑んだ。

「タイトルは、『真夜中を切り裂け！　僕らをつなぐビブリオバトル』なんて、どうでしょうかね」

気づけば、会場の視線がみんな僕のほうに向いていた。僕は、泣き笑いみたいな顔を浮かべることしかできない。

――だって君は、「ライト」でしょ。

いつかの先生の言葉が、あのときとは違う意味を持って、心の中で光っていた。

物語は物語で、現実は現実。自分に言い聞かせてきた言葉に、今、一つだけ付け足そう。

現実は、時に物語よりも面白い。

先生は、僕をまっすぐ見て言った。

「楽しみに、待っていてくれますか」

僕は、泣きそうなのを堪えて、胸いっぱいに息を吸い込む。

「はい！」

いい返事です、と微笑む先生。両横を見たら、大切な仲間もみんな笑っている。

背中を押すような涼風。しぶとかった夏の面影は、もうどこにもない。

これから先、人生でどんな困難が襲ってこようと、負けない。何もせずに、朝が来るのを待ちはしない。自分の力で、自分の言葉で、必ず真夜中を切り裂くんだ。

真っ白な光が、今、僕らを包んでいる。

了

作中に登場した作品

『津軽』太宰治（ＫＡＤＯＫＡＷＡ）
『火ノ丸相撲』川田（集英社）
『魔術師』江戸川乱歩（東京創元社）
『二年間の休暇』ジュール・ヴェルヌ、大友徳明・訳（偕成社）
『カラフル』森絵都（文藝春秋）
『モナミは世界を終わらせる？』はやみねかおる（ＫＡＤＯＫＡＷＡ）
『月曜日が、死んだ。』新馬場新（文芸社）
『帰宅部ボーイズ』はらだみずき（幻冬舎）

参考文献

『ビブリオバトル　本を知り人を知る書評ゲーム』谷口忠大（文藝春秋）

本作品は当文庫のための書き下ろしです。

本作品はフィクションであり、実在の個人・団体などとは一切関係がありません。

文芸社文庫NEO

真夜中を切り裂け！　僕らをつなぐビブリオバトル

二〇二四年七月十五日　初版第一刷発行
二〇二四年七月二十五日　初版第三刷発行

著　者　風祭　千
発行者　瓜谷綱延
発行所　株式会社　文芸社
〒一六〇－〇〇二二
東京都新宿区新宿一－一〇－一
電話　〇三－五三六九－三〇六〇（代表）
〇三－五三六九－二二九九（販売）

印刷所　株式会社暁印刷

ISBN978-4-286-24904-9

［文芸社文庫ＮＥＯ　既刊本］

青田風
笹井小夏は振り向かない

進級が危うい高2の来夢のもとに、大学生の家庭教師・笹井小夏がやってきた。不思議ちゃんな小夏に振り回されながらも、彼女の魅力に惹かれていく。第4回文芸社文庫ＮＥＯ小説大賞大賞受賞作。

位ノ花薫
幽霊とペリドット

祖母の住む秋田を訪れた大学生の桃は、駅で記憶喪失の幽霊ユズに声をかけられる。一緒に宝さがしをするうちに、懐かしい思い出が蘇ってきて…。いつかは失うものへの想いを描く夏の恋の物語。

風祭千
チューニング！

叔父を亡くしてから何もやる気が起きない中2のあさ。ホルン大好きタニシュン、勉強ばかりの関、かつての親友かなみんとの出会いが、運命の歯車を動かす。爽やかさ120％の青春音楽小説！

佐木呉羽
言ノ葉のツルギ

弓道部のイケメン部長・涼介は霊感体質で、妖狐に魅入られ、妖の世界に閉じ込められる。果たして異空間の壁を打ち破れるのか。どうにもできない想いを抱えながらも言霊の力を信じて成長する物語。

［文芸社文庫ＮＥＯ　既刊本］

久頭一良
死神邸日和
高２の楓が引っ越してきた家の近所に、「死神」と呼ばれる老女が住んでいた。死神の正体とは…。日常に転がる小さな謎と思春期の少女の葛藤を描いた第５回文芸社文庫ＮＥＯ小説大賞大賞受賞作。

田家みゆき
シャルール　～土曜日だけ開くレストラン～
結婚前夜の父娘、亡夫との思い出の一皿を探す老婦人など、様々な人が訪れるフレンチレストラン「シャルール」。極上の料理とワインと共に紡がれる奇跡の物語は、魔法のようにあなたを癒します。

東郷結海
あそこはハナコの部屋
中２の葉奈は「便所のハナコ」と呼ばれ、汚いもの扱いをされている。ある日、中学時代にいじめられていたという小華から、抜け出す方法を教えてもらう。小さな勇気で自分の世界を変えていく物語。

吉川結衣
放送室はタイムマシンにならない
円佳の通う高校の放送部には「タイムトラベルができる」という伝説がある。過去にこの学校で何があったのか――。高校生として第１回文芸社文庫ＮＥＯ小説大賞に輝いた若き作家の受賞第一作。